新潮文庫

家康の女軍師

近衛龍春著

社版

家康の女軍師◇目次

家康の女軍師

序章　助言

木枯らしが吹く中、幕府の重臣、老中・松平伊豆守信綱《まつだいらいずのかみのぶつな》が、小石川《こいしかわ》御門内にある於《お》奈津《なつ》の屋敷を訪れた。

「御無沙汰《ごぶさた》しております」

背筋を正して松平信綱は挨拶《あいさつ》をする。信綱は知恵伊豆と呼ばれるほどの英邁《えいまい》で、徳川三代将軍家光からは全幅の信頼を置かれ、武蔵忍《むさしおし》城主で三万石を与えられていた。この年四十二歳になる。

「これは、かような大事な時に、ようもお出《い》で戴《いただ》きました」

於奈津は笑顔で応対する。こちらは五十七歳になった。

家光の将軍宣下《せんげ》ののち、於奈津は江戸城の三ノ丸の屋敷を返上して小石川に移り住んだが、来客は後を絶たず、賑《にぎ》やかな日々を過ごしていた。

「上様より、一揆《いっき》討伐の大将を命じられました」

「まあ、それは御目出度《おめでと》うございます、と申してよろしいのでしょうか」

「戦陣に立つのは武士の誉《ほま》れ。目出度きことにございます。されど、恥ずかしながら、某《それがし》、この歳《とし》で初陣《ういじん》となります。於奈津様は東照大権現《とうしょうだいごんげん》（家康）様と一緒に、三度《みたび》も戦陣に立たれたお方。戦場での心得、また大権現様の戦《いくさ》ぶりなど、ご指導賜わりたいと存じてお伺いさせて戴いた次第にございます」

家康の側室であった於奈津は、家康亡《な》きあと落髪して清雲院《せいうんいん》と号している。だが明るく気さくな性格からか、誰も院号では呼ばず、出家前と同じく於奈津と呼ぶので、本人もあえて清雲院とは名乗らなかった。

寛永十四年（一六三七）十月、肥前《ひぜん》、肥後《ひご》で島原・天草の乱が勃発《ぼっぱつ》した。松倉勝家《まつくらかついえ》が領する島原藩と寺澤堅高《てらざわかたたか》が領する唐津藩の領民が、過酷な賦役《ぶえき》と過重な年貢《ねんぐ》負担に窮《きゅう》し、これに幕府のキリスト禁教令による迫害が重なり、肥前島原半島、肥後天草諸島の領民が蜂起《ほうき》し、益田四郎時貞《ますだしろうときさだ》を首領として有馬氏の造った原《はら》城に立て籠《こも》った。その数は三万七千余に達した。

幕府は板倉重昌《いたくらしげまさ》を大将に、石谷貞清《いしがいさだきよ》を副将として討伐に派遣。九州の諸大名にも重昌の指揮下に入ることを命じた。

寄手《よせて》は総攻撃を行うが、二度も敗走させられた。この事態を重く見た幕府は、松平信綱を総大将に、戸田氏鉄《とだうじかね》を副将として派遣を決定したところである。大坂夏之陣で泰平の世が訪れたかと思いきや、二十二年目にして再び兵を動員せざるをえなくなったのだ。

（家康様が聞けば、さぞお嘆きになられるであろう）

家康は泰平の世を築くため、あえて悪者になって豊臣家を滅ぼしたのである。

「戦陣に立つなどと」

思った瞬間、耳鳴りのようなものを感じた。具足の摩擦音、軍勢が地を踏み鳴らす大波のような足音、矢を射る弦音《つるね》、鉄砲の乾いた音、雄叫《おたけ》び、断末魔の悲鳴が聞こえる。硝煙で目が痛くなり、匂《にお》いでくしゃみが出そうになる。咽《む》せるような血の腥《なまぐ》さ、憤怒《ふんぬ》の形相《ぎょうそう》が直らぬ首。まさに狂気の世界である。行ってはならぬ、というのが於奈津の本音であるが、幕府から隠居の扶持《ふち》を貰《もら》っている身とすれば、そうもいくまい。

「わたしは女子《おなご》。戦のことはよう判《わか》りませぬが、家康様が仰《おお》せになられたことならば、頭に残っていることをお伝え致します」

だが内心では関ヶ原での家康を思い出して、思わず笑いそうになるのを堪《こら》えた。家康は始終苛立《いらだ》ち、床几《しょうぎ》の周囲を歩き廻り、悩んだ時にはいつも親指の爪《つめ》を嚙《か》んでいた。

「伊豆守殿は総大将。深慮することが大事。総大将は、とかく兵略（戦略）を立てますが、これに満足しがちになります。問題はいかに兵術（戦術）を実行するか。実行できることを思案なされるように」

「畏《かしこ》まりました」

「次はどうなるか。その次、さらに次と、行き当たりばったりではなく、達成するための順序を明確に思案することです」

「肝に銘じておきます。して、権現様は関ヶ原のおり、いかな態度で臨まれたのですか」

松平信綱の質問に、於奈津は戸惑った。

果たして真実を伝えていいものか。家康は小心者で、始終怯《おび》えていた。石橋を叩《たた》いても渡らないと言われるほど慎重で、絶対に勝てる手を尽くしてから兵を挙げた。調略といえば聞こえはいいが、敵に裏切らせるようなことばかりをして勝利に導いた。於奈津には狡《ずる》いことばかりすると思えるものの、同陣したことのない松平信綱らは、家康を神君として崇《あが》め、兵略の天才と信じている。幕府が本腰を入れて兵を送るのに、落胆させるようなことがあれば戦が長引き、公儀の権威がゆらいでしまう。そうすれば、家康様の苦労が水泡《すいほう》に帰してしまう。ここはやむをえない。

於奈津は真実を口にするのは避けることにした。

「家康様は、終始鷹揚《おうよう》に構えておられ、なにがあっても動じないお方でした」

大坂夏之陣で真田《さなだ》信繁《のぶしげ》に本陣を突き崩され、切腹を覚悟した、などとは間違っても言えない。

「家康様は……」

於奈津は神格化された家康への尊敬を崩さぬように告げた。

真実は臆病者《おくびょうもの》で狡い人――。

肚裡《とり》で噴き出しそうになるのを堪え、出陣する松平信綱に熱弁を続けた。

第一章　刺客撃退

一

「伊勢は津で持つ、津は伊勢で持つ」と言われている。伊勢の国は津の湊《みなと》と町があるのでたくさんの船や人が利用し、津の湊は伊勢神宮への通り道となっているので、参拝客で賑《にぎ》わっている、ということである。

津という字には湊や船着き場という意味が含まれている。伊勢の津は元来、安濃津《あのつ》のことを略した形で津と呼ばれていた。

津の湊を利用するのは参拝客のみならず、古くから国の内外を問わず、貿易港として盛んに船が着岸し、多くの利益を伊勢の国に齎《もたら》していた。

この日も支那《しな》や九州、関東からの船が来航し、入港する順番を待つほど湊は繁盛《はんじょう》していた。

湊にはところ狭しと船が着岸し、晩秋の風が吹く中、諸肌《もろはだ》を脱いだ逞《たくま》しい男たちが荷物の積み降ろしを行っている。

「みんな励んでおくれ。後が閊《つか》えているよ」

風で襦袢《じゅばん》の裾《すそ》がまくれても構うことなく、十六歳になる卯乃《うの》は男たちに混じって声をかける。卯乃は津の大門《だいもん》町で駅路《えきろ》問屋を営む「乳切屋《ちきりや》」に奉公して十余年が経《た》つ。

駅路とは古代律令《りつりょう》制において定められた駅使が通行する官道のことを言い、津では伊勢神宮に通ずる伊勢街道のことを指す。当初、乳切屋は街道を通行する運送業を主体に商いをしていたが、やがて海運業にも参入して事業は拡大、店は繁盛していた。

最初は掃除、洗濯、飯炊《めした》きなどしていた卯乃であるが、才覚を認められてか、今では女番頭と呼ばれ、店を切り盛りしていた。顔は丸く愛嬌《あいきょう》があるものの、女性としては大柄で五尺二寸（約百五十八センチ）はあり、腕も太く、膂力《りょりょく》にも勝っている。

「そうは言っても、朝から休みなしですわ。少し、休ませてもらわんと身がもちませんぜ」

人足が文句を言う。

「なに言ってんだい。十分に休んだはずだよ」

麻の小袖《こそで》に襷《たすき》をかけ、裾をはしょった卯乃は、両肩に一俵（当時は約三十キログラム）ずつの米俵を担《かつ》ぎ、荷車に運ぶ。卯乃は高飛車に命じるだけではなく、自身も皆と一緒に汗を流すので、人足たちも従わざるをえなかった。

「女番頭さん、船から船に直《じか》に積み込むほうが早く積める。博多ではそうしてるぜ」

西国から入港した虎洋丸《こようまる》の船主が、船の上から言う。

「虎洋丸さんとこは胡椒《こしょう》だね。津には津の規則があるのは知ってるだろう？　順番を待って、必ず、一度下ろしてもらうよ」

卯乃は拒む。確かに横づけした船に渡し板を掛けて積み降ろしをすれば早く作業を終えられるが、荷をごまかす輩《やから》がいるので、面倒でも卯乃は必ず陸に下ろさせた。

「融通が利《き》かねえ女だな」

「嫌ならば、持って帰ってもいいよ」

卯乃は取り合わず、荷運びを続けた。

「女だてらに湊に来ているところを見ると、嫁のもらい手がねえんだろう？」

「あいにくだね。許婚《いいなずけ》がいるよ」

卯乃は虎洋丸の船主を見もせずに言う。

「とんだ物好きがいたもんだ」

「失礼な男だね。しつこく絡《から》んでくるところを見ると、大方、荷を壊したか、波に攫《さら》われたか、あるいは横流ししたかで納められず、船移しで誤魔化そうとしているんじゃないのかい」

目こそ合わせはしないものの、ちらりと後方の船上を見やり、卯乃は問う。

「そんなわけなかろう。心配ならば、見に来てみろ」

髭面《ひげづら》の船主は表情をこわばらせながら反論する。

「図星のようだね。うちは、書付ではなく、実数でしか商いをしないよ。どんな理由か知らないけど、不足分は、送り主に詫《わ》びるんだね」

言い放った卯乃は再び俵を担いだ。

「ちっ。小生意気な女奴《あまめ》。荒くれ男に気をつけろ」

「お宅の水夫《かこ》かい？」

卯乃は振り返りもせずに告げた。

湊での乱暴、狼藉《ろうぜき》は斬首《ざんしゅ》と秀吉は定めている。秀吉は交易を重視し、商人を保護していた。

「あいにく脅しに屈する商人など津には一人もいないよ。それより、伊勢の国は伊賀、甲賀と隣り合っていることを知ってるかい？　彼《か》の者たちは、人に気配を覚《さと》られずに背後に忍び寄り、気がついた時には首筋に刃が当てられている。ほら、あんたの後ろに」

言うと虎洋丸の船主は、おののいた表情で振り返った。

「ははは、冗談だよ。でも気をつけな。湊にもあちこち潜んでいるから」

笑顔で返した卯乃は、別の船への積み込みを奉公人たちに指示した。

「醜女奴《しこめめ》」

髭面の船主は、悔しげに吐き捨てた。

虎洋丸には支那から仕入れた胡椒が積み込まれていたが、数箱、海水に浸って売り物にはならなくなり、誤魔化そうとしていたらしい。交易ではよくあることである。

勿論《もちろん》、卯乃は受け付けないが、恩情は見せた。

「値の一割でなら引き取ってもいいよ。捨てるよりましだろう」

十割が輸入品の胡椒は高額で取り引きされていた。

「人の弱味に付け込みやがって。あんまり欲かくと、ろくな死に方しねえぞ」

「そっちこそ買ってもらうんだろ。文句を言うと罰《ばち》が当たるよ。それに、人に恨まれて死ぬならば、商人冥利《みょうり》に尽きるってもんだよ。能書き言うなら、ちゃんと海水から荷物を守って運びな」

叱責《しっせき》をこめた助言を返し、卯乃は湊を後にした。

「いいんですかい。旦那《だんな》様に相談もせず、粗悪な胡椒など買い取って。鶏《とり》の餌《えさ》にもなりませんぜ」

手代《てだい》の吾助《ごすけ》が問う。四十に手が届く吾助は、卯乃が生まれる前から乳切屋に奉公していた。

「この間、猪肉《しし》に胡椒と塩をかけて食べたら、これが絶品。乾かしてから、塩と混ぜて売れば、多分飛ぶように売れるよ。安値で仕入れたから、値も下げられる。おそらく、鹿《しか》や鴨《かも》にかけてもいけるはず。旦那様は、わたしが説得するから安心しな」

卯乃は自分の味覚に自信を持っていた。

湊から十町（約一・一キロ）ほど西に伊勢街道が南北に走り、その西側の街道沿いに乳切屋は店を構えていた。店の間口は二間（約三・六メートル）ほどであるが、敷地は百坪（約三百三十平方メートル）ほどもあり、裏には蔵が五つもあった。

「旦那様は？」

店に戻った卯乃は留守番をしていた丁稚《でっち》の浜吉《はまきち》に問う。

「急にお客様が見えられるようで、迎えに行かれました」

「そう。旦那様ご自身が迎えられるとは珍しいね」

店主の新四郎《しんしろう》が自ら出かけるということは、身分が高い人物か、かなり親しい人物に違いない。

「新五郎《しんごろう》様は？」

新五郎は新四郎の嫡子《ちゃくし》で卯乃の許婚である。

「旦那様と一緒に出かけられました」

「とすれば、まだ支度もしていないってことだね。浜吉、魚屋《とと》に行って、今ある一番いい魚を買っておいで。鯛《たい》、鮃《ひらめ》、鮑《あわび》、蛤《はまぐり》、海老《えび》、雲丹《うに》、鯨《くじら》……。銭に糸目をつけなくていいから」

客を迎えるとなれば、準備が必要。新四郎の妻は先年に他界していて、まだ後添《のちぞ》えを娶《めと》ってはいない。新五郎も出張っているので、卯乃が用意しなければならなかった。

卯乃は浜吉に続いて丁稚の松蔵《まつぞう》に向かう。

「松蔵は猪屋に行って、桜（馬肉）、牡丹《ぼたん》（猪肉）、紅葉《もみじ》（鹿肉）を買っておいで。あとは、野菜だね」

ほかの奉公人を走らそうとしたところ、近くにいなかった。

「野菜なら、午前《ひるまえ》に届いておりますが」

出かけようとする松蔵が答えた。

「いや、お客様用の品を揃《そろ》えなければならないから」

言いながら卯乃は他の奉公人を捜して裏の蔵に向かう。

蔵の近くに行くと、中から声が聞こえてきた。

いた。

「いきなり客かよ。これから、どれほどこき使われるんだ？」

「夜中まで死ぬほどだよ。もう、訳《わか》が判らねえよ」

細い長身の六助《ろくすけ》と、ごつい体軀《たいく》の又七《またしち》が米俵の上で寝転がりながら愚痴をもらして

(怠《なま》けおって)

少々腹を立てた卯乃は、小さく咳払《せきばら》いをしたのちに、蔵の陰から声をかけた。

「お前たち、また怠けておるのか！」

「えっ⁈ 旦那様？」

二人は信じられない、といった顔で跳ね起き、狼狽《うろた》えていた。

「ほほほっ、わたしだよ。驚いたかい」

見事に引っ掛かった。卯乃は笑いながら姿を見せた。

「なんだ女番頭さんか。脅かさないでくださいよ」

卯乃の顔を見て、二人は安心した表情をしていた。

「あんたたちが怠けているからだよ。早く仕事に戻りな」

「へいへい。それにしても、旦那様の声真似《こえまね》は、どこで覚えたんです？ 女なのに」

六助が迷惑だといった面持ちで問う。

「そのうち、暇になったら教えてあげるよ。さあ、お客様用の野菜を仕入れに行っておくれ。新鮮な野菜を全種類。さっさと、お行き。四半刻《しはんとき》（約三十分）以内に戻ってくるんだよ」

「女番頭さんは旦那様より人使いが荒いや」

尻《しり》を叩《たた》かれた六助らは、渋々蔵を出ていった。

卯乃が生まれた伊勢安芸《あげ》郡の河内《こうち》は、山一つ越えれば伊賀の国。嘗《かっ》ては卯乃の家にも伊賀者が奉公していたので、卯乃はその者から似声《にせ》術（声真似）を学んでいた。

奉公人たちを買い出しに行かせた卯乃は、味噌蔵《みそぐら》に入った。

「母上」

奥の部屋で帳簿の整理をしているとばかり思っていた母の千穂《ちほ》が、樽《たる》から鮒鮨《ふなずし》を出していた。独特の酸味を帯びた匂《にお》いが漂っている。千穂も奉公人の一人であった。

「こちらは任せなさい。あなたは、あなたの仕事をなさい」

静かな口調で千穂は言う。卯乃とは違った細身の体形であるが、決断力に満ち、いざという時に頼りになる女性であった。

「承知しました」

母の言葉に甘え、卯乃は台所に向かい、客を迎える料理の支度を開始した。

夕刻になり、乳切屋新四郎は客人を連れて帰宅した。

「お帰りなさいませ」

卯乃が玄関口で三つ指をついて出迎えると、乳切屋新四郎は頷《うなず》いた。

「こちらは二代目の茶屋四郎次郎《ちゃやしろうじろう》殿じゃ」

「お初にお目にかかります。卯乃にございます。遠路、ようお越し戴《いただ》きました」

「厄介になります」

物腰の柔らかい茶屋清忠《きよただ》であった。

茶屋の正式な名字は中島《なかじま》氏で、嘗ては信濃《しなの》の守護・小笠原長時《おがさわらながとき》の家臣であったが、小笠原氏衰退時、中島明延《あきのぶ》は武士をやめ、京に上って呉服商を始め、代々当主は四郎次郎を名乗っている。

明延嫡子の清延《きよのぶ》は徳川家康に仕えて三方原《みかたがはら》の戦いにも参陣したことがある。本能寺の変が勃発《ぼっぱつ》した時、清延は家康に従って伊賀越えを断行。この時、清延は乳切屋新四郎に伊勢路の要を頼み、新四郎は応《こた》えて船を用意した。以来、親密な関係を続けていた。

清延が二ヵ月前の文禄《ぶんろく》五年（一五九六）閏《うるう》七月に病死したので、清忠が茶屋を継いでいた。

新四郎と清忠が風呂《ふろ》から上がると、卯乃は準備していた膳《ぜん》を二人の前に運ばせた。

一ノ膳は湯引《ゆび》きの蛸《たこ》、鯛の焼き物、菜汁、鯉《こい》の膾《なます》、大根の味噌漬、鮒鮓、御飯。

続いて二ノ膳から五ノ膳まで、さらに菓子の膳まで三十種類を揃えた。

「これは豪勢な。どなたか、高貴な御仁でもまいられたのですか」

舌鼓を打ちながら、清忠は誰かの接待の残りではないかと思っているようであった。

「昼頃から、これにいる卯乃らが用意したものです。あえて指示はしませんでした」

「まことに？」

清忠は隣で酌をする卯乃を見て感心した顔をする。

「店主自らが迎えに行けば、どのような客人であるか察することができる女子《おなご》です」

新四郎が褒める。

奉公人なので、卯乃から客に話しかけることはなく、恐縮するばかりであった。

「機転が利くのは母譲りということですか」

伊賀越えの時、河内に住んでいた千穂は路中で食事を用意して家康をもてなしている。家康はこのことを恩に感じ、礼がしたいということを側近にもらしたという。

「そのようです。店では男たちを使って切り盛りしております。お陰で手前は遊んでいられる」

「羨《うらや》ましいですな。おっ、これは美味《うま》い。いかな味つけをしたのですか」

清忠は三ノ膳の鹿肉を含み絶賛した。

「卯乃、教えて差し上げなさい」

「はい。焼く前に塩と胡椒を少々振りました」

「ほう、焼く前に」

感じ入った面持ちで清忠は二切れ目を口に入れた。当時、鰻《うなぎ》や穴子《あなご》の臭味消しとして山椒《さんしょう》の果皮などをかけて食していたが、あくまでも焼いたのちにかけるのが定番だった。

「店の者に聞いたところ、今日も、それ用の胡椒を一割の値で買い叩いて仕入れたようです」

「一割とは手前を凌《しの》ぐ商才。いろはを教えてもらいたいものです」

笑みを浮かべて言った清忠は改まる。

「どうでございましょう。卯乃殿を手前に預けて戴けませんか」

「えっ⁈」

思わず卯乃は声を出した。

「それでは当家が困ります。卯乃は息子の許婚でもありますし」

「いや、卯乃殿を手前の店で使うというのではありません。殿下（秀吉）が伏見に城を築かれたので、諸大名は家臣と侍女を都と伏見の両方に置かねばならず、侍女が不足しております。これは徳川家も同じで、家康様が気の利く侍女がほしいと仰《おお》せになられていたので、卯乃殿は適任かと思った次第です」

清忠は新四郎に、というよりも卯乃を説くように言う。

秀吉は過ぐる文禄二年（一五九三）、伏見に城を築き、都の聚楽第《じゅらくだい》から移徙《わたまし》している。

「ということは徳川家に奉公するということですか」

「はい。武家奉公にございます」

武家奉公という言葉が、卯乃の耳に張り付いた。

（もしかしたらお家の再興が叶《かな》うかもしれない。されど、わたしは新五郎様の許婚でもあるし……）

歓喜したいところであるが、後ろめたさもある。卯乃の心は揺れた。

「そういうことなれば、わたしが止めるわけにはいきませぬな」

残念そうに新四郎は言い、卯乃に向かう。

「良き話ではないか。お受けしたらどうか？　そなたの望みも叶うやもしれぬぞ」

新四郎は前向きに勧めてくれる。

「そうではありますが……」

「新五郎のことは気にせずともよい。そなたは当所《あてど》（目標）に近づくことを考えよ」

「左様なことであれば、お受け致します」

婚約を解消しての武家奉公なので、嬉《うれ》しくとも顔に出すわけにはいかない。結婚は女子として人生最大の行事でもある。卯乃も漸《ようや》く嫁入りという矢先のことなので、失意がないわけではない。

（とは申せ、叶うならば商人ではなく武士に嫁ぎたいのが本望。さらに望みを申すならば、大名は無理としても侍大将に迎えられれば至極の幸せ。まあ、わたしの器量では無理でしょうけれど）

これまで愛嬌があると言われたことはあるが、美人と言われたことは一度もない。丸顔で目は大きいが鼻はそれほど高くはない。笑うと靨《えくぼ》ができるので、少々きつく言ったあとでも、嫌悪《けんお》されずにすんでいる。力作業が常なので、男勝りに腕は太いが、そのぶん胸が脹《ふく》よかなので、異性の目を惹《ひ》き付けていた。

そんな卯乃が婚約を破棄して奉公を選択した。女の幸せは結婚とされる時代、武家奉公によって婚期を逃す可能性もある。

（されど、わたしは武家の血筋。女の幸せよりも家の再興を果たすことが一番の役目。わたしが認められれば、兄上たちも武士になれるかもしれぬ。ひいては叔父上も。徳川様は太閤《たいこう》様を除けば一番のお家柄。励まねば）

さまざまな思案が渦巻く中、卯乃は意志を強く持った。

卯乃の一族は進藤《しんどう》氏の出自で、同氏は伊勢国一志《いちし》郡の国人として国司《こくし》北畠《きたばたけ》氏に仕えていた。卯乃の父・藤直《ふじなお》の主《あるじ》は北畠具教《とものり》であったが、過ぐる天正四年（一五七六）、織田信長によって粛清された。藤直は恭順の意を示したので進藤家はなんとか滅亡を免れた。北畠氏は信長次男の信雄《のぶかつ》が継いでいた。

軍編成によって藤直は安芸郡に移動させられ、信長の弟の長野《ながの》信包《のぶかね》の麾下《きか》とされたが、信包との折り合い悪く、藤直は禄を返上して伊賀に近い同郡の河内へ移り住んだ。この時、藤直は進藤姓から支族の長谷川《はせがわ》に変姓し、荒れ地を耕して暮すようになった。

藤直には四人の息子がおり、天正九年（一五八一）、卯乃は末子の長女として誕生するも、同年八月六日、藤直は病死してしまったので、卯乃は父を知らずに育った。

藤直が長野家を去った時、藤直の末弟の九郎右衛門《くろうえもん》も武士を廃し、津の大門町で乳切屋新四郎と名乗って駅路問屋を商うようになった。新四郎は卯乃の叔父である。

信長が横死し、長野信包の勢力が弱まったこともあり、千穂は五人の子と共に新四郎を頼って津に赴き、一族の乳切屋に奉公することで生計を立てることになった。卯乃の兄たちは新四郎の紹介で近くの商人の元で働いている、というのがこれまでの経緯である。武家として再興することは卯乃のみならず、新四郎にとっても一族の本願であった。

豊臣秀吉の時代になり、長野信包は秀吉の不興を買って所領を没収され、以降、津は富田《とみた》知信《とものぶ》が支配するようになっていた。

善は急げということで、翌日、出立することに決まった。

早速、卯乃は店の一人一人に挨拶《あいさつ》をして廻り、気が重い中、新五郎の許《もと》に足を運んだ。

「卯乃です。開けてよろしいでしょうか」

廊下から声をかけた。

「入りな」

ぶっきらぼうな声が聞こえた。許されたので卯乃は静かに障子を開け、部屋の中で端座した。新五郎は一人で碁石を盤に打っていた。

「これまでいろいろとお世話になりました。ゆえあって徳川家に奉公することになりました」

進藤家が武家として存続していれば、卯乃の家は本家に当たるので、立場が逆転していたはずであるが、当主を失った卯乃としては分家の跡取りに頭を下げるのは仕方のないことであった。

「聞いている」

新五郎は目を合わせずに答えた。卯乃よりも二つ年下で、まだ元服前であった。

「器量も良くない、わたしのような年上の女子と縁組みして戴きながら、こちらの都合でとりやめねばならぬこと、お詫びのしようもありませぬ。申し訳ございません」

卯乃は額を畳について謝った。

「判っておる。詫びずともよい。達者での」

俯《うつむ》いたまま新五郎は告げた。

「はい。新五郎様も、お健やかであられますよう」

丁寧に返した卯乃は部屋を出ようとした。

「儂《わし》は冷たく接したやもしれぬが、そなたのことを嫌ってはいなかった。そのことだけ覚えておいてくれ。良き働きをし、お家を再興してくれ」

一度、商人になると、なかなか武家には戻れない。卯乃が手の届かぬところに行ってしまうのが判っている新五郎は寂しげに気遣う言葉をかけた。

「新五郎様……」

　年上で女子にしては大柄ということもあり、てっきり嫌われているとばかり思っていたので、卯乃は戸惑った。同時に、切ない気持に胸が締め付けられ、そのまま部屋を出ることができなかった。

　卯乃は開きかけた障子を閉め、新五郎に抱きつき、押し倒した。

「されば、わたしを差し上げます。どうぞ、お受け取り下さい」

　目を丸くし、狼狽える新五郎の唇に、卯乃は自らの唇を重ねた。このような行動がとれたのは、やはり新五郎が年下だからかもしれない。

　ポルトガルの宣教師ルイス・フロイスは『日本覚書』の中で「日本の女性は処女の純潔をなんら重んじない。それを欠いても、栄誉も結婚する資格も失うことはない」と記している。

　当時の女性は性的な行為に寛容であり、それが生活の一部でもあった。医学も未発達の時代だったので、これを厳格にしてしまうと、子孫を残せないという現実もあったからである。

　いずれ誰かに抱かれるならば、自分を「嫌ってはいなかった」と言ってくれた新五郎に抱かれたい。また、それが婚約を解消する唯一《ゆいいつ》の罪滅ぼしでもあった。それに武家奉公することは、女の心を捨てるも同じである。

（せめて、今宵は一人の女でいよう）

卯乃は積極的に新五郎を求めた。卯乃としても初めての体験であった。

翌日、卯乃は茶屋清忠らとともに馬で津を出立した。番頭は馬にも乗れなければならないので、女でも卯乃は巧みに乗りこなすことができた。

もう一度、津を見ることができようか。いや、武家奉公は武家に嫁ぐのも同じ。二度と戻ってはこれまい。戻ってはならぬ……。

晩秋の日射《ひざ》しを浴びながら、卯乃は津の景観を瞳《ひとみ》に焼きつけるように見ていた。

二

鴨川に架かる三条大橋を渡り、卯乃は都に足を踏み入れた。

北から東は比良山地、北から西を丹波《たんば》高地に囲まれた盆地に都は存在する。山から吹き下ろす風が思いのほか冷たく、既に山々は紅葉を迎え、鮮やかな色彩で目を和ませていた。

（これが都……）

初めて都を目にし、卯乃は感激した。女子の身なので津にいれば絶対に見ることのできない風景である。

都は瓢簞《ひょうたん》のような形で上京と下京に分かれている。秀吉は天正十九年（一五九一）に惣構《そうがまえ》を廃し、「御土居」（土塁）を造って城塞《じょうさい》都市を形成。上京には天皇や公家《くげ》、以前は将軍など高貴な階層と、裕福な商人たちが住み、下京には職人や下層階級の者たちが暮らしていた。

「いかがしたか」

茶屋清忠が問う。

「津も周囲の町より賑やかだと思っておりましたが、とても及ばぬと」

辺りを見廻しながら卯乃は言う。

往来を歩く人々の服装の華やかなこと。花畑の中に踏み入ったような気さえした。路上に並ぶ珍品も数多《あまた》ある。異国の品か、見たことのない物だらけである。碁盤の目のように区切られた町割りに、所狭しと建物が立ち並んでいる。人口が多いからであろう、米屋、酒屋、着物屋、染め物屋などなど……同じような店が何軒も連なっている。寺院も至るところに目にできた。都の言葉が聞き慣れぬせいか、異国にいるようでもあった。

「最初はそんなものやもしれぬ。すぐに慣れよう」

多くの地方出身者を見てきた茶屋清忠は、笑みを向けながら告げた。

華やかな都ではあるが、この年の閏七月十三日、畿内《きない》で大地震があり、その爪跡《つめあと》は至るところに残っていた。普請《ふしん》中の伏見城は倒壊し、秀吉は和睦《わぼく》交渉のために来日していた明《みん》の使者に謁見《えっけん》する予定であったが、延期せざるをえなかったほどの打撃を受けた。

都の豊国《とよくに》神社の社僧・神龍院梵舜《しんりゅういんぼんしゅん》が残した『舜旧記《しゅんきゅうき》（梵舜記）』には「大地震、子《ね》（丑《うし》）刻に動いて数万人死す。京中寺々所々崩倒。第一は伏見城と町で既に顚倒《てんとう》」とあるほどだ。

あちらこちらで修繕の作業をする音が聞こえた。

「お店のほうは大事ないのですか」

「心配せずともよい」

清忠は大きく胸を叩いた。

茶屋家の店は新町通蛸薬師下る（現・京都市中京区）に開かれており、卯乃らは漸く辿《たど》り着いた。呉服屋なので、多くの蔵を必要とはせず、敷地は乳切屋の半分ほど。

清忠が口にしたとおり、店が壊れた気配はない。短期間で修築し直したようである。

さすがに二日間も馬に乗りどおしだったので尻が痛いが、これから奉公をする身なので文句を言える立場ではない。卯乃は堪《こら》えた。

一室で待っていると、三十そこそこの女性が現われた。

「都にようこそ。四郎次郎が妻の八重《やえ》どす」

髪を綺麗《きれい》に巻き上げ、小袖を重ねて着こなす姿は、卯乃には雅《みやび》に見えた。

「ご挨拶が後《おく》れて申し訳ございません。卯乃にございます」

居住まいを正して卯乃は頭を下げた。

「旦那はんから聞いてはります。茶屋の養女として徳川はんとこに奉公に行くと」

「なにも判りませんが、旦那様の名を汚さぬよう励む所存です。お導き下さいませ」

「うちも武家の奉公のことは、よう判らしまへん。そやけど、女子の奉公は掃除、洗濯、炊事、買い物ぐらいですやろ」

商人のほうが、よほど難しいとでも言いたげな女将《おかみ》である。

「旦那様に聞きそびれましたが、その程度のことならば、この辺りの女子を募ってもいいのではないでしょうか」

「お武家はんは、信用できる女子を雇わんとならしまへんやろ。物騒な世の中ですさかい」

都の女の感覚では、仕事に命をかけるという忠義心のようなものはないのかもしれない。

「そうでした」

津の生活で、暗殺されるなどという状況はなかった。八重の一言で卯乃の身は引き締まった。

「徳川はんは三河の出ですやさかい、濃い味が好みとか聞いてはります」

八重は笑みを浮かべながら告げた。都は薄味が主流。汗をかかないので濃くする必要がない。汗をかくのは都の人に雇われた他国の者。公家衆や高僧、富裕な商人などは、いわゆる命令をする側の人間であるということが根付いていた。都人は自分たちが住む都が、世界の中心ぐらいに考えているので、隣の近江《おうみ》、若狭《わかさ》、丹波などであっても、都以外の国は外国という認識に近く、他所者《よそもの》を田舎人と見下すことは珍しくない。ましてや習慣、味など認めていなかった。

別に田舎者が恥だとは卯乃は思っていない。伊勢の生まれを誇りに思っている。そこで培《つちか》われたことを評価され、誘われて都にいる、とも。

「心得ておきまする」

元は茶屋の一族も東国の出身であろう、とは卯乃は口にしなかった。

「それから、先ほどちらりと見はりましたら、卯乃はんは大股《おおまた》で歩きおすな」

がさつだと八重は指摘する。

「そうでしたか。気をつけます」

津では仕事に追われていたので、当たり前のように大股で歩いていた。卯乃は恥じいった。

その後も卯乃は、八重から都のことや徳川家のことを細々と聞き、頭の中に叩き込んだ。

徳川家に仕えたら、上役の言うことに二つ返事で応じていればいいが、武家や公家からの取り次ぎを行うことになると面倒だった。いずれも体面があるので、相手を不快にしてはならない。

(いくら考えてもこればかりは……。仕えてみねばなんとも。でも、なんとかなる。してみせる)

乳切屋で男たちと渡り合ってきた経験があるので、奉公を軽く見てはいなかったが、性格的なものか、卯乃は楽観的だった。

一月《ひとつき》ほど茶屋の屋敷で働き、都の空気に慣れたのち、卯乃は茶屋清忠と二条の徳川屋敷に向かった。

嘗て、二条の地には絢爛豪華《けんらんごうか》な聚楽第が築かれていた。後陽成《ごようぜい》天皇も行幸《ぎょうこう》なされた聚楽第は政庁として秀吉から関白秀次に引き継がれたものの、秀次の謀叛《むほん》騒動によって破却され、今では広い野原になっている。

謀叛騒動は秀次事件と呼ばれ、関白に任じられていた秀吉の甥《おい》の秀次が政務を怠り、酒池肉林にふけり、残虐非道《ざんぎゃく》な行為を繰り返した挙げ句、秀吉に対して謀叛を企てたので、切腹させられた、というのが表向きのこと。真相は、自分の死後、一粒胤《ひとつぶだね》の秀頼に秀次が関白を譲らないのではないかと秀吉は疑い、濡《ぬ》れ衣《ぎぬ》を着せて死に追い込んだというものである。

聚楽第跡地の周囲には大名屋敷が建ち並んでいるものの、秀吉が伏見に築城したので、大名たちも挙《こぞ》って移動し、留守居だけが住む静かな町に変わっていた。

徳川屋敷は一町四方の敷地しかなく、年寄（大老）筆頭、二百五十五万石を擁する家柄からすれば、かなり狭い。加賀の前田家の半分ほどしかなかった。秀吉は家康に都で広い地を与えたくなかったのかもしれない。

屋敷も周囲の大名屋敷と比べて質素なものなので、乳切屋とそう変わらない。卯乃の緊張感は解けていく。家康にすればあくまでも出張所なので、風雨が防げればいい、程度にしか考えていなかったのかもしれない。

外の壁こそ直していたが、中の屋敷はまだ修築しきれていない箇所が多々あり、壁に亀裂《きれつ》が入っているところもあった。

既に話は伝わっており、門を叩くと二人は中に通された。

大名屋敷なので、さぞかし豪勢な造りなのかと思いきや、周囲の民家と変わらない。他の大名家では化粧壁は当たり前であるが、徳川家は剝《む》き出しの土壁。畳も藺草《いぐさ》の香りのする青い畳ではなく、使い古した黄色いものであった。

庭も白い石が敷き詰められ、大きな石や池があり、鹿威《ししおど》しなどが備えられている俗に言う日本庭園のようなものではなく、目隠し用の樹《き》が植えてある程度である。

まあ、これならば、気兼ねなく仕えられそうである。顔が映るほど磨き上げられた廊下などだったら、さぞかし骨が折れる仕事をさせられそうであるが、さして綺麗ではないので卯乃は安心した。

一室で待っていると、男女が一人ずつ現われた。男は徳川四天王の一将・井伊直政《いいなおまさ》である。

「これは井伊様、ご無沙汰《ぶさた》しております。井伊様が上洛《じょうらく》なされるとは、なにか起きましたか」

井伊直政は三河譜代の家臣ではないが、上野《こうずけ》の箕輪《みのわ》で十二万石を与えられ、徳川家筆頭の石高を有する大名に上り詰めていた。長身で肉厚の体軀《たいく》。武田旧臣を家臣に組み込み、赤で統一した軍勢は井伊の赤備えと恐れられ、徳川家の先陣を駆けていた。

「近くお屋形様がご上洛なされるので、まあ、露払いのようなものにござる」

鋭い目つきなので威圧されるが、平素は物腰の柔らかい直政である。この年三十六歳になる。

「左様ですか。こちらが我が養女の卯乃にございます」

「卯乃にございます。不束者《ふつつかもの》にございますが、精一杯仕えさせて戴きますので、よろしくお引き廻しのほどお願い致します」

卯乃は深々と頭を下げた。

「話では優れた女子と聞いていたが、不束者では困る。当家は有能な者を欲しておる」

思いもよらぬ直政の言葉に、卯乃は当惑すると同時に腹立たしさを覚えた。

「畏《おそ》れながら、謙《へりくだ》るのが礼儀だと教わりました」

「これ、無礼だぞ。お詫び致せ」

即座に茶屋清忠が注意する。

「謙らずともよい。当家は使える者以外はいらぬ。それだけじゃ」

「わたしは、仕えます」

間髪を容《い》れずに卯乃は答えた。「使」と「仕」の訓《よみ》を掛け、洒落《しゃれ》たつもりだ。

「左様か。それでよい。これは侍女頭の登美《とみ》じゃ。以降、登美の指示に従うように」

直政は隣の中年女性を紹介した。

「卯乃にございます。必ずやお役に立つよう尽力致します。よろしくお願い致します」

「登美じゃ」

冷めた口調で登美は言う。侍女の扱いには慣れた感じでもある。奥を任されているので、有能な女性には違いなかろうが、八重のように洗練された都人ではなく、日焼けの跡が残り、どこか土臭さがある。卯乃は少し安心した。

早速、卯乃は登美に伴われ、侍女の部屋に案内された。間取りは六畳であった。

「ここは、そなたたちが使う部屋。荷物は一纏《ひとまと》めにして納戸《なんど》に入れておくこと。そなたは御末《おすえ》(一番の下っ端《ぱ》)だから、起床は寅《とら》ノ刻(午前四時頃)……」

細々としたことを説明され、一応、全部覚えたつもりではあるが、不都合がでてくることは予想できた。

（最初から、完璧《かんぺき》を求められるか。まあ、二、三日もすれば覚えよう）

卯乃は体を動かして覚えてきた。これからも同じであると考えた。

薄い水色の小袖に襷がけし、木綿布で髪を桂包《かつらづつみ》にした卯乃は登美の後をついて行く。

「早速働いてもらうよ」

登美に連れられて中庭に出ると、ちょうど二人の侍女が竹箒《たけぼうき》で掃き掃除をしていた。

「これは」

登美を見た侍女たちは立礼する。

「今日から奉公することになった卯乃だから。いろいろと教えるように」

告げると登美は立ち去った。

「ああ、よかった。これで厠《かわや》（便所）の掃除をしなくてすむ」

背の低い垂れ目の侍女が嬉しそうに言う。

「厠の掃除は新米の役目だから」

小太りの侍女も、安心したように告げた。

「あなた幾つ？　どこから来たの？　どんな家？」

矢継ぎ早に垂れ目の侍女が問う。

「十六です。伊勢から来ました。元は武家の血筋ですが、故《ゆえ》あって親戚《しんせき》が営む駅路問屋に奉公していました」

「へえ。わたしは湯富《ゆふ》。有馬の出。十四だけど、徳川家への奉公はわたしのほうが先だから、そのつもりで」

垂れ目の湯富は先輩風を吹かす。

「わたしは深雪《みゆき》。近江の志賀の出。十五だけど湯富と同じ」

深雪も湯富に倣《なら》う。

「承知しております。ご指導ください」

乳切屋をきりもりしてきた自負がある。奉公しても負ける気はしない。だが、卯乃は頭《こうべ》を垂れた。

登美以外の侍女は卯乃を入れて五人。以前はもっと多くの侍女が仕えていたが、殆《ほとん》どは政庁のある伏見屋敷に移動してしまった。平素、男は十二、三人だという。

卯乃は湯富に伴われ、厠にやってきた。厠は午前と午後、二度掃除することが義務づけられている。また、汚れていればその都度行うことが決まりである。

「掃除をしている時、殿方が用を足そうと厠に入ってくることもあるから、その時は途中でも切り上げて、すぐに譲ること。待たせないように」

湯富が注意する。

「畏《かしこ》まりました」

卯乃は湯富の指示どおり、掃除を始めた。

(どんな用の足し方をすれば、こんなところに、こぼすのか)

鼻を突くような臭気が立ち籠《こ》める中、卯乃は角張った木片で木製の便器に付着した残便を擦《こす》り落とし、濡れ雑巾《ぞうきん》で拭《ふ》き取った。紙は貴重品なので掃除で使用することは大名家でもなかった。

厠掃除は乳切屋でもやっていたので、さして苦にはならない。卯乃は手際《てぎわ》よく片づけた。

「厠は裏庭にもあるから」

後輩ができたので、湯富はここぞとばかりに命じる。この先、新たな侍女が仕えるまで、相当こき使われそうであった。

その後は風呂《ふろ》焚《た》きと夕食の支度。食事ののちは片づけを行うと一日が終了する。蠟燭《ろうそく》は高価なもの。灯用の油も同じ。戌《いぬ》ノ刻(午後八時頃)就寝となる。

(津が都に変わっただけ。まったく問題はない)

平凡な奉公一日目が過ぎただけであるが、さすがに気疲れもあり、卯乃はすぐに眠りについた。

登美が言ったように、侍女は寅ノ刻に起床する。といってもこれは新米の卯乃と湯富、深雪だけで、他の侍女はまだ寝ている。寺の鐘は明け六ツいわゆる卯《う》ノ刻（午前六時頃）に鳴るので、その一刻（約二時間）前に起きなければならない。こちらも乳切屋では当たり前のことなので、暗いうちに目が覚めた。

「さてと、起きて下さい」

卯乃は湯富と深雪を起し、素早く手水《ちょうず》をすませると、食事の用意にかかった。井伊直政らが上洛しているので侍女の分も含めて五十人分の食事を用意しなければならない。

野菜洗いは井戸の側で行うので、多くの野菜を笊《ざる》に入れて運び、藁《わら》の束子《たわし》で汚れを落とす。大変なのは井戸からの水汲《みずく》み。大量に使用するので、両手に十升（約十八リットル）入る桶《おけ》を持ち、台所まで片道五間（約九メートル）を何度も往復した。

大名筆頭の家なので、朝から多くの品数を揃えなければならぬのかと思いきや、一《いち》汁一菜《じゅういっさい》と粗食であった。

（噂《うわさ》で聞いていたけれど、これほどとは……。家康様は、締まり屋なお殿様なのかしら）

食べる側としては残念であるが、作る側とすれば手間が省けて助かる。

米を研ぎ、水を入れる。

(浸すことなく炊《た》くから、こんなもんかな)

卯乃は研いだ米の上に指を立て、中指の第二関節まで水を入れた。一刻ぐらい浸《つ》ける時間があれば、もう少し水を少なくする。水量は指で覚えたので炊く器は鍋《なべ》、釜《かま》、大きさも関係なかった。

飯を炊いている間に味噌汁を作る。三河の豆味噌で、具は菜と里芋、大根の具沢山。魚は鰯《いわし》を焼く。場所が限られているので、手際よく焼く必要があった。料理は火加減が重要。卯乃は煙で目を細めながらも、竈《かまど》から離れることはなかった。

もうすぐ飯が炊けそうな頃、於《お》梅《うめ》と於《お》春《はる》という先輩格の侍女が起きてきて、盛り付ける頃になって登美が来る。皆、立礼するので卯乃も従った。

「できてる?」

「はい。今日はわたしが主となって作りました」

「そう。なら、すぐ毒味を」

衝撃的な言葉であった。これまで卯乃は毒味などしたことがない。

(そうだ、わたしは武家に奉公したんだ)

武家では毎日の決まった作業かもしれないが、卯乃には新鮮かつ驚くべきことであった。

(わたしが作った食事で人が死ぬかもしれない。あるいは、誰かが毒を入れたら)

普段は疑問を持ったことがなかった。卯乃は僅《わず》かながら疑いを持ちつつ炊きたての飯を頬ばった。勿論《もちろん》、毒などは入っていない。いつもどおり甘味が口腔《こうこう》に広がった。

卯乃が毒味をしたあと、登美が膳を口にした。

「病人に食べさせるわけではない。次から、もう少し固く炊くように。これではあっという間に食べられてしまう。それにすぐ腹が減る。多く嚙《か》ませることが徳川の強さにつながるとお屋形様は仰せだ」

これまた想定外な登美の叱咤《しった》であった。

「はい。気をつけます。恐れながら、良く嚙むとなにゆえ強くなるのでしょうか」

「良く嚙めば顎《あご》が強くなる。さすれば踏ん張りが利《き》くと、お屋形様が仰せになられておる」

「畏まりました」

意外な発見である。半信半疑であるが、卯乃は素直に応じた。

「それと、徳川家は公家にあらず、武家ゆえ今少し味噌汁の味も濃くするように」

八重が言っていたとおりだった。

（三河の方々は、どれほど汗をかくのか）

相当な荒くれ者ばかりが揃った家なのかもしれないと、卯乃は警戒感を抱いた。

「承知致しました」

こちらも言われるがままに頷いた。

食事の後は片づけ、洗濯、掃除、縫い物。食品は出入り商人が運んでくるので、乳切屋時代のように買い出しに行くことは滅多にない。逆に敷地から出るほうが珍しいとも言える。

食事は朝晩の二食。風呂焚きが終わると再び夕食の用意。これの繰り返しである。

（代わり映えのない暮し）

万事、無事平穏が武士の望む生活であり、卯乃もそれを理解しているが、十日も面白みのない日々を過ごしていると退屈でならず、津の暮しが懐《なつ》かしく感じられるようになった。

この年の十月二十七日に改元され、慶長元年となった。

井伊直政はすぐに家康が上洛すると言っていたが、言葉どおりにはならなかった。

それどころか、直政自身も伏見に行ってしまった。

それは明、朝鮮との和睦が決裂し、秀吉が再度、出兵命令を出したからかもしれない。

三

短い慶長元年が過ぎ、同二年(一五九七)も五月になった。周囲は新緑に萌《も》え、目を保養させるものの、あと半月もすれば梅雨入りとなるせいか、都はとても蒸し暑かった。

そんな中の昼過ぎ、ついに家康が伏見から二条の屋敷にやってきた。家臣たち一同は屋敷の外に出て跪《ひざまず》き、家康を迎えた。卯乃たち侍女も同じで、玄関先で平伏した。

(今、わたしの前を家康様が通っている)

頭を下げているので、どのような容姿か判らない。それでも主が近くにいると嬉しく感じた。

部屋の中に入った家康が、喉《のど》の渇きを訴え、茶を所望した。午前中に、家康が来ると報《しら》されていたので、絶えず鉄瓶は竈にかけてあり、湯は煮え滾《たぎ》っていた。

「卯乃、茶を点《た》てなさい」

登美が命じた。二条屋敷の侍女で茶を点てられるのは卯乃だけであった。

「畏まりました」

番頭を務めていたので、茶で客をもてなすことは珍しくない。本来は茶室で茶を点てるところを披露するのがおもてなしであるが、その必要もないので気が楽だった。

目の前に家康がいないからといって、手を抜いたりはしない。卯乃は家康の目の前にいるかのようにして、茶壺《ちゃつぼ》から一匙《ひとさじ》、濃緑の茶を掬《すく》い、黒い器の中に入れた。竹の柄杓《ひしゃく》で熱湯を掬い、大きめの茶色の器に入れ、また別の灰色の器に移して温度を下げ、人肌ほどにさましたところで黒い器に注ぎ、茶筅《ちゃせん》で掻《か》き回して茶粉を均一に分散させ、ほどよく泡が立ったところで手を止めた。

「どうぞ」

持って行くのは侍女頭の登美なので、盆に置いて手渡した。

家康は茶を呑《の》み干すと二杯目を所望。さらに三杯目を要求したので卯乃は応えた。

「卯乃、お屋形様がお呼びになっておられる。粗相《そそう》のないように」

登美は嫉妬《しっと》に満ちた目で告げに来た。

(乳切屋の気遣い、通じたかもしれない)

卯乃は登美と共に、喜び勇んで家康の待つ部屋に向かった。

「連れてまいりました」

廊下に平伏すると登美が部屋の中の井伊直政に告げた。暑いので障子は開けられていた。

「近《ち》こう」

部屋の奥から声がかけられた。若くはなく、低くはあるがよく通る声であった。

「失礼致します」

卯乃は目を伏せたまま部屋に入り、端座した。声主との距離は二間ほどある。

「その方《ほう》が茶を点てたのか」

「左様にございます」

下々の者は許可がなければ顔を上げてはならない。卯乃は視線を落としたまま答えた。

「いかな点て方《かた》をしたのか」

「喉が渇いておられるとの仰せでしたので、最初は薄味にし、少しずつ茶の量を増やしました」

「見事な気遣いじゃ。美味であったぞ」

家康は満足そうに言う。

「有り難き仕合わせに存じます」

徳川屋敷に来て初めて褒められた。しかも家康に。卯乃は歓喜の声を上げたい心境である。

「この女子は茶屋の養女として当家にまいりました。その前は津の乳切屋で奉公していたのですが、なんとその母は、我らが伊賀越えをした際、路《みち》で食事を用意した者にございます」

井伊直政は、茶屋清忠から頼まれたであろうことを家康に伝えた。

「ほう、そちがあの時の女子の娘か。面《おもて》を上げよ。いかな顔をしているのか」

「はい。畏れながら、ご無礼を致します」

許可を得た卯乃は躊躇《ちゅうちょ》なく顔を上げた。ただ、直視してはいけないので家康の表情は判《わか》らない。

「なかなか好《よ》き面構《つらがま》えじゃ」

家康は女子にかける言葉とは思えぬ意外な評価をした。

「畏れながら、わたしは喜んでもいいのでしょうか」

「これ、控えよ」

間髪を容れずに井伊直政が注意する。

「ははは、面白きことを申す女子じゃ。卯乃と申したの、好きにして構わぬぞ」

よほど意外性があったのか、家康は声を出して笑った。

「はい。されば、喜ばせて戴《いただ》きます」

話の流れで、つい卯乃は視線を上げて、家康を見てしまった。

（まあ、思いのほか、お優しそうな）

大名家筆頭、歴戦の勇将と言われる家康なので、どれほど恐ろしい顔をしているかと思いきや、どこにでもいそうな、少し冴《さ》えない小太りの老将であった。目は真ん丸でよく見えそうである。良く聞こえそうな福耳。肌は戦陣や鷹狩《たかが》りで、こんがりと日焼けしている。

「これ、直視するのは無礼じゃぞ」

「申し訳ございませぬ」

井伊直政に促されて、卯乃は詫《わ》びた。

「よいよい。そちの母御には世話になった。なにか褒美《ほうび》をとらす。遠慮なく申せ」

「有り難き仕合わせに存じますが、急に仰せになられましたので、浮かびませぬ。後日改めて申し上げさせて戴きとうございますが、よろしいでしょうか」

本心はお家の再興。兄たちの仕官であるが、まだ、それが許されるほどのことはしていない。もっと家康に認められてから、進言しようと卯乃は考えた。

「構わぬが、好機というものは、そうそう訪れぬものぞ」

「はい。肝に銘じておきまする」

告げた卯乃は家康の前を下がった。

(これで家康様に覚えられたはず)

まずは印象づけさせることが大事。簪《かんざし》や櫛《くし》を貰《もら》うより、よほど有意義だと卯乃は感じた。

卯乃が奉公する家康は、天文十一年(一五四二)寅年十二月寅日寅刻、三河の小豪族、松平広忠《まつだいらひろただ》の嫡男《ちゃくなん》として生まれた。幼名は竹千代《たけちよ》。

竹千代は六歳の時、隣国の大大名・駿河《するが》の今川家に人質として出された。移動の最中、竹千代は義母(真喜《まき》姫)の父にあたる戸田康光《とだやすみつ》により、尾張《おわり》の織田信秀《おだのぶひで》に売られた。

珠玉の竹千代を得た信秀は、織田に帰属するよう迫ったものの、松平広忠が拒否したので、竹千代は斬《き》られる危険に晒《さら》されたが、後に人質交換によって当初の予定どおり今川家に送られた。

今川家の人質になった竹千代は、義元の下で元服して元信《もとのぶ》、後に元康《もとやす》と名乗り、松平家は今川の先兵として遣い減らしにされていたところ、織田信長が田楽狭間《でんがくはざま》で今川義元を討ち滅ぼしてくれたので、人質から解放された。

悲願であった今川家からの独立を果たした元康は、信長と清洲《きよす》同盟を結んで家康と改名したものの、実際の関係は主従も同じ。家康は信長からは家臣のごとく扱われた。

戦国最強と謳《うた》われた武田信玄《しんげん》の矢面に立たされることになり、三方原の戦いでは滅亡寸前に追い込まれたが、信玄が兵と時間の損失を避けたお蔭《かげ》で生き延びることができた。いつ攻められるかと浜松城で居竦《いすく》んでいたところ、信玄が病に倒れたので艱難《かんなん》を乗り越えることができた。

危機を脱したところ、今度は信長から疑いをかけられ、妻子を斬るように命じられた。血の涙を流して嫡男を自刃《じじん》させ正室を殺害させて従属を誓うと、信長が恐ろしき武田家を潰《つぶ》してくれた。

武田家が滅亡したのち、家康の版図も東に広がったものの、邪魔者として駆逐される恐れが浮上し、怯《おび》えていると、今度は惟任《これとう》（明智《あけち》）光秀が本能寺で信長を討ってくれた。

変時、家康は和泉《いずみ》の堺を遊覧《ゆうらん》しており、生死を賭《か》けた帰国をせねばならなくなったが、危険な伊賀越えも忍びを配下に多数抱えていたことによって事なきをえた。

家康が甲斐《かい》、信濃の掌握に勤《いそ》しんでいたところ、秀吉は賤ヶ岳《しずたけ》の戦いに勝利して勢力を拡大。信長の天下統一を継承していた。

増大する秀吉を恐れた家康は、小牧《こまき》・長久手《ながくて》の戦いを仕掛け、局地戦で勝利したまではよかったものの、同盟者の織田信雄が秀吉に屈したことで、圧《お》された形で鉾《ほこ》を収めた。それでも秀吉の天下平定を念頭に置いた戦略のお蔭で滅亡から逃れることができた。秀吉が消耗戦を覚悟して攻撃してきたら、徳川家は武田家の二の舞になっていたかもしれない。家康は次男の於義丸《おぎまる》（のちの結城秀康《ゆうきひでやす》）を人質として送り、表向き秀吉に恭順の意思を示さざるをえなかった。

長久手の戦いでは勝利した家康であるが、秀吉から政略結婚として妹の朝日《あさひ》（旭）姫を押し付けられ、さらに人質として母の大政所《おおまんどころ》が送られてきた。今は勝てぬと悟った家康は秀吉に臣下の礼を取り、豊臣政権に組み込まれた。関東への移封も二つ返事で応じざるをえなかった。

関東で版図は広がったものの、新領の仕置は困難を極めた。それでも移封したてということもあり、家康は朝鮮出兵を免れた。陸奥《むつ》の伊達政宗《だてまさむね》や越後《えちご》の上杉景勝《かげかつ》らが渡海しているので東国の武将が免除されたわけではない。もし命じて拒否でもされれば面目を失い、再び国内で争乱となる。秀吉はこれを恐れて家康に命令できなかったと噂された。勿論、家康は渡海を命じられても、拒否するつもりだったという。

大名筆頭であるがゆえに、秀吉にとって家康は目の上の瘤《こぶ》であることには変わりなく、常に警戒は必要である。

家康、この年五十六歳。困難続きではあるが、切り抜ける強運も持ち合わせている武将である。

九州を主体とする諸大名は二度目の渡海をして、朝鮮で血で血を洗う戦いを繰り広げていた。

卯乃は家康に気に入られたこともあり、身の廻りの世話も仰《おお》せつかるようになった。

数日後の夕刻。卯乃は二条へ来た家康の着替えを持って湯殿《ゆどの》（浴室）の隣の部屋に向かった。辺りでは茜色《あかねいろ》の色彩が薄れてゆき、薄紫色に変わる頃であった。

湯殿では家康が湯舟に浸かっている。卯乃は隣の三畳間の棚に着替えを置き、それまで家康が着ていた小袖《こそで》や褌《ふんどし》を持って部屋を出ようとした。

「出会え！　曲者《くせもの》が忍び込んだぞ。出会え！」

外で急を報《しら》せる声が響き渡った。このような声を聞くのは生まれて初めてのことである。

（なんでこんな時に。どうしよう。外には警護の家臣がいるから大事はあるまいが）

卯乃の顔はこわばった。

（いや、万が一のことがあれば一大事）

即座に卯乃は襷《たすき》を解き、小袖を脱いだ。下半身は腰巻（湯巻）だけで、上半身は裸である。

「ご無礼致します」

家康の許可を得ぬまま、卯乃は湯殿に入った。

「なに?!」

湯舟から上がった家康は驚愕《きょうがく》すると同時に、卯乃の豊かな乳房を見て瞠目《どうもく》した。

「汝《うぬ》は？」

驚きの中、家康は卯乃を見て警戒し、手拭《てぬぐ》いを握って身構えた。

「わたしです。卯乃です」

「そなたは、あの時の女子《おなご》か」

家康は、女子が卯乃であることを認識したようであるが、まだ信用していないような目をする。

「左様です。これをお召しになってください。早く！」

羞恥《しゅうち》を忘れ、卯乃は怒鳴るような声で家康に命じた。

「あ、あい判った」

命令されると弱いのか、家康は卯乃が言ったとおり女の小袖を羽織った。

「お屋形様。ご無事にございますか」

すぐに小姓たちが駆けつけた。これにより、家康は固い表情を崩した。

「お屋形様を別室に。早く！」

「しょ、承知」

小姓たちも、卯乃の勢いに押され、慌《あわ》ただしく家康を避難させた。

（あとは）

卯乃は腰巻も脱ぎ、家康が入っていた湯舟に浸かった。そこへ、着替えの間から声がかけられた。

「お屋形様。大事ありませぬか。曲者がおるそうにございます」

既に家康は逃げている。側近ならば判るはずなので、怪しく思えた。女の勘であった。

「騒々しいぞ。曲者などおらぬ。良き風呂を邪魔するな」

卯乃は得意の似声《にせ》術で、家康の声を真似《まね》て答えた。

その刹那《せつな》、湯殿の戸は蹴破《けやぶ》られ、抜刀した曲者が一人押し入った。全身、蘇芳《すおう》染めの忍びの衣装に身を包み、同じ色の頭巾《ずきん》で顔を隠し、目だけ見えるようにしていた。

あまりの恐怖に卯乃は声を失った。

「汝は?!」

まさか女子が風呂に浸かっているとは思わず、曲者も困惑していた。

「賊じゃ。逃すな!」

井伊直政と配下の数人が駆け寄った。

「おのれ」

小窓には格子《こうし》があって忍びでも通り抜けることは不可能。捕り手は数人。しかも井伊家の者は徳川家の中でも精鋭揃《ぞろ》い。逃れられぬと悟った曲者は人質を取って切り抜けようと思案したのであろう。卯乃を湯舟の中から引き摺《ず》り出そうと手を摑《つか》んだ。

(ひっ!)

強烈な力で手首の上を握られ、卯乃は思わず悲鳴を上げようとしたが、あまりの恐怖で声が出ない。

その刹那。

「ぐっ」

直政の家臣が袈裟《けさ》がけに太刀を振ると、血飛沫《ちしぶき》が板壁に飛び散り、曲者は呻《うめ》いた。

赤くなるほど強く掴まれていたが、背を斬られた曲者は反撃を試みようと振り返ったので腕を放された。卯乃は解放され、僅かながら安心した途端、目の前で二太刀目を浴びて曲者はその場に倒れ、絶命した。

肉や骨を切る体の芯《しん》に響く鈍い音。撒《ま》き散る鮮血と血腥《ちなまぐさ》さ。小さくも断末魔の悲鳴が耳に憑《つ》いて離れず、瞳《ひとみ》から輝きが失われる時の儚《はかな》さが焼きつけられた。

初めて人が斬り殺される瞬間を目《ま》の当たりにし、あまりの衝撃に卯乃は絶句した。

（こ、これが武家に奉公すること）

我が身が危険に晒されたことなど初めてのことである。一歩間違えば、命を落としていたかもしれない。足が震え、卯乃は恐怖で湯舟から出ることができなかった。

「大事ないか」

曲者の死を確認した井伊直政が卯乃に問う。

「は、はい」

少し落ち着きを取り戻し、卯乃は返事をした。まだ胸は早鐘を撞《つ》くような鼓動を打っている。

事が収まり、家康が卯乃の小袖を羽織ったまま現われた。

「この賊は？」

「至急、素性を調べさせます。おそらくは伏見、大坂の手の者かと存じます」

井伊直政の返答に家康は頷《うなず》き、湯舟の中の卯乃を見た。

「見事な機転であった。そちのお陰で命拾いをした。礼を申すぞ」

家康は湯舟の中の卯乃を褒めた。

「有り難き仕合わせなれど、あまりご覧にならないで下さい。恥ずかしゅうございます」

胸を押さえ、背を向けながら卯乃は答えた。

「おっ、これはすまん。そちたちも気を使え」

家康の言葉で、遺体は片づけられ、皆は湯殿から出ていった。

(終わった)

漸《よう》やく鼓動の速度もゆるやかになってきた。卯乃は着替えの間に残された自分の衣を纏《まと》い、侍女の間に戻った。

乾いた衣に着替えようとしたところ、登美が待っていた。

「こたびのこと。確かに手柄であったかもしれぬが、そなたはお屋形様と一緒に逃げればよかったのではないか。そなたが斬られるのはそなたの勝手じゃが、そなたが死ねば、また新たな侍女を入れて一から教えねばならぬ。そなたの命は徳川家の命であること忘れぬように」

厳しい口調で登美は叱咤する。

「申し訳ございませぬ。以後、気をつけます」

卯乃は素直に詫びた。

どうせ妬《ねた》んでいるのだろう、とは思うものの、命の大事さは、なるほどと納得させられる部分もあった。

まだ腕に摑まれた感触が残っていることが、事の重大さを物語っていた。

二条屋敷に来る前、家康は伏見城で秀吉らと顔を揃えた。広間には諸将が居並び、五歳で元服したばかりの秀頼も秀吉の横に腰を下ろした。

「この中で一番怖いのは誰じゃ？」

秀吉は溺愛《できあい》する秀頼に問う。秀頼は毛利《もうり》輝元《てるもと》を指差した。輝元は中国地方九ヵ国、百二十万石を有する大名であった。

「なるほど安芸《あき》宰相《さいしょう》が怖いか。されど、弓矢では余《よ》に及ぶまい」

秀吉は毛利輝元にというよりも、家康を意識して告げた。

「はっ」

諸大名も秀吉の言葉は理解し、一斉に平伏した。

「殿下に及ぶ者はございますまい」

阿諛《あゆ》を言う大名もいた。秀吉股肱《ここう》の福島正則《まさのり》などは本気で頷いている。

「これはしたり。長久手をお忘れか」

思わず家康は口を挟んだ。家康は名目上、秀吉の主君織田信長とは同盟者であった。時勢によって秀吉に臣下の礼をとったものの、あくまでも天下泰平のためで、秀吉に屈服した諸将とは違うという自負がある。家康は秀吉の家臣ではなく、天下への協力者というのが本心であった。

家康の言葉を聞いた秀吉は、不機嫌になって席を立った。

「殿下も戯《たわむ》れが酷《ひど》くなられた。殿下は天下をお取りになられたが、儂《わし》は弓矢の道は譲るつもりはない」

秀吉が退出した席で家康は諸将に告げた。

暫《しば》しして秀吉は戻り、諸将と談笑を続けたが、二人の確執は深まった——ということがあった。

曲者は風車型手裏剣を持っていた。これは甲賀者がよく手にしている。秀吉に仕える大名では甲賀者の山中長俊《やまなかながとし》や、近江甲賀郡の水口《みなくち》を所領とする長束正家《なつかまさいえ》などがいるので、このあたりが放ったのではないかと噂されたが、確かな証拠はあがらなかった。

騒動のあとで、卯乃は家康の居間に呼ばれた。

（また、ご褒美の話が出るかも。こたびは兄たちのこと、申し上げようか）

卯乃は少々浮かれた気持で家康の部屋に向かった。

「卯乃にございます」

「入れ」

許可されたので、卯乃は遠慮なく部屋に入った。中には家康が一人でいた。

「近こう」

端座すると家康が言うので、卯乃は一間ほどのところまで近づいた。

「風呂でのこと、改めて礼を申す」

家康は白くなり始めた頭を下げた。

「礼などと畏れ多いこと。奉公する者として当たり前のことをしただけにございます」

「左様か。されば、これからもずっと側にいて儂に奉公せよ」

「小姓衆のようなことでしょうか」

家康の真意が判らず、卯乃は問う。

「違う。我が側室になれということじゃ」

「えっ?!」

想定外の言葉に、卯乃は言葉を失った。

（わたしが家康様の側室だなんて……）

商家に奉公していた女子が、大名筆頭の側室となれば、一躍大出世である。家康の男子でも産もうものならば、その男子は城主になるのも夢ではなくなる。時と場合によっては跡継ぎにも。卯乃は豊臣家における淀《よど》ノ方のような立場にもなりうるのだ。

（されど）

側室はあくまでも側室。叶《かな》うならば、正室になりたいというのは女子の誰でも思うところ。

（そうだ。家康様には御正室はおられぬ）

築山《つきやま》御前は信長の命令で殺害し、後添えにした秀吉の妹の朝日姫は病死していた。

（もし、お受けすれば、わたしは多くの側室方と女子の争いをすることになる）

家康にはこの時、小督局《こごうのつぼね》（長勝院《ちょうしょういん》）、西郡局《にしごおりのつぼね》（蓮葉院《れんよういん》）、阿茶局《あちゃのつぼね》（須和《すわ》。雲光院《うんこういん》）、於久《おひさ》（普照院《ふしょういん》）、於竹《おかめ》（良雲院《りょううんいん》）、於仙（泰栄院《たいえいいん》）、於勝《おかち》（梶《かじ》とも。英勝院《えいしょういん》）、茶阿局《ちゃあのつぼね》（朝《ちょう》覚院《かくいん》）、於亀《おかめ》（相応院《そうおういん》）、蔭山《かげやま》（養珠院《ようじゅいん》）の側室がおり、阿茶局が実質的な正室のような役目をしていた。

子では結城秀康、秀忠《ひでただ》、忠吉《ただよし》、信吉《のぶよし》、辰千代《たつちよ》（忠輝《ただてる》）、松千代、仙千代。

姫では亀姫、督《とく》姫、振《ふり》姫、松姫。

卯乃は複雑な心境であった。

「お戯れを申されますな」

そう言うのがやっとであった。

「戯れではない。今は乱世、風呂でのことのようになにが起こるか判らぬ。平素なれば、儂の周囲には家臣がおるゆえ安心であるが、寝所や風呂ではそうもいかぬ」

「されば、わたしは警護ですか」

我知らず腹立たしさを覚えた。

「当たらずとも遠からず、といったところじゃが、そう怒るな。そなたのように機転の利く女子が儂には必要じゃ。そなたのような女子が儂の子を産めば、さぞかし徳川のためになろう」

「まあ」

「この乱世は主従の間は言うに及ばず、親子、兄弟でも殺し合う始末じゃ。我が徳川家は三河の国人衆で、常に周囲の大名に左右されてきた。長久手で勝利した儂が、太闇に従うようになったのは天下泰平のためじゃが、せっかく世が治まったと思いきや、異国で戦を始めるようになった。我が願いは戦のない世を作り、民が安心して暮らせるようにすることじゃ」

しみじみと家康は言う。聞きようによっては秀吉に挑むともとれた。

「嫌なれば強いたりはせぬが、構わぬならば儂に合力《ごうりき》(協力)してくれ」

真ん丸の目で瞬《まばた》きもせずに言う。

(ただの女好きとも思えない。かようなお人なれば、守ってさしあげてもいいかも)

これまで民が安心して暮らせるようにしたい、などと聞いたことがない。卯乃は惹《ひ》かれた。

「判りました。天下泰平のため、お屋形様の仰せに従います」

ここで家の再興や兄の話もできたが、卯乃はあえて止《や》めることにした。なにかと引き換えでは兄たちの自尊心が瑕《きず》つくのではと深慮してのことである。

「左様か。されば」

家康は笑みを浮かべ、卯乃の両手をとって引き寄せた。

「あっ」

思いのほか手が早い。あっという間に卯乃は抱き寄せられた。

（天下のためか。牢人《ろうにん》の娘のわたしが）

我ながら大きなことを口にしたものだと思うが、老いても旺盛《おうせい》な家康に抱かれていると、不思議なことに単なる夢物語ではないような気がした。

ただ、家康は本心では卯乃を信じていないのか、敷き布団《ぶとん》の右端から懐刀《ふところがたな》の柄《つか》が僅かに覗《のぞ》いていた。

因《ちな》みに禄《ろく》を失った元武士を牢人と言い、ならず者を浪人と言っていた。

翌日、家康は家臣を集めた。部屋に入りきれぬ家臣たちは庭に跪《ひざまず》いた。

養父となった茶屋清忠も端のほうで膝《ひざ》をついている。養女が家康の側室になったのだから、もはや切っても切れぬ関係になった。おそらく歓喜したい心境に違いない。

卯乃には早速、多くの着物が贈られてきた。

卯乃は家康の隣に座している。今まで着たこともない小袖の重ね着をし、その上に白を主体とした菊桐《きくきり》の打ち掛けを羽織り、夏の装《よそお》いで肩を落とし腰巻きにしていた。

少々息苦しく暑くて仕方ないが、これもまた新たな喜びであった。

「これより卯乃を側室にするので、左様心得るように」

「はっ」

井伊直政をはじめ家臣たちは一斉に平伏した。

一同の姿を見て、卯乃は現実であることを認識した。以降、卯乃ノ方と呼ばれるようになった。

（真実《まこと》だった）

わたしが卯乃ノ方……。聞き慣れぬ言葉に卯乃は戸惑うばかり。

（近く津にも伝わろう。母上が聞けば、なんと言うだろうか）

さぞ喜んでくれることは想像に難くない。

卯乃は叔父の店に奉公しなければ生きていくのもままならぬ境遇から、大名筆頭の側室にまで上り詰めたことになる。信じがたい事実で歓喜してもやまぬことであるが、事が大きすぎてまだ実感できず、視線のやり場に困っているのが現状であった。

なにか晒しものになっているみたいで、恥ずかしくはあるものの、悪い気はしなかった。

卯乃には部屋が与えられ、侍女を持てるようになった。

「御用があれば、なんでもお言いつけください」

立場が逆転し、登美が下座から不機嫌そうに言う。うまいことやりおって、といった心境か。

「よしなに」

とは言うものの、侍女頭の登美が不快に思っているので、配下の侍女が従順に働くかどうか判らない。そこで卯乃は家康に申し出た。

「知り合いに気の利く女子がおりますが、侍女に召し抱えてもよろしいでしょうか」

「好きに致せ」

家康の許可を得て、卯乃は乳切屋の母・千穂に文を送り、その旨《むね》を伝えた。

十日ほどして日焼けした小柄な少女が中庭に跪いた。

「お初にお目にかかります。末《すえ》にございます」

挨拶《あいさつ》をした於末は、千穂からの書状を差し出した。

卯乃の父・長谷川藤直が武士であった頃、藤次《とうじ》という伊賀者が仕えていた。藤直が死去しても藤次は暫《しば》く千穂らの世話をしていたが、千穂らが津に移ると国に戻り、少しの間、諜報《ちょうほう》活動をしたが、怪我《けが》をして引退を余儀無くされた。於末は藤次の娘で、この年十五歳。奉公するのは初めてである。

「有り難いことにございますが、わたしでいいのでしょうか」

喜びつつも於末は問う。

「そなたの父の藤次は我が父に尽くしてくれた。声真似は藤次に教えてもらった。母も推しているので間違いないはず」

家康に気が利くと伝えたが、実は嘘《うそ》であった。側室として生き抜くためには、どうしても手足となって働く侍女が必要である。卯乃は期待を込めて於末に告げた。

こうして側室としての新たな生活が始まった。

四

家康が伏見に戻るので側室となった卯乃も同行することになった。

(もっと楽なものかと思っていた)

初めて輿《こし》に乗った卯乃は、溜息《ためいき》を吐《つ》く。徳川家の家臣が運んでくれるので有り難いことではあるが、膝を曲げて、天井から下がる紐《ひも》を摑んでいなければならない。しかも女子なので窓も開けられず、窮屈で息が詰まる。津では馬に乗っていたので、騎乗しているほうが楽である。

(伏見にはご側室が二人いる。いかような暮しをすることになるか)

好奇心は旺盛なほうなので、伏見に行くのは楽しみでもあるが、先輩となる側室がいるので少々気が重い。家康の命令なので嫌とは言えないが、どのように振る舞えばいいものか。

あれこれ考えながら輿に揺られていると、伏見に到着した。伏見は二条から二里半(約十キロ)ほど南東に位置している。

桃山を中心とする伏見は、都の東山から連なる丘陵の最南端に位置し、南には広い巨椋池《おぐらいけ》があり、この水運で大坂と京都が結ばれ、交通の要《かなめ》の地でもあった。

文禄二年(一五九三)に築城された指月山《しげつやま》の伏見城は、同五年(一五九六)の大地震で倒壊したので、同山から十町(約一・一キロ)ほど北東の木幡山《こわたやま》に新たに築城されている最中で、その西から南にかけて城下町も構築されていた。

徳川家の上屋敷は南の大手門からすぐのところに築かれており、一行は同屋敷に入った。

「お帰りなさいませ」

本多正信《ほんだまさのぶ》をはじめとする家臣たちが出迎えた。

「重畳至極《ちょうじょうしごく》」

首座に腰を下ろした家康は鷹揚《おうよう》に答えた。卯乃は隣で恐縮していた。

「既に聞いているやもしれぬが、これなるは側室になった卯乃じゃ。左様に心得るよう」

「はっ」

二条屋敷同様、家臣たちは頭を下げた。

ほかの側室はいないのか。どうせならば、家康が紹介してくれればいいと思ってい

たが、そう都合よくはいかなかった。

伏見でも卯乃は一室を与えられた。あまり日当たりのいい部屋ではない。

「於末、阿茶局様と於勝様にご挨拶をせねばならぬ。都合を聞いてきておくれ」

「承知致しました」

於末は音も立てずに卯乃の前を下がった。少しして於末は戻ってきた。

「お二方ともお会いしても良いとのことにございます」

「左様か。されば早速」

素早い挨拶、丁寧な対応から利益が生まれる、は商人の常識。卯乃は於末を伴って

部屋を出た。

「奥が阿茶局様で、手前が於勝様の部屋にございます」

於末が背後から告げた。

どうしようか。卯乃の歩む速度が弱まった。側室の序列からすれば、阿茶局を先に

すべきであるが、於勝の部屋の前を先に通ることになる。夏の時期ということもあり、

障子は開かれていた。どうしても先に顔を合わすことになる。無視して行くわけにはいかないが、声をかけると、先に挨拶をしたことになってしまう。商人ならば近い順に、で話は通るものであるが。

（武家は格式や年功にうるさいから。なんとか、あの障子を閉めさせれば）

思案した卯乃は於末を於勝の部屋に向かわせた。

「折り入ってご相談がございます。話を秘して戴けぬでしょうか」

再度、於勝の部屋に入った於末は、声を潜めるようにして於勝に尋ねた。

「左様か。障子を閉めるように」

於末の相談を聞き、於勝は侍女に命じた。

「北政所《きたのまんどころ》様をはじめ淀ノ方様やほかのご側室方々。また、諸大名の奥方様など、ご挨拶すべきでしょうか。卯乃様はどう愚弄《ぐろう》されても、お屋形様の名に瑕がついてはなりませぬので」

家康の名が出たので、於勝としても無視するわけにはいかなかった。

「新参の側室ゆえ、殿下のご正室、ご側室ほどでよかろう」

於勝が答えている間に、卯乃は於勝の部屋の前を無事に通りすぎた。

気を取りなおして、卯乃は阿茶局の侍女に声をかけ、部屋の中に入った。

「こたびお屋形様のお側にお仕え致すことになりました卯乃にございます」

お初にお目にかかります、と卯乃は両手をついて挨拶をした。

「二条でのこと、天晴《あっぱ》れなる働き。こののちは共にお屋形様を支えていきましょうぞ」

脹《ふく》よかな容姿に伴い、寛大な態度である。実質的な正室と呼ばれるだけあって貫禄があった。阿茶局は武田旧臣の後家であったが家康の側室になり、小牧・長久手の戦いにも参陣するほど家康に重用された。陣中で流産する悲劇に見舞われ、その後、懐妊することはなかったものの、秀忠や忠吉を養育する重役を任されるほど信頼されている。この年四十三歳であった。

「はい。お引き廻しのほどよろしくお願い致します」

家康の跡継ぎ候補を教育するとは、どれほど優れた女性なのか、卯乃には想像ができない。年齢が倍以上違っているが、阿茶局にすれば、同じ側室というよりは、夜伽《よとぎ》の若い侍女程度の認識しかないのかもしれない。卯乃にとっては大きい存在であった。

阿茶局の部屋を出た卯乃は於勝の許《もと》に向かった。

「入りやれ」

許可を得たので卯乃は部屋に入った。

「……卯乃にございます」

阿茶局の時と同様に卯乃は謙虚に挨拶をした。

「随分と小才が利くこと。うまくこの部屋の前を素通りするとはなかなかのもの。その才でお屋形様に取り入るとは、油断ならぬ女子だこと」

於勝はあまり好意的ではなかった。

いくら先に側室になったからといって、初対面の者になんという言い種《ぐさ》か。腹立たしさを覚えながら卯乃は顔をあげた。

途端、思わず卯乃は息を呑んだ。女子でも瞠目させられる匂《にお》いたつような美女が座していた。細面で公家《くげ》のような高貴さを持っていた。

於勝は常陸《ひたち》の水戸城主・江戸重通《えどしげみち》の娘として生まれた。母は武蔵江戸城将・遠山直景《とおやまなおかげ》の娘で、初めは於八《おはち》といった。江戸氏は小田原の北条氏と常陸の佐竹氏の狭間《はざま》にあって生き残りに画策する中、秀吉の関東征伐が行われた。この時、重通は北条氏を見限って佐竹氏に属していたが、小田原には参陣しなかったので領有を認められなかった。秀吉の命令を受けた佐竹義宣《よしのぶ》に攻められて、水戸城を失った重通は下総《しもうさ》の結城氏を頼って落ちた。

江戸重通が佐竹氏に属す際、佐竹氏に寄食していた太田康資《やすすけ》に於八を養女という名の人質に差し出した。康資は於八を息子の重正《しげまさ》の嫁とした。

徳川氏が江戸に移封された時、家康は北条旧臣や関東の国人衆に仕官を求めた。於八の母方の遠山氏は呼び掛けに応じて家康に仕えた。太田重正は江戸城を築城した太田道灌《どうかん》の玄孫《やしやご》で、佐竹氏の家臣でいるよりも、大名筆頭の家康を主にすることにし、於八の伝手《つて》を頼って江戸に赴き、徳川氏の家臣となった。重正は武蔵の豊島《としま》郡蓮沼《はすぬま》で五百石を賜わった。

会見の時、十四歳の於八は家康に見初《みそ》められ、太田重正と離縁して家康の側室になった。重正とは名目だけの夫婦であったという。於八は江戸氏再興のため、自ら志願したとも言われている。その勝ち気な性格からか、家康は於八から於勝に改めさせたという。この年二十歳である。

卯乃とは似ているところがある。

（わたしだって側室の一人。卑屈になることはない）

容姿はまったく違うが、歳《とし》が近いせいか競争心が芽生えた。

「お褒めに与《あずか》り恐悦に存じます」

「褒めてなどおらぬ。そなたは怪しい。奉公するなり、賊からお屋形様の身を守るとは出来過ぎている。誰ぞが良からぬことを画策していると思案するのは至極当然。人を欺《あざむ》くのが得意ゆえ」

切れ長の目を向けて、於勝は疑う。

「わたしが賊を嗾《けしか》けてお屋形様を襲わせたと？　於勝様は想像するのがお好きなようで」

卯乃は一笑に付すが、胸の内では笑えなかった。

「そなたを疑っているのは、わたしだけではない」

「阿茶局様は、そうではなさそうでしたが」

朖よかな笑顔を思い浮かべながら卯乃は答えた。

「そう装っているとしたら？　武家の女子はそう甘いものではありませんよ」

「ご助言、忝《かたじけ》のうございます。こたびはこのあたりでお暇《いとま》致します」

これ以上、顔を合わせていると言い争いになりそうなので、卯乃は身を引いた。

（よもや阿茶局様が……いや、於勝殿が妙な疑念を押しつけようとしていたに過ぎぬ）

打ち消そうとするが、なかなか異質な先入観を払拭《ふっしょく》できなかった。

翌日のこと。

「これよりお屋形様がこちらの方にまいられます」

於末が報せたので、卯乃は部屋の障子を開け、廊下に近いところに端座した。

そこへ家康が奥の間の廊下を進んできた。卯乃は三つ指をついて平伏する。

「重畳」

声をかけた家康は、そのまま卯乃の部屋の前を通り過ぎた。暫しすると声が聞こえた。

「お屋形様、今宵はわたしの許にお運び戴きますよう。また長久手の話を聞かせて下さい」

於勝の声である。

「またか、この間も聞かせてやったであろう」

「まだ、聞き足りません」

「そうか、仕方ないのう。されば、今宵はそなたの部屋に泊まろう」

やむにやまれぬ、といった口調ではなかった。

(取り入るのが得意なのはどちらかしら。そうか。これも戦いか)

媚《こ》びた於勝の声を聞き、卯乃は思い知らされた。

数日後、再び家康が通りかかった。

「畏《おそ》れながら……」

「すまぬ。所用があってのｐ。またにしてくれ」

家康は、そっけない態度で通り過ぎた。その四半刻《しはんとき》（約三十分）後、於勝が卯乃の部屋の前で足を止めた。

於勝は卯乃をちらりと見ると、笑いを堪《こら》えるように袖で口許を押さえ、歩みだした。

卯乃の闘争心に火がついた。

さらに数日後、家康が廊下を進んできた。緊張していると、足音は卯乃の部屋の前で止まった。

「ははは、これは愉快。今宵はそなたの部屋に泊まろう」

告げた家康は奥へと向かっていった。

「御目出度うございます」

於末が祝いの言葉を述べる。

「これ、はしたないことを申さぬよう」

恥じらって窘《たしな》める卯乃であるが、悪い気はしなかった。

家康が足を止めた理由は、卯乃の部屋の前に、皿に盛り塩がしてあったからである。

支那の秦《しん》の時代、始皇帝《しこうてい》が牛車《ぎっしゃ》に乗って多数いる妻の許に通っていた。その妻の一人が、牛車を引く牛を止めるため、玄関に盛り塩をしたのが起源とされている。日本では商人たちが店に客を呼び込むため、これに倣《なら》ったという。

乳切屋に奉公していた卯乃ならではの発想であった。

その後も家康は、時折、卯乃と夜を過ごしている。比率は於勝らよりも少ないせいか、なかなか子を身籠《みごも》ることはなかった。

十一月、家康は江戸に帰国することを触れた。

「卯乃、そなたは同行致せ」

意外な命令が卯乃に出された。

「畏《かしこ》まりました」

阿茶局と於勝は伏見に居残りである。卯乃は喜びを嚙《か》みしめながら返事をした。

「まあ身替わりも必要でしょう」

於勝は愚痴をもらして悔しがる。

「無論、そのつもりです」

卯乃は勝利感に満たされながら告げた。自分が同行を求められたのは、二条屋敷で家康の身を守ったことを評価された結果である。卯乃は十分に把握している。

（それでも嬉《うれ》しい）

伏見屋敷では家康が於勝の部屋に渡る回数が圧倒的に多い。だが、移動中は独占できるわけである。

十一月十七日、家康一行は伏見を発《た》った。江戸に入ったのは月末のこと。辺りは寒々とした色合いを見せていた。

移動の最中は用心のためか、褥《しとね》を並べても、家康が卯乃の肌に触れることはなかったので、晴れやかな気持での江戸入りというわけにはいかなかった。

（これが江戸）

東の遠い国に新たな町を造っていると聞いていたが、確かにまだ発展途上の地域であった。

家康が入府したころの江戸は葦《あし》が生い茂る不便な湿地帯で、まずは利根川の流れを変えて水捌《みずは》けを良くするところから国造りを始めねばならなかった。

（人は多いけれど、津よりも栄えていない）

繁栄していないは語弊であるが、質素な城下の町並みがそう印象づけさせるのかもしれない。畿内では有名ではない寺社でも屋根に瓦《かわら》を用いているが、江戸では殆《ほとん》ど見ることはなかった。

漸く江戸城に到着した。

（於勝殿のご先祖が築いた城。於勝殿はいかな心で城にいたのであろうか）

江戸城を目にした卯乃は気を巡らせた。

この頃の江戸城は、太田道灌が築いた時から、それほど変わっていなかった。『落《おち》穂集《ぼしゅう》』には、屋根は枌板《そぎいた》を並べた粗末なもので、台所は茅葺《かやぶ》きで古く、玄関は船板を用い、板敷きの部屋はなく土間であったと記されている。さすがに応急の修築はしているが、秀吉に警戒されぬためか、あまり手を入れていないので、大坂城のような強《きょう》靱《じん》さはない平城《ひらじろ》である。

（伏見に並べることもできようが、お屋形様は倹約に努めておられるのか。あるいは吝《しわ》いのか。はたまた、難攻不落の城を必要だと思われておらぬのか）

大手門は伏見城のような荘厳《そうごん》なものではなく、まるで砦《とりで》と見間違うほどで、天守閣もなく、堀も広くも深くもない。とても二百五十五万石の御座所とは思えぬ城である。郭は本丸と二ノ丸、三ノ丸、西ノ丸。庭園なども派手好きの秀吉とは対照的に質素なものであった。

家康が帰城すると、主だった家臣が主殿に並んで挨拶をする。於竹、於仙、茶阿局、於亀、蔭山らの側室も端に並んだ。

散会ののち、伏見同様に卯乃は部屋を与えられた。落ち着く間もなく各側室に挨拶をして廻った。卯乃を快く思ってはいなかろうが、於勝のように挑んでくる女性はいなかった。

(それで於勝殿は伏見に追いやられたのかしら)

なんとなく微笑《ほほえ》ましい気もした。

城の外堀から十町ほど北、小石川の高台に無量山寿経寺《むりょうざんじゅきょうじ》がある。同寺には家康の母の傳通院《でんづういん》(於大《おだい》)が庵《いおり》を結んで住んでいた。

なぜか卯乃は呼ばれたので寿経寺に向かった。

阿茶局らに比べれば奥向きのことは不馴《ふな》れで未熟かもしれないが、失態を犯した認識はない。心配しながら待っていると、傳通院が現われた。

傳通院は家康を産んだのち、実家の水野氏が織田氏に与《くみ》したため夫の広忠に離縁され、久松俊勝《ひさまつとしかつ》と再婚。俊勝死去後、家康の移封に伴い江戸で暮すようになった。この年七十歳になる。

「お初にお目にかかります。お屋形様のお側に仕えさせて戴いております卯乃と申します」

卯乃は恭《うやうや》しく平伏した。

「女子の間じゃ。堅苦しい挨拶はよい」

気さくに傳通院は話しかける。

「二条では家康殿を助けてくれたと聞いている。感謝しておる」

「感謝などと、畏れ多い次第にございます。仕える者として当然のことにございます」

「いや、そなたからの気遣いも有り難く思っておる」

卯乃は時折、傳通院に贈り物を届けさせていた。

「粗末な物ばかりにて申し訳ないことにございます」

「些細《ささい》なものでも尼には嬉しいもの。そなたの心遣いは母譲りやもしれぬ。そなたの母は伊賀越えの時も奉仕してくれたとか。当家にとっては恩人じゃ。家康殿はああ見えて、思いのほか短気ゆえ仕えづらいと思うが、堪えてたもれ」

家康が短気だとは驚きであるが、三方原の敗北は、短気からとも言われていた。

「とんでもないことでございます。わたしのようなものを側に置かれ、優しゅうして戴いております」

「それは重畳。そなたを重宝しているのであろう。機転が利《き》くそなたの質《しつ》は津の暮しから来ているのではなかろうか。そうじゃ、これよりは奈津《なつ》と名乗り、家康殿を支えてくれるように」

奈という字には、いかに、なに、などの疑問詞の意味がある。迷った時は津の時代に立ち戻って思案しろ、という意味だと卯乃は解釈した。

「名づけまでして戴き、感謝の極みにございます」

卯乃は、相当気に入られたようである。そののちも世間話に花を咲かせた。

これより卯乃は於奈津ノ方と呼ばれるようになった。

江戸に在するようになった於奈津は、暇を見つけては寿経寺に通った。

第二章　太閤《たいこう》死去

一

太閤秀吉が、大々的な花見をするということで、慶長三年（一五九八）三月上旬、家康と於奈津は伏見に上った。前々年に起きた大地震の復興も地道に進んではいる。城下はそれなりに整ってきたものの、まだ城の完成には至らない。

朝鮮に出兵している日本軍は劣勢を余儀無くされ、半島の東南、西南の沿岸部を死守するのが精一杯という状況に陥《おちい》っていた。これら鬱屈《うっくつ》したものを払拭《ふっしょく》し、改めて己の権威を再び天下に示すのが秀吉の狙《ねら》いであった。

秀吉は伏見城から一里ほど北東の醍醐寺《だいごじ》・三宝院《さんぼういん》にて盛大な花見を催した。世に言う醍醐の花見である。

開催に際し、秀吉は桜植奉行を立て、城の馬場から檜山《ひやま》まで七百本もの桜を植樹した。大和の吉野山をお膝元《ひざもと》に再現しようという思惑である。自ら深雪山《しんせつざん》と山号を定め、寺領千六百石を与えるほどの熱が入っていた。

三月十五日、効果は絶大で、辺りは鮮やかな薄桃色の屋根が出来上がり、繚乱《りょうらん》の桜が咲き開いた。諸将は所々に茶屋を設け、爛漫《らんまん》の桜を堪能《たんのう》している。茶屋は式台の上に畳を敷き、各々《おのおの》の家紋を染めた陣幕で囲い、入口を捲《まく》っている簡素なもの。

この大々的な催し物は諸将よりも、その妻子たちに人気があった。徳川家も同じである。

「まことに美しゅうございますな」

桜を見上げながら於勝が言う。於勝は家康の左隣に侍《はべ》り、酒を口にしていた。

「ほんに」

右には阿茶局が座して笑みを浮かべて相槌《あいづち》を打つ。於奈津は家康の真向かいにいる。

（二人はいいなあ）

於奈津は満喫している両人を羨《うらや》ましく思う。於奈津の役目は側室の立場で家康の身を守ることなので、呑気《のんき》に酒を呑《の》んで酔うわけにはいかない。傳通院からも頼まれているので、周囲に気を使う必要があり、謳歌《おうか》にはほど遠い立場であった。

醍醐の花見は誰でも出入り出来る無礼講というのが建て前であるが、陣中での催しさながらに、寺の周辺には柵《さく》を備え、武装した兵が取り囲む、物々しく世間には非公開の花見であった。

老いた秀吉は、具足に身を包んだ兵に守られなければ、城下すら歩くこともできぬほど、豊臣政権の権威は失墜しているのかもしれない。重い年貢《ねんぐ》に喘《あえ》ぐ農民、禄《ろく》を失った牢人《ろうにん》、利権を奪われた商人、弾圧を受けた宗教勢力などなど、日本国中に不満を抱く者は溢《あふ》れていた。

年が明けてから秀吉の容態は良好とはいえず、起きられぬ日もあるという噂《うわさ》が届けられていた。対して家康は鷹狩《たかが》りや馬の遠駆けで体を鍛え、質素な食事と、自ら調合する薬で風邪一つひかぬ健康そのもの。秀吉としては気を抜けない相手である。老い先短い自分が逝《ゆ》く前に、目の上の瘤《こぶ》である家康を亡《な》き者にしたいと思案しても不思議ではなかった。

「於奈津殿も、今少し呑まれればいいものを。下戸《げこ》でしょうか」

競争相手でもある於奈津の役目を知った上でか、於勝は嘲《あざけ》るように言う。

「あまり嗜《たしな》みません。失態を犯せばお屋形様の御名に瑕《きず》がつきまするゆえ、お構いなく」

津では商人のみならず、荒くれた大酒呑みの船乗りを相手に商売をしてきたので、女子《おなご》としては呑めるほうであるが、於奈津は偽りを口にした。文句の一つも言いたいところである。

「かような席じゃ、乱れても咎《とが》められることはあるまい。好きにして構わぬぞ」

本気で勧めているのか、試そうとしているのか、家康は於勝に合わせて言う。

(人の気も知らないで。傳通院様に言いつけてやろうかしら)

少々憤《いきどお》り、ならば浴びるほど呑んでやろうかと思った時、小姓が跪《ひざまず》いた。

「畏《おそ》れながら、殿下がお見えになられます」

小姓の声で家康の表情が固くなった。

「されば殿下を出迎えよう」

面倒臭そうではあるが、家康が立ち上がったので於奈津もすぐに従った。阿茶局も倣《なら》うが、既に酔っているのか、於勝は気怠《けだる》そうに、ふらついていた。

なんとか皆が揃《そろ》った時、秀吉が六歳になる秀頼と共に現われた。

側室の身で伏見城に登城して天下人に会う機会などはまずない。無礼講なので目を伏せる必要はない。於奈津は初めて秀吉を目にした。

子供かと見間違うほどの矮軀《わいく》で、日焼けした顔は皺々《しわしわ》だった。猿という渾名《あだな》はつとに有名、津にも伝わっているので、なるほどと思わされる。

成り上がり者の天下人は金銀で桜を鏤《ちりば》めた唐織の錦《にしき》の袖無《そでな》し陣羽織を着て、龍胆《りんどう》に銀をあしらった袴《はかま》を穿《は》いている。足袋《たび》は紫と金で仕上げたものを履くという出《い》で立《た》ちである。

尾張の農家出身で、今川家の家臣・松下之綱《まつしたゆきつな》に奉公したのちに帰国して織田信長に仕え、草履《ぞうり》取りから身を起こして過酷な役目を幾つもこなして織田家の宿老の一人に数えられた。その後、中国攻めの主将に抜擢《ばってき》されて、毛利麾下《きか》の諸城を攻略した。備中《びっちゅう》の高松《たかまつ》城を包囲している最中に本能寺の変を逸早《いちはや》く摑《つか》んで、中国大返しを断行。山崎の合戦で惟任《これとう》光秀を討って天下に名を轟《とどろ》かせ、賤《しず》ヶ岳《たけ》の合戦に勝利して畿内を掌握し、家康を麾下に収めたのちに天下統一を果たし、従一位《じゅいちい》・関白太政大臣にまで昇り詰めた。この年六十三（六十二とも）歳。

「秀頼や、ここが内府殿の茶屋ぞ」

秀吉は孫ほども歳《とし》の離れた秀頼の顔を覗《のぞ》き込みながら説明する。足取りも遅く、所《しょ》作《さ》も鈍い。秀頼の手を握って連れているというよりは、逆に支えてもらっているようにも見えた。

後方には美麗な衣装に身を包んだ正室の北政所や淀ノ方ら多数の側室を引き連れている。諸将の茶屋に立ち寄っているようであった。

「太閤殿下におかれましては、かような華やかな場に席を設けさせて戴《いただ》きましたこと、お礼の申しようもございませぬ。まずはお上り戴きますよう」

家康は頭を下げながら、歯の浮くような社交辞令を口にした。

「堅苦しき挨拶《あいさつ》はよい。奥方衆も楽しんでおるか」

家康の顔は見飽きた、というよりも見たくはないのか、秀吉は女子衆に目を向けて問う。歳をとっても好色さは変わらない。特に珍しいのか、於奈津に舐《な》めるような視線を這《は》わせてくる。

「太閤殿下のお陰をもちまして、艶《あで》やかな桜を見ることができ、感謝の極みに存じます」

女子衆を代表して阿茶局が答えた。

「それは重畳。見慣れぬ女子もおるようで。内府殿もなかなかお盛んでなにより」

羨《うらや》ましいといった野卑な目で秀吉は見る。

「この女子は身を挺《てい》して、賊から某《それがし》を助けた豪傑にございます」

あなたの刺客は女子に阻《はば》まれた、と家康は嘲笑《ちょうしょう》するように言い、於奈津に向かう。

「於奈津、殿下にご挨拶を致せ」

「御尊顔を拝し、恐悦至極に存じ奉《たてまつ》ります。家康様に仕える奈津と申します」

於奈津は膝をつき、慇懃《いんぎん》に頭を下げた。

「内府殿が見込まれるのじゃ、さぞかし優れているのであろうの」

なにが優れているのか、秀吉は悔しがるどころか、卑猥《ひわい》な眼《まなこ》を張り付ける。

「とんでもないことにございます。ただ必死でございました。今思い出しても恐ろしゅうございます」

「左様か。我が側にも強き女子がおっての。甲斐《かい》」

秀吉が呼ぶと、背後から見目麗《みめうるわ》しい女性が現われた。

「この女子は甲斐と申し、余が関東を征伐した時、城に籠《こも》って兵を差配し、寄手《よせて》を蹴《け》散《ち》らし、小田原城が落ちたのちまでも抵抗した剛勇じゃ。甲斐」

「甲斐にございます。ご要望があれば、いつにてもお手合わせ致します」

自信ありげに甲斐姫は言う。天下人の側室が、家臣（家康）の側室に挨拶させられていることが、不愉快そうであった。この年二十六歳になる。

武蔵・忍《おし》城主の成田氏長《なりたうじなが》の長女として生まれた甲斐姫は、「東国無双の美人」と言われ、秀吉が関東を攻めた時、留守居と領民を掻《か》き集めて籠城《ろうじょう》。石田三成《みつなり》ら二万の兵が水攻めをしても屈せず、自ら弓、太刀をとって戦い抜いて落城せず。氏長の説得で漸《ようや》く城を開いた女傑である。

さらに甲斐姫は蒲生氏郷《がもううじさと》に従って会津に赴き、浜田将監《はまだしょうげん》兄弟の謀叛《むほん》によって福井城が奪われたものの、弟の浜田十左衛門《じゅうざえもん》を討ち、将監を負傷させて、城を取り戻す活躍をした。この活躍と美貌《びぼう》を秀吉が知り、甲斐姫は側室となった。お陰で成田家の再興も叶《かな》っている。

「お手合わせなどとんでもないことにございます。武勇に秀でた甲斐様の足許《あしもと》にも及びませぬ。わたしにできることは、いざという時、身を差し出して主《あるじ》を逃れさせるだけにございます」

「身を差し出すのか」

秀吉は好色な目を向ける。諸将が朝鮮に出兵している最中、秀吉は諸将の女房狩りを行い、酒の席に呼んでは閨《ねや》に誘ったことがあった。

筑後《ちくご》・柳川《やながわ》城主の立花親成《たちばなちかなり》（のちの宗茂《むねしげ》）の妻の誾千代《ぎんちよ》は手がついたと噂になり、夫婦間は冷えたという。また、肥前・岸岳《きしだけ》城主の波多親《はたちかし》の妻秀《ひで》ノ前《まえ》は、秀吉に挨拶をした時、懐《ふところ》からわざと懐剣を落としてみせた。わたしに手を出したら自害するといった覚悟を示したが、これは長岡（細川）忠興《ただおき》の妻玉《たま》（ガラシャ）の二番煎《にばんせん》じとなったことから怒りをかい、夫の波多親は領地を没収されて、常陸国に流される悲劇にあった。秀吉の女房狩りを恐れた鍋島直茂《なべしまなおしげ》の妻の彦鶴《ひこつる》姫は醜い髪形と化粧を施して、拝謁《はいえつ》に臨んだという。

「殿下、今日は桜を愛《め》でる日ですよ」

「左様であった」

北政所に促され、秀吉は我に返ったようである。

「そうじゃ。内府殿も一緒にまいられよ」

秀吉に誘われたからには断るわけにはいかない。家康は応じて天下人に従った。秀吉は改めて、家康は我が麾下であるということを諸将の目に焼き付けておきたいのかもしれない。

於勝は酔っているので徳川家の茶屋に残り、阿茶局も介抱ということで留まった。

（もしかしたら於勝殿はこれを見越して。見せ物になることを拒まれたのでは）

笑みを浮かべた於勝を見て、酔ったふりをしていると於奈津は確信した。

諸将の顔を見ることは、悪いことではない。好奇心旺盛《おうせい》な於奈津は、嫌悪《けんお》感を持たずに家康の後に続いた。

秀吉のすぐ後ろには才槌頭《さいづちあたま》の武士がいた。奉行筆頭の石田治部少輔《じぶのしょう》三成である。

（このお方が、お屋形様を嫌っておられる治部殿）

三献《さんこん》の茶によって召し抱えられた三成は、明晰《めいせき》な頭脳で後方支援を行い、戦を制度化して秀吉の天下統一を促進させた。陰の功労者でもあり、秀吉は全幅の信頼を置いていた。三成は、豊臣家に仇《あだ》をなす人物として、家康を徹底して警戒し続けていた。加賀の前田家、安芸《あき》の毛利家、陸奥の伊達家、常陸の佐竹家などなどに、秀吉らは立ち寄った。移封したての陸奥・会津の上杉家や朝鮮出兵中の諸家は留守居が茶屋を設けていた。

目に入ってきたのは白地に黒の「六連銭」。信濃上田、真田家の家紋である。六連銭は三途《さんず》の川の渡し銭と言われ、皆には忌《い》み嫌われた。敵から嫌われる存在、死をいとわず戦うという意味が込められている。

ちらりと目にしたところ、家康の表情が曇った。

(そういえば、お屋形様は、一度後《おく》れをとっていたのか)

於奈津は納得した。天正十三年(一五八五)閏《うるう》八月、家康は七千の兵を派遣して真田昌幸《まさゆき》の上田城を攻めたが、昌幸の計略に引っ掛かり、敗走を余儀無くされた。以来、真田家は天敵とされている。

広い額には深い三本の皺が刻まれ、目が窪《くぼ》み、小柄な体躯《たいく》の男が昌幸。秀吉をして「表裏比興《ひょうりひきょう》の者」と言わしめた男は、言った当人と楽しげに話し込んでいた。

長男の伊豆守信幸《いずのかみのぶゆき》は徳川四天王の一人・本多忠勝《ただかつ》の娘の稲姫《いな》(小松殿《こまつ》)を娶《めと》り、忠勝の茶屋にいるので、一緒にいる偉丈夫は次男のほうか。昌幸の隣にいる六尺(約百八十センチ）豊かの男に於奈津は惹《ひ》かれた。

一般的には幸村《ゆきむら》が通り名となっている左衛門佐《さえもんのすけ》信繁である。この年二十九（一般的には三十二）歳。信繁も上田合戦に参じて、徳川勢を蹴散らした一将である。信繁の隣には相応の女性が寄り添っている。大谷吉継《おおたによしつぐ》の娘である。

真田家は上田で三万八千石の小《しょう》大名。国人衆と言っても過言ではない家の次男とは、江戸期における部屋住みと同じで無禄に等しく、戦がなければ厄介者となってしまう。それでも跡継ぎの予備は必要。そんな存在であるが、なぜか於奈津は羨ましく思えた。

（やはり正室という座にいるから？）

正室など左右にたくさんいるのに、吉継の娘に嫉妬《しっと》したのは、信繁が家康の兵を討ち負かした男だからかもしれない。

その信繁は秀吉の側室に笑みを向けている。甲斐姫である。

噂は本当なのか。豊臣軍が忍城を包囲した時、信繁も参じていた。戦いの中で甲斐姫は自ら太刀を抜き、信繁と干戈《かんか》を交えたと言われている。

（機会があれば一度、聞いてみたいもの）

二人を交互に見ながら、於奈津は思案した。

「真田の倅《せがれ》に惚《ほ》れたのか」

家康が問う。

「妬《や》いてくださっているんですか」

「戯《たわ》けたことを」

「寡《か》で多を破った方々を観察していた、と申したらいかがなされますか」

言うと家康の顔が一瞬こわばった。徳川軍が真田勢に敗れた理由は、昌幸の戦術も然《さ》ることながら、秀吉に牽制《けんせい》されていたので、家康自ら出陣することができず、徳川本隊も送ることができなかったことによる。自身が指揮を執っていれば必ず討ち滅ぼしていたという自負があるようだった。家康はその機会を待っているのかもしれない。

「花見の席には無用じゃ」

家康の肚裡《とり》にはしっかりと屈辱が刻み込まれているようであった。

その後も秀吉の茶屋巡りは続けられた。

この日の花見の歌会で甲斐姫は、

「合《あい》おひ乃《の》松毛《まつも》としふり佐くら咲　花を深雪能《みゆきの》山農《やまの》のと気佐《けさ》」

という歌を詠《よ》んでいる。

秀吉、北政所夫婦を、相生《あいおい》の松に譬《たと》え、歳をとっても桜が咲くと祝い、秀吉が号した醍醐寺の山号の深雪《みゆき》と天上人の御幸《みゆき》を掛け、なんという長閑《のど》けさ（のどかなことか）と、豊臣の世が続くことを詠んだものである。

於奈津は春の香りに包まれる桜の空間を堪能していた。

二

八月十九日の未明、家康の寝所の前の廊下に人影が近づいた。この日、於奈津は家康と褥《しとね》を共にしていた。廊下に座る音が聞こえたので於奈津は目を覚ました。宿直《とのい》とは違う者であることが、鈍い動きで察することができた。

夜中から降り出した雨のせいか、前日よりも涼しく感じる。

「申し上げます。佐渡守《さどのかみ》様がまいられました」

宿直が廊下から声をかける。佐渡守とは本多正信のことである。

「お屋形様、佐渡守様です」

於奈津は小袖の上に単衣《ひとえ》を羽織り、居住まいを正しながら告げる。

「佐渡奴《め》、つまらぬ報《しら》せであれば、鷹に喰わしてやる」

睡眠を邪魔され、家康は不機嫌そうに目を覚まし、鷹匠上がりの本多正信を揶揄《やゆ》する。上半身を起すと、さすがに顔は眠っておらず、真ん丸の目も猛禽類《もうきんるい》のようにくっきりしていた。

「どうぞ、お入り下さい」

於奈津は家康の背に衣をかけながら、廊下の正信に許した。

「夜分、ご無礼致します」

のっそりと正信は部屋に入ってきた。蝦蟇《がま》のように目が離れ、顎《あご》が細い顔は暗闇《くらやみ》で見ると少々無気味な感じがする。白髪頭の六十一歳である。

「お人払いをお願い致します」

籠った低い声で正信は告げる。

「構わぬ。於奈津は口が固く信が置ける。申せ」

嬉《うれ》しい家康の言葉だった。

「されば、太閤殿下が身罷《みまか》られたようにございます」

「えっ⁈」

思わず於奈津は声を発した。

秀吉は醍醐の花見が終わると少しずつ容態が悪くなり、五月頃からは歩くことも困難になり、大好きな有馬の温泉に行くこともできなくなった。七月に入ると起きることも叶わず、已の寿命を悟ったかのように、年寄（大老）、奉行の十人衆やほかの武将に起請文《きしょうもん》を書かせ、会見が許された者は側近のみ。家康が最後に秀吉を見たのは八月五日。もはや天下人の体《てい》をなしておらず、囈言《うわごと》のように「秀頼を頼む」と繰り返した。小姓は何度も寝具を交換したであろうが、消すことはできず、部屋は失禁の臭気が漂っていたという。

「左様か」

家康は察していたような表情を浮かべ、ぽつりともらした。家康が秀吉に従ってから十二年が過ぎた。その間、家臣としての扱いを受け、秀吉の妹を押し付けられ、人質を取られ、先祖代々の三河から関東に追いやられた。悔しさは一つや二つではなかろうが、今屈辱から解放されるところにきた。万感の思いにかられていることであろう。

「深夜にも拘《かか》わらず、伏見城から密《ひそ》かに複数の者が散ったようにございます」

正信は多数の忍びを城周辺に放っていた。

「治部か」

「おそらく、じき当家にも遣いがまいりましょう」

「佐渡殿は驚き、慌《あわ》てる芝居でもなさいますか」

於奈津が正信に尋ねた時だった。

「申し上げます。石田治部少輔様の遣いがまいられました」

「されば、於奈津様の申すとおりに致してまいります」

正信は怪しく笑みを浮かべ、部屋から出ていった。

「治部殿と同じ奉行の弾正《だんじょう》殿は、お屋形様と昵懇《じっこん》。治部殿に先を越されるとは、あまり気《き》が利かぬようで」

弾正とは浅野弾正少弼長政《しょうひつながまさ》のこと。長政は北政所の親戚《しんせき》で尾張出身。元は信長の家臣だったこともあるので、家康とのつき合いは長い。奉行の中にあっては親家康派であった。

「弾正に、そなたほどの才があれば、今少し多くの所領を与えられ、年寄の席に列したやもしれぬな。まあ、気が利かぬのも、それなりに使いようがある。昵懇というほどでもないが、こののちは昵懇でありたいもの」

確かに、と言いたいような家康の顔。家康を敵視する奉行衆にあって唯一《ゆいいつ》、声をかけやすい存在なので、家康としては取り込みたいところだが、浅野長政の反応は鈍かった。

「殿下のご親戚という驕《おご》り、奉行という傲慢《ごうまん》でしょうか。殿下がお亡くなりになられたあとも、自《おの》が地位を守れるとお思いの様子。一度、優しくお教えなさったほうがよろしいのではないでしょうか」

言うと家康は口許に笑みを作った。

「太閤が死んだ。さて、どうしたものか」

「お好きになさいませ。お屋形様は天下泰平の世を築きたいと仰《おお》せになられました。大義名分があれば、鈍い諸将も従いましょう」

「皆に聞かせてやりたいの」

於奈津の言葉に家康は満足そうである。

四半刻《しはんとき》ほどして正信が戻ってきた。

「よう演じられたか」

「仁右衛門《にえもん》も顔負けするほどに」

鷺《さぎ》仁右衛門宗玄《そうげん》は人気の猿楽師《さるがくし》（狂言師）である。

「以前は不様な形《なり》であったが」

「まことの猿楽と一緒にされては困ります。治部少輔の遣いは、わざわざ教えに来てやったぞ、と横柄《おうへい》な物言いでございましたので、恭《うやうや》しくお伺いしておきました」

「それでは演じきれなかったのではないですか？」

於奈津の指摘に正信は首を傾《かし》げた。

「はて、いかにしたらよかったと」

「遣いの方が口を開くより早く、殿下がお亡くなりになったようですね、とお伝え致せば、治部殿は疑心暗鬼にかられるのではありませぬか。城中に諜者《ちょうじゃ》がいるのでは？　あるいは早《はや》内通した者が出たのかと」

「ははは。於奈津に一本取られたの」

珍しく家康は声を出して笑った。

「面目次第もございませぬ。葬儀は当分、せぬようにしたい。他言無用と申しておりました」

「当然じゃの。朝鮮から一人でも多くの兵を撤退させねばならぬゆえの」

日本にとっての最優先課題であった。

「さて、於奈津、まずなにをしたらいいと思う？」

「お仲間を集うことでしょうか。なにをするにも数は力。殿下にご不満を持たれている方もおられましょう。思いのほか多くの武将が集まるのではないでしょうか」

「良き意見じゃが、それは二番目じゃ。佐渡」

的を外し、於奈津は首を捻《ひね》る。

「まずは前権中納言《さきのごんちゅうなごん》様にご帰国して戴くことにございます」

「秀忠様に？」

「左様にございます。織田家は前右府《さきのうふ》（信長）様と中将《ちゅうじょう》（信忠）様が揃って亡くなられたゆえ、衰退の一途を辿《たど》りました。どの家も伏見に多くの兵を置いておりませぬが、奉行衆の領国は畿内が多く、兵を呼ぶのは容易《たやす》い。対して関東は遠くございます。当家は織田家と同じ轍《てつ》を踏んではなりませぬ。江戸にお戻りになられた前権中納言様は、いつにても上洛《じょうらく》できるよう兵を整えておきまする」

正信の説明に、於奈津は乱世であることを再確認した。

「お屋形様はお亡くなりになられてもいいとお思いですか」

「死にとうはないが、まずは死なぬように手配することが肝要。また、最悪の場合に備えておくのも武家の鉄則。秀忠が帰国するのは、その一つじゃ」

家康の言葉に緊迫感を覚えた。

「太閤が死ぬと、誰が動くか？」

「まずはお屋形様」

於奈津が言うと正信が微笑《ほほえ》んだ。

「お屋形様以外では治部殿」

「治部はいかように？」

目が少し大きく開いた。家康は是非に、といった面差しをする。

「お屋形様と同じこと。味方を集い、目の上の瘤のお屋形様の包囲網を築き、押さえ込みにかかりましょう。殿下への忠義が殊《こと》のほか篤《あつ》いお方と聞いておりますゆえ」

「瘤は余計じゃ。そうか、治部が動いてくれるか」

願ってもないこと、とでも言いたげな家康である。

「治部殿以外では今のところ伊達殿と藤堂《とうどう》殿ぐらいでしょうか。お二方とも殿下の下では冷遇されているとお聞きしました。藤堂殿は主を替えるように近づき、伊達殿はお屋形様を利用するつもりかと」

陸奥・岩出山《いわでやま》の伊達政宗は文禄之役では渡海したが、慶長之役では渡海しなかった。伊予《いよ》・板島《いたじま》の藤堂高虎《たかとら》は両方の役で渡海して戦い、一足先に他の四国衆と共に帰国していた。

奥羽《おうう》を席巻した伊達政宗は二度、秀吉に嚙《か》み付き、そのつど撥《は》ね付けられ、百五十万石近くの所領を掌握していたが、五十八万五千余石ほどに減らされ、先祖代々の領地を取り上げられた。秀吉ならびに豊臣政権には不満の塊であった。

藤堂高虎は近江《おうみ》出身で、浅井長政《あざいながまさ》を始めとし、主を幾度も変更してきた異色の武将である。伊予の板島で八万余石を賜わっていた。十九万五千石を与えられている加藤清正《きよまさ》らに比べれば、少ないと、こちらも秀吉に不満を持っていた。

「佐渡、よう聞いておけ」

「畏《かしこ》まりました」

二人とも於奈津の推測に満悦の面持ちである。

「あとは諸将が無事にご帰国なさってからにございましょう」

「さもありなん」

頷《うなず》いた家康は正信に向かう。

「今宵は共に一本ずつ取ったゆえ引き分けと致そう。佐渡、さっそく手配致せ」

「承知致しました」

一本取り返したことで正信は気を良くし、明るい表情で部屋を出ていった。

「あの嬉しそうな顔を見たか」

「はい」

「天下に挑むことに喜びを感じているのと、良き競争相手を見つけた、といった顔じゃ」

「まあ」

於奈津には、そんなつもりは微塵《みじん》もない。正信ではなく、歳の近い於勝と家康の寵《ちょう》愛《あい》を奪い合うことのほうがもっかの課題である。

「佐渡では力不足か」

「なにを仰せです。左様なことは夢にも思ったことはありませぬ」

「そうか、儂《わし》はいい勝負だと思っておる。女子にしておくのは惜しいぐらいじゃ」

「あら、女子を見下すのですか。女子を敵に廻すと、ひどい目に遭いますよ」

「されば機嫌を損ねぬうちに、一《ひと》勝負致すかの」

家康は於奈津の腕を摑んで引き寄せた。夜明けまでまだ一刻ほどある。

「殿下がお亡くなりになられた日ですよ」

強く抱き締められながら、於奈津は吐息をもらす。

「供養《くよう》じゃ」

秀吉は病的なほど女性が好きで、見目麗しい女性を見つければ、手当たり次第に手をつけた。家康は「もはや女子を抱けまい」とでも秀吉に言い放つように激しく於奈津を求めてきた。

異質な快楽の中で、於奈津は新たな戦いが始まることを実感した。

既に家康の敷布団《しきぶとん》の下には懐刀《ふところがたな》が入れられてはいなかった。於奈津を信用している証《あかし》である。

朝を待たず、雨の中、秀忠は供廻りを連れて伏見の徳川屋敷を出立した。

秀吉の死は異国との戦いが継続しているので秘された。秀吉の遺体は闇の中、三成らの手によって密かに運び出され、東山三十六峰の一つ、阿弥陀《あみだ》ヶ峰《みね》中腹の油山《あぶらやま》に埋葬された。


翌朝、早速、伊達家と藤堂家の遣いが徳川屋敷を訪れた。

「弔意《ちょうい》とは、また面白いことを申してきますね。伊達殿は」

遣いの口上が伝えられ、於奈津は口許を押さえた。既に病死しているが、家康は秀吉の実妹の朝日姫を正室にしていた時期がある。政宗は、これを口実に接近してきたのである。

「彼奴《きゃつ》の腹づもりはいかに？」

「お屋形様に合力《ごうりき》（協力）すると称して尻《しり》を叩《たた》き、豊臣家の方々と戦わせているうちに旧領を取り戻そうとしているのではないでしょうか。勢力が拡大した暁には、戦い疲れているお屋形様と豊臣家を討ち、天下を摑みたいと」

「さすが於奈津、よう見ておる。壮大なる企てよな」

家康と視点は一致しているようである。

藤堂家はあからさまに尾を振ってきた形である。

「他家の方々ですが、うまく使いこなせねば殿下に替わることはできますまい」

「ほう、儂を嗾《けしか》けるか。阿漕《あこぎ》な女子じゃ」

「人聞きの悪いことを。天下泰平と仰せになられたのはお屋形様にございます」

於奈津は拗《す》ねてみせた。

「判《わか》っておる。伊達や藤堂ごとき者を使えずして新たな世は切り開けぬ」

気が充実しているのか、半刻ほどしか眠っていないのに、家康は冴《さ》えた表情をしていた。

両家のことを秘めながら、家康は登城し、十人衆と評議を行った。

十人衆は年寄と奉行からなり、年寄は徳川家康、前田利家《としいえ》、毛利輝元、宇喜多秀家《うきたひでいえ》、上杉景勝。当初は小早川隆景《こばやかわたかかげ》を含む六人であったが、隆景が前年に死去したので五人としている。

五奉行は石田三成、浅野長政、長束正家《なつかまさいえ》、増田長盛《ましたながもり》、徳善院玄以《とくぜんいんげんい》であった。

評議は明・朝鮮軍と講和して兵を撤退させることに決定し、すぐさま徳永壽昌《とくながながまさ》、宮城豊盛《みやぎとよもり》、山本重成《やまもとしげなり》が使者として朝鮮に向かった。

撤退を円滑に行うためには奉行が必要である。石田三成は、同じ奉行の浅野長政や、毛利輝元の名代《みょうだい》の秀元《ひでもと》と共に博多に下った。

「治部殿が上方を空けたので、お屋形様に正面から挑んでくるお方がいなくなりましたね」

帰宅した家康からあらましを聞き、於奈津は肩衣《かたぎぬ》を受け取りながら言う。

「おそらくの」

「鬼の居ぬ間に洗濯、でございますか」

「まあ、そんなところじゃ」

思案を読まれたせいか、家康はばつが悪そうな顔をする。

「それを見越しての博多行き、だったとしたらいかがしますか」

「ほう」

意外、といった口調で家康は言うが、驚いた表情はしていない。

「そのお顔から察すると、治部殿は留守中、お屋形様が『御掟《おんおきて》』を破ることを予想していて、対する手も用意してある。当然、お屋形様も、これを上廻る策を準備しているということですか。まさに狐《きつね》と狸《たぬき》の化かし合いですね」

天下を賭《か》けた布石の打ち合い、於奈津には楽しく感じられた。

過ぐる文禄四年（一五九五）八月二日、秀次事件後に『御掟』が定められた。内容は、事前許可のない大名間の婚儀の禁止。諸大名が必要以上に昵懇になることの禁止、誓紙交換の禁止、喧嘩《けんか》口論の禁止、妻妾《さいしょう》の多抱禁止、大酒の禁止、乗り物の規定などであった。

「虎や龍ならばまだしも、主を狐や狸に例えるな。まあ、漸く新たな対局が始まるということじゃ。細工は流々」

「仕上げを御覧《ごろう》じろ、ですか。血が流れぬならば、楽しく観《み》ていられるのですが」

「他人事《ひとごと》のように申すな。我が側室ということは、そなたも石を打つ棋士《きし》の一人じゃ。儂とて流血は好かん。少しでも少なくするよう思案を巡らせよ」

「まあ」

自分の言葉が天下を左右するなど思いもよらぬこと。こののちは、積極的に意見することを止《や》めようという思いを於奈津は強くした。

三成らが伏見を発《た》つと、家康は満を持して腰を上げた。秀次事件に連座して陸奥の南部《なんぶ》家に預けられていた河内《かわち》の船越景直《ふなこしかげなお》を召還《しょうかん》させたのを皮切りに、島津龍伯《しまづりゅうはく》（義久《よしひさ》）や、長宗我部元親《ちょうそかべもとちか》邸に、家康は届け出もなく直に足を運んだ。これは『御掟』に違反している。

十二月上旬、朝鮮に在陣していた諸将が博多の湊《みなと》に上陸しはじめた。加藤清正や黒《くろ》田《だ》長政《ながまさ》らが下船すると、三成と一触即発の状態に陥りかけたが、周囲の仲裁でなんとか血を見ずに収まった。清正らにすれば、戦功の歪曲《わいきょく》のほか、物資輸送の不備、侵攻作戦の失敗、戦状認識の皆無など憤懣《ふんまん》が堆積《たいせき》している。それこそ、朝鮮出兵そのものが失策である。しかもこれは全《すべ》て三成の責任だという認識でいる。総責任者であった秀吉を非難できないので、鉾先《ほこさき》を三成に向けざるをえなかった。家康にとっては有り難い限りである。

帰国の報せは伏見にも届けられている。

「そちが男ならば、いかにして主計頭《かずえのかみ》（加藤清正）を引き付けるか」

家康は於奈津に問う。

「治部殿をお嫌いな主計頭殿ならば、これまでどおり『御掟』をお破りになればすむことではないですか。それとも一筋縄ではいかぬお相手ということですか」

逆に質問すると、家康は片方の頬を上げる。

「将を射んと欲すれば先《ま》ず馬を射よ、と申すではありませぬか。奥方様への進物、それも済んでいると申されるならば、主計頭殿を押さえられる方と昵懇になるしかありませぬな」

「さすが於奈津。承知した、つくづく、そなたを側室にして良かったと思うぞ」

嬉しそうに家康は、小太りした体を揺すって部屋を出ていった。

「夜は於勝殿の許にばかり泊まるくせに」

褒められて悪い気はしないが、礼は態度で示してほしいと於奈津は独り言をもらした。

家康が向かったのは大坂城の西ノ丸。秀吉の正室・北政所の許であった。

「どうりで嬉しそうな顔をしていたわけか。あるいは、御墨付きを得んとするため、態《わざ》とわたしに助言を求め、言わせた。わたしのせいにするために。おのれ、家康」

於末から報せを受けた於奈津は憤《いきどお》る。

「それにしても、相手が幾つであれ、女子の許に行くのは嬉しいのかしら。あるいは、太閤様のように旧主の女子を欲しているとか。まったく殿御というのは……」

於奈津は少々嫉妬を覚えた。愛《いと》しい男が自分よりも若い女性の許に行くのは仕方がないと、諦《あきら》めもつくが、年上ともなると、たとえ相手が誰であっても腹立たしいものである。

報せが阿茶局らにも伝わると、於勝が柳眉《りゅうび》を逆立てて、於奈津の許にやってきた。

「お屋形様を北政所様の許に向かわせたのは於奈津殿と聞きましたが」

端整な鼻孔も広がっていた。

「行きたがっておいでしたので。なにかまずいことでもありますか」

「万が一のことがあれば、なんとするつもりなの」

「於勝殿ともあろうお美しい方が妬かれておられるのですか？　艶《つや》やかでよろしいではありませぬか。殿方は幾つになられても、浮いた話があるほうが頼りになりましょう」

於奈津も不愉快ではあるが、冷静を装《よそお》った。

「相手は亡き殿下の御正室。妙な醜聞《しゅうぶん》が立てばお屋形様の御名は失墜し、天下など泡となって消えましょう。あなたはそれを勧めたのですよ」

そんなことも判らぬのか、と於勝は詰め寄る。

「北政所様がお屋形様のお味方になられれば、猛将たちは猫のように懐《なつ》きましょう。そう目くじらを立てずとも、もうお子を産める年齢《とし》でもございますまい」

「殿下に御胤《おたね》がなかっただけやもしれませぬ。於種《おたね》ノ方を御覧あれ」

秀吉の側室であった於種ノ方は、囲碁の勝負で伊達家の茂庭綱元《もにわつなもと》に秀吉が敗れたので、綱元に下賜《かし》された。これを政宗が横取りして香《こう》ノ前《まえ》と変名。この慶長三年（一五九八）、香ノ前は津多《つた》という政宗の娘を出産している。

「されど……」

「長宗我部殿の御側室は六十を過ぎて御子を産んだと聞いておりますよ」

小少将《こしょうしょう》は六十過ぎで長宗我部元親に嫁ぎ、五男の右近大夫を産んだという説がある。北政所の年齢は、一番高い説でこの年五十七歳。

「左様ですか。それは存じませんでした。万が一、御子が生まれればお祝い致しましょう。お屋形様の御子が秀頼様に次ぐ存在になるのですから。悔しければ於勝殿が産むしかないですね」

「勿論《もちろん》、そのつもりです。於奈津殿への御胤は残しません」

不機嫌そうに於勝は座を立った。万が一、北政所と家康が結ばれれば、於勝の地位は確実に下がる。まだ子をなしていない於勝は、これを懸念《けねん》しているに違いない。

（それは、わたしも同じ）

このところの家康は昼間は於奈津の許に、夜は於勝の部屋で過ごすことが多い。於奈津は御無沙汰《ごぶさた》、こちらのほうが問題だった。

「御機嫌なご様子で。大坂はさぞかしお楽しかったようですね」

伏見に戻った家康に、於奈津は言う。

「嫌味か」

「於勝殿がお怒りです」

「左様か。宥《なだ》めてやらねばならぬの」

目の前の於奈津を無視して家康は言う。自分を女として見ていないのか、於奈津は忿恚《ふんい》する。

「今宵はわたしの許にお泊まりください」

於奈津は強い口調で詰め寄った。だけではなく、袖も握った。

「今宵は、阿茶の……あ、あい判った」

於奈津の剣幕に圧《お》され、家康は困惑した表情で頷いた。

「北政所様はどうでしたか？」

閨で於奈津は家康に悪戯《いたずら》っぽく問う。

「埒《らち》もないことを」

否定するが、嫌そうな面持ちはしていなかった。

「そうでもなさそうですが」

「よいか、良き女子というものはの、男に対して、あなた様がどれほどの女子と褥を共にしたか知りませぬが、わたしが一番でしょう、という顔をして、口には出さぬものぞ」

大坂でのことを躱《かわ》すように、家康は於奈津を抱き寄せる。

「随分と都合がいいことを」

「当たり前じゃ。新たな世を作るのじゃ。都合が良くて当然」

誤魔化すように家康は於奈津を求めた。

「まあ、天下をお狙《ねら》いなされるならば、北政所様ぐらい落とさねば摑めますまい」

於奈津の思案は於勝とは違う。もし、家康が北政所に手をつければ、自分と同じ土俵に北政所を引きずり込めるような気がする。それも一興と思えた。

（まあ、北政所様は殿下の御正室。お屋形様に肌を許すはずがないでしょうが）

とはさすがに口にはできない。

「摑み方にはいろいろあるもの。そなたはまだまだ未熟じゃ。教えてやる」

体に触れるだけが愛ではない、とでも言いたげな家康である。家康の正室の築山《つきやま》御前は今川義元の姪《めい》という名家の出自で気位が高く、扱いには苦労したと伝えられているので、北政所のように低い地位を知る肝っ玉母さんのような女性を好んでいるのかもしれない。

家康と北政所が褥を共にしたかどうかは定かではないが、手応《てごた》えはあるようだった。

諸将は秀頼への挨拶をするため、次々に上洛してきたので、家康は待ってましたとばかりに、加藤清正や黒田長政ら反三成派の武将たちと顔を合わせ、労《ねぎら》いの言葉をかけた。

清正らが心を寄せる北政所の許にもまめに通い機嫌を取っていたので、反三成、反近江、反奉行派の武将たちが、家康のところに年寄筆頭への挨拶と称して足を運んでくるようになった。

「お賑《にぎ》わいですね」

「そちのお陰じゃ」

人心が集まりだし、家康は於奈津の皮肉を労いで返した。

家康が味方の取り込みに余念がないことは三成も掌握している。伏見に戻った三成は、増田長盛、長束正家ら奉行のほか、上杉景勝、前田利家、宇喜多秀家、安国寺恵《あんこくじえ》瓊《けい》、小西行長《こにしゆきなが》、佐竹義宣や、相馬義胤《そうまよしたね》とも、会談を重ねるようになった。これも『御掟』に違反している。

「治部殿も背に腹は替えられないようですね」

「奉行は法を守らせる立場なのに、困ったものじゃ」

惚《とぼ》けた口ぶりで家康は言う。

「ご自身が仕向けたのに、治部殿が聞けば、さらにお怒りになりましょうな」

「結構なことじゃ。さらに怒ってもらわぬとな」

三成が『御掟』を無視したことを確認した家康は、これ幸いと本格的に政略結婚の話を進めた。

伊達政宗の長女・五郎八《いろは》姫と、家康六男の辰千代（のちの松平忠輝）。松平康元《やすもと》の四女・満天《まて》姫を家康の養女として福島正則の養嗣子《ようしし》・正之《まさゆき》に。小笠原秀政《ひでまさ》の娘・氏《うじ》姫を家康の養女とし、蜂須賀家政《はちすかいえまさ》の息子・至鎮《よししげ》に。ほかにも黒田長政、加藤清正らにも話を持ちかけた。いずれにしても『御掟』に違反している。

報せを聞いた三成は激昂《げっこう》したというが、年も押し迫ってきたので堪《こら》えたようであった。

三

「わたしもお連れください。万が一の時は矢玉の楯《たて》にはなります」

大坂行きを前に、二人きりになった時、於奈津は申し出た。

専横を続ける家康は諸将には刃向かえぬような手を打ち、尊大に振る舞ったりもするが、側《そば》にいると思いのほか頼り無く、守ってあげなければならぬと、母性本能のようなものを擽《くすぐ》られる。これが家康の魅力の一つなのかもしれない。そうやって人を動かしているのかもしれないが。

「こたびは、難しいの。いずれ同行させるゆえ、楽しみにしておれ」

遊山《ゆさん》にでも連れて行くかのような口調の家康だった。

慶長四年（一五九九）一月十日になった。

「お気をつけ下さい。お屋形様は狙われております」

出立に際し、於勝は家康に心細そうな視線を投げかける。

ようも、あからさまに媚《こ》びを売れるものだ。近くにいる於奈津は、ある意味、感心した。阿茶局も侍っていた。

この一月十日、秀吉の遺命により、秀頼は伏見城から大坂城に移徙《わたまし》する。家康と秀頼を切り離す秀吉の戦略である。三成はこれを進めた。家康を除く年寄、奉行をはじめとする諸将も秀頼に従うので、政《まつりごと》の中心も移動。家康は伏見で補佐ということになっているが、同地に取り残される形になった。但《ただ》し、移動の警護は年寄筆頭として同行することになる。

諸将は大坂に屋敷を持っているが、家康は築くことを許されなかったので、片桐且《かたぎりかつ》元《もと》の弟・貞隆《さだたか》の屋敷を宿所にすることになっていた。且元は加藤清正らと同じ賤ヶ岳七本鑓《しちほんやり》に数えられる秀吉股肱《ここう》の臣である。家康を嫌悪していれば、弟の屋敷の中で暗殺するのは容易いことであった。

「大事ない。手は打っておる」

自信ありげに家康は言う。

大坂では藤堂高虎と黒田長政が警護することになっているとは言う。敵の巣窟《そうくつ》に入ることには間違いないので、於奈津としても不安だった。側室は同行できず、見送ることしかできないので、心配だ。

予定どおり秀頼は伏見城を出立した。諸将は警護の役目を兼ねて付き従った。警護兵たちは武装しているので、戦場に赴くような様相である。家康も同じ。具足や甲冑《かっちゅう》の摩擦音や馬蹄《ばてい》の音を聞くと、戦の始まるようで恐ろしさがこみ上げる。無事に帰還するよう、祈るばかりであった。

伏見、大坂間で秀頼襲撃を企てるような賊はまずいない。移徙は恙無《つつがな》く終了し、家康は片桐貞隆の屋敷で草鞋《わらじ》を脱いだ。初日は何事もなく終了した。

十二日の昼過ぎ、家康を迎えに行くため、井伊直政が兵を掻《か》き集めて伏見を出立した。

「予定どおりですね」

於勝は竹楊枝《たけようじ》で羊羹《ようかん》を刺し、口に運んだ。

「お屋形様のこと、ぬかりないでしょう」

阿茶局は鷹揚《おうよう》に構えていた。

於奈津もそう心配してはいない。

「すぐ戻るとの仰せでしたので、なにか理由をつけて騒ぎたてて、伏見にお味方を集うつもりではないでしょうか」

危なければ、とっくに家康は逃げているはず。ただ伏見に帰還するのでは、孤立を世に知らしめてしまう。このあたりで色分けをする、と於奈津は見ている。

「ここが戦場になると?」

於勝は危惧《きぐ》する。

「今日、明日というわけではないでしょう。なったとしても女子《おなご》は安全な地に逃されるので、懸念は無用かと存じます。まずはお屋形様がご無事にお帰りになってからですね」

万が一はある。於奈津は家康の身を案じた。

その日の晩、石田三成の重臣、嶋左近清興《しまさこんきよおき》が探らせていた忍びを発見した家康は、暗殺を企てようとしていると騒いだ。家康は、突如、片桐屋敷を出立。家康は意を通じる藤堂高虎や、黒田長政らの兵に警護されながら道を急ぎ、戻る途中で、呼び寄せた井伊直政の兵に守られて、伏見の屋敷に帰宅したのは夜明け前であった。

於奈津らの側室たちは寝ずに家康の帰りを待っていた。

「よう御無事で戻られました」

家康の顔を見た於奈津らは、安堵《あんど》で胸を撫《な》で下ろした。於勝らは涙ぐんでいた。

「心配かけたの。このとおり儂は無事じゃ。安心致せ」

女子たちを優しく労うと同時に、家康は誰とは口にしないが、探った者に激怒する。

「仕物《しもの》（暗殺）にかけんとは言語道断。これは評議にかけて糾明《きゅうめい》せねばなるまい」

家康が息巻くので、引き続き藤堂、黒田の兵は伏見に留まった。

他家の兵に屋敷を守らせ、家康は居間で薬研《やげん》を摩《す》っていた。

「儂はどうすべきかの」

「仕物か探りか判りませぬが、捕らえられなかったのは失態でしたね。真実《まこと》なのですか？」

「真実じゃ。それゆえ儂は怒っている」

落ち着いた表情で家康は言う。

「これは失礼致しました。されど、糾明しようにも証がないゆえ手詰まりということですか。おそらく大坂では、同じことを思案しておりましょう。あちらは『御掟』破りの確かなる証を持っておりますゆえ、口だけではありますまい」

於奈津は冷静に分析する。

「言いにくいことを平気で申すのう。さすれば儂は、向こうの出方待ちでいいのか」

「そのおつもりではないのですか？　大坂には文句を申したくてうずうずなされているお方がいらっしゃるようなので、黙っていても問い質《ただ》しにまいりましょう」

於奈津は才槌頭《さいづちあたま》を思い出しながら告げる。

「されば、備えておかねばなるまいの。いっそのこと、そなたが会《お》うてくれぬか」

「それはいくらなんでも愚弄《ぐろう》し過ぎです。相手はお屋形様にお会いできねば帰らぬかと存じます。刻《とき》が惜しいならば、嫌なこともご自身でなさらねばなりませぬでしょう」

発破《はっぱ》をかけると、よく見ているとでも言いたげに、家康はくすりと笑った。

大坂では十人衆のうち、家康を除く九人が集まって協議を行い、家康に詰問使《きつもんし》を向かわせることを決定した。詰問使は三中老《さんちゅうろう》の中村一氏《なかむらかずうじ》、生駒親正《いこまちかまさ》、堀尾吉晴《ほりおよしはる》と相国寺《しょうこくじ》の長老の西笑承兌《さいしょうしょうたい》に決定し、一月十九日、詰問使は伏見の徳川屋敷を訪れ、『御掟』

違反を問い質した。

「許可のなき、大名間の縁組は禁じられてござる。そのこと、内府殿も御存じのはず。にも拘らず、これを冒《おか》すのは内府殿に異心があるからでござろう。もし、明確なご回答ができぬならば、こののちは十人衆の位から除かねばならぬようでござる」

三成らに尻を叩かれた詰問使は強く出た。

「縁組が違法であることは、うっかり忘れておった。近頃、もの忘れが酷《ひど》くて敵《かな》わぬ。されど、物忘れを取り上げて、儂に逆心ありとはいかなる魂胆か。貴殿らは儂を秀頼様から遠ざけようとしているようだが、それこそ太閤殿下の遺命に背くことではないのか。事と次第によっては、儂にも考えがある」

老練な家康は言葉尻を捉《とら》え、即座に切り返した。

「我らは大坂の意向を伝えに来ただけにて、内府殿をどうこうしようなどとは考えてござらぬ」

「それは重畳。たまには茶でも呑《の》みにまいられよ」

詰問使は軽くあしらわれ、逃げるように徳川屋敷を後にした。

「治部殿は人選を過《あやま》ったようにございますな」

隣室で、やりとりを聞いていた於奈津は、噴き出すのを堪えるので必死だった。

「あんなものであろう」

潜《くぐ》った修羅場の数が違う、とでも言いたげな家康である。

「お屋形様は、遣いの方々を追い返すだけとも思われませぬが」

「そなたなればいかがする？」

家康は片頬を上げて問う。

「なんです、その笑みは。わたしを悪者にするおつもりですか？」

「的を射ていたら、今宵はそなたと過ごすことにしよう」

「まあ、わたしはお手をする犬ではありませぬ」

とは言うものの、家康に試されることは嫌ではなかった。於奈津は一息吐《つ》いて口を開く。

「おそらくお屋形様は、誼《よしみ》を通じてきた方々に指示なさり、大坂方が伏見に兵を向けると触れさせ、改めてお味方する方々の集まり具合を確かめられる。治部殿らは戯《たわ》けではありませぬので、左様な挑発には乗りませぬが、両陣営の亀裂《きれつ》は深まるばかり。あとは、あれこれ画策して、大坂方に謝罪させられれば、緒戦はお屋形様の勝利ということになります」

「あれこれとは？」

「藤堂、黒田殿以外の方を選び、年寄衆に働きかけさせる。できれば殿下股肱の方を。治部殿以外はお屋形様と戦う気はありませぬので、作戦は成功するかと存じます」

自信を持って於奈津は答えた。

「さすが於奈津じゃ。そなたが男子なれば、さぞ良き武将になったであろう」

「それゆえ、わたしと夜は過ごせぬなどとは申されますまいな」

逃がさぬ、と於奈津は迫る。

「当然じゃ。今宵はそなたと過ごそう」

「有り難き仕合わせにございますが、本日より、わたしは女子の日になりましたので、こたびのことはお貸ししておきます。利息が嵩《かさ》まぬうちに返済して戴《いただ》きます」

「小賢《こざか》しや。悪徳商人め」

少々残念そうに家康は罵《ののし》った。

詰問使は手ぶらで帰るわけにもいかず、伊達政宗、福島正則、蜂須賀至鎮の許《もと》に赴くが良い成果を得ることができない。四人は肩を落として大坂に戻った。

時を同じくして家康は黒田長政と藤堂高虎を嗾《けしか》けた。

「大坂の奉行どもが、内府様に兵を向けるそうじゃ。皆でお守り致そう」

二人はそう声高に叫び、諸将の屋敷を熱心に廻り、焚《た》き付けた。

要請を受けた諸将は続々と伏見の徳川屋敷に参集した。加藤清正、福島正則、黒田如水《じょすい》、加藤嘉明《よしあき》、浅野長慶《ながよし》、蜂須賀家政、長岡忠興、池田照政《いけだてるまさ》、森忠政《もりただまさ》、京極高次《きょうごくたかつぐ》、大谷吉継ら、小領主まで数えれば三十人を超えていた。

「さすがお屋形様。人望がございますようで。あ、決して阿諛《あゆ》ではありません」

「当たり前じゃ」

満更でもない、といった顔で家康は胸を張る。

「ここからが正念場。お手並みを拝見させて戴きます」

家康は二度頷いた。

諸将は徳川屋敷の周囲を竹柵《ちくさく》で結び、新たな外郭を築き、楼櫓《ろうろ》を急造して大坂勢に敵対姿勢を示した。一月二十九日、兵を連れて上洛した徳川家臣の榊原康政《さかきばらやすまさ》が伏見に到着したので士気はさらに上がった。

家康の許に昵懇の大名が参集しているという報《しら》せは、すぐさま大坂に届けられた。

無論、家康を除く九人衆は挑発には乗らないが、伏見と大坂の間に入った亀裂は深まるばかりで埋まる気配は皆無だった。家康も早く収束させて次に進みたいようだった。

「とは申せ、お屋形様が直《じか》に乗り出すわけにはいきますまい」

家康と囲碁を打ちながら於奈津は告げる。

「そなたなれば、誰に仲立ちをさせる？」

「先に失敗した三中老ではいかがでしょう。こたびは成功致しますので、恩を売れます」

「やはり、そなたは男に生まれてくるべきだったの」

家康は目を見張る。

「とんでもないことでございます。女子ゆえ血を見るような場所には行かずともすんでおります」

「連れて行きたくなるのは、儂だけではないやもしれぬぞ」

「左様なことなれば、こののちは、あまり話さぬほうがいいかもしれぬようで」

家康ならばやりかねないので恐ろしい。

「さすれば、ほかの女子と会う機会が増えるぞ」

これはかりが悩みの種でもある。

「お好きになさいませ」

「拗ねたか」

「どなたかのご助言に従います」

良き女子は自分が一番だという顔をしていろ。家康が言った言葉である。

「随分と都合がいいの」

「当たり前でございましょう。新たな世を作るのです。都合が良くて当然」

以前の家康の言葉を繰り返すと、家康は怒るどころか腹を抱えて笑った。

家康の意を受けた黒田長政らが仲介役を依頼すると、三中老は汚名を雪《そそ》ぐ好機と、二つ返事で応じた。和睦《わぼく》の意思があるならば話は早い、と三中老は年寄筆頭の家康の許に足を運んだ。

「こたびの騒動の契機を作ったのは大坂方じゃ。儂が頭を下げるのは筋違い。向こうが謝罪するならば、受け入れるのも吝《やぶさ》かではない」

自分から遠廻しに和議を持ちかけさせたが、家康は、譲るつもりは微塵もなかった。

「戯けたことを。出任せ（暗殺）を騙《かた》り、あるいは妄言《もうげん》を吐き、徒党を組んだのは内府じゃ。謝罪するのは内府にて、我らが詫《わ》びる謂《いわ》れはない」

前田利家ら四人の年寄衆は謝罪の話を一蹴《いっしゅう》した。

これでは埒が明かない。亀裂の原因は、情報収集目的で嶋左近が放った忍びが原因と、皺寄《しわよ》せは奉行衆に来た。奉行が家康に謝罪することで和解することになった。

二月五日、家康は四年寄・五奉行に、九人は家康に誓紙を差し出した。

一、大名縁組のことは、年寄・奉行の意見を承知する。
一、太閤様の遺命、十人衆の誓紙には背かず、違反する者があれば意見する。
一、このたび、双方と昵懇《じっこん》にする者につき、遺恨に含まないこと。

右の三ヵ条である。九人が家康に出した誓紙の署名には五奉行のうち最初から僧籍にある徳善院（前田）玄以を除き、四人は名の下に「入道」と記している。家康を年寄衆から除こうとしたことへの謝罪で、三成らの四人は剃髪《ていはつ》した。

家康が仕掛けた緒戦は、家康の勝利で終了した。『御掟』に違反した婚儀の件は暗黙の了解となった。ただ、剃髪は秀吉の喪に服すため、と三成は言い訳している。

「御目出度うございます。軽い腹芸でお勝ちになられたようにございますな」

「左様な言葉を聞けば、九人が怒るぞ」

「再び怒らせるおつもりではないのですか」

「痴《し》れ者め」

とは言うものの、家康は於奈津と顔を合わさずとも、本多正信と謀議を重ねていた。

四

騒動終結から一月《ひとつき》と経《た》たぬ二月二十九日、前田利家は加藤清正らと共に伏見の徳川屋敷を訪れた。二大巨頭が昵懇になることが秀頼のためと、清正が思案してのことである。

家康は途中まで利家を出迎え、鄭重《ていちょう》に持て成した。これによって幾分、蟠《わだかま》りも解け、利家は家康に、暴徒に襲われぬためにも向島《むかいじま》に屋敷を移すことを勧めた。

「左様なことなれば、遠慮なく」

三月二十六日、家康は向島に移動した。伏見城から少し南に遠くなったものの、宇治川に囲まれた向島屋敷は向島城とも呼ばれる要塞《ようさい》でもあった。

「なにやら隔離されたようで」

石田三成、宇喜多秀家、小西行長らに囲まれた徳川屋敷に比べれば、安全度は増したものの、体よく遠ざけられたようにも感じられた。

「構わぬ。そう長くは住むまい」

「大坂……ではないとすれば伏見城に？　大坂と対決する姿を強くすれば、せっかく集まった方々がお屋形様の許を離れて行くのではないですか」

大坂は則《すなわ》ち秀頼。於奈津は人望を失うことを危惧する。

「大事ない。争う相手は童《わらべ》（秀頼）ではない。手筈《てはず》どおりじゃ」

家康は心配する素振りはまったく見せなかった。

三月十一日、家康は先の返礼をするため大坂の前田屋敷を訪れ、病床の利家を見舞った。この時、三成方が襲撃するという噂《うわさ》が立ち、家康は用心のために藤堂家の輿《こし》を使用している。

死期を悟ったのか、利家には、もはや家康に対抗する気力は残っておらず、前田家の行く末を、家康に縋《すが》るばかりであった。

「これが今生の御暇《おいとま》乞いでござる。儂は遠からず果てるので、利長《としなが》のこと頼み申します」

利家は末期《まつご》の秀吉を思わせる哀れな老人であった。

「大納言《だいなごん》（利家）から伏見城に在する許可を得た。折を見て移動致す」

真実は定かではないが、向島の屋敷に帰宅した家康は家臣たちに告げた。

「事実だとすれば、前田家は伏見城と交換にお家の安泰を図ったのですか」

前田家は屈したのか、と於奈津は問う。

「まだじゃが、そう遠い先ではなかろう」

計算は立っているようであった。

三月二十二日、加藤清正は鍋島直茂、毛利吉成《よしなり》、黒田長政とともに朝鮮之役における石田三成、小西行長、寺澤正成《まさなり》（のちの廣高《ひろたか》）の弾劾状《だんがいじょう》を五人の年寄衆に提出した。

家康は、これを三成に調べるように命じたが、自身が不利になるようなことを三成がするはずがない。多忙に任せて、という理由で提訴を黙殺した。

弾劾状の返答がないままの閏《うるう》三月三日卯《う》ノ刻（午前六時頃）、前田利家は大坂城内の前田屋敷で死去した。享年《きょうねん》六十三。

前日から三成は前田屋敷で利家を見舞っており、その死を知るや否《いな》や、即座に利家嫡子《ちゃくし》の利長を、利家の代わりに年寄衆に加えることを申請して奉行衆に認めさせた。三成は利長に恩を売って、反家康派に引き入れるつもりであった。

利家死去の報せは、死去した日の午後には親戚《しんせき》の長岡忠興に伝えられた。忠興の長男・忠隆《ただたか》は利家の七女を正室にしている。忠興は即座に家康に届けた。

「左様か。藤堂、黒田に遣いを送れ」

家康は本多正信に命じ、使者を走らせた。

二人の間では、さまざまな形の想定ができているようだった。

「お屋形様の目が、佐渡守（正信）殿と似ておられました」

「儂《わし》の目は、あれほど離れておらぬ。見間違いじゃ」

戯《ざ》れ言を言って家康は躱そうとするが、謀《はかりごと》が開始されたようである。

家康の意を受けた藤堂高虎、黒田長政は、加藤清正、福島正則、浅野長慶、池田照政、加藤嘉明、長岡忠興、脇坂安治《わきざかやすはる》、蜂須賀家政ら武断派の武将を誘い、三成を討つために大坂の石田屋敷に向かった。三成が弾劾状を握り潰《つぶ》したことを知ると清正は激怒したという。

武断派の不穏な動きを石田家重臣の嶋左近が摑《つか》み、三成を石田屋敷に引き上げさせた。

同じ頃、三成と昵懇の佐竹義宣が武断派の動きを知り、石田屋敷に駆けつけた。義宣は家康を東から牽制《けんせい》するために、三成から優遇を受けた大名の一人である。義宣は機転を利《き》かせて、三成を女輿に乗せて玉造《たまつくり》の宇喜多屋敷に逃れさせた。

上杉景勝、直江兼続《なおえかねつぐ》、相馬義胤らもすぐに参じ、三成は諸将に護衛されながら伏見城の石田曲輪《くるわ》に入った。主君の入城を見届けた嶋左近は、指示があり次第出陣できるよう居城がある近江の佐和山《さわやま》に向かった。

三成が伏見城に逃げ込んだとの報せは、即座に家康の許に届けられた。

この夜、於奈津は家康といた。

これがお屋形様の謀か……。汚いとは思わない。家康が汗一つかかずに三成を伏見城に孤立させた手腕は見事だと感心した。

「なんじゃ。儂の顔になにかついておるか」

於奈津が狡《ずる》いと思った、と解釈したのか家康は文句を言うように問う。

「お顔にはなにも。ただ、お腹《なか》は黒いかもしれませぬが」

「慮外者《りょがいもの》め。次はどうなる」

「主計頭（清正）殿らが治部殿を追って伏見に来るはず。こたびは騒がしくなりましょう」

猛将たちの吠《ほ》える姿が目に浮かぶようだった。

「そなたの嫌いな血が流れるか」

「伏見は堅固な城。方々の手勢では入ることも叶《かな》いますまい。但し、野放しにしておけば、双方が国許より兵を呼び寄せる恐れがあるので、お屋形様が仲裁なさるのかと存じます」

この程度のことは誰でも判る、と於奈津は返す。

「ほう、儂が？　いかように？」

「また、お惚《とぼ》けになられて。於勝殿も試されておられるのですか」

「時にはの」

家康の返事を聞き、於奈津は於勝に嫉妬《しっと》と対抗心を覚えた。

「お屋形様が治部殿を斬《き》るのは容易《たやす》い。されど、それでは小煩《こうるさ》い奉行を一人減らすだけで、さして益することはありませぬ。おそらくは佐和山に蟄居《ちっきょ》させることで、双方を宥《なだ》められるものと存じます」

「それで治部は納得するか」

「治部殿は今、騒動を起すことは望んでおられますまい。今、兵を挙げれば、犬死にするばかり。年寄筆頭の下知《げじ》ならば、仕方ないと言いながら、胸を張って帰城できましょう。あっ、それで」

三成は居城に逃げず、伏見城に入ったのか、と於奈津は理解した。そのまま佐和山城に戻れば、謀叛《むほん》の疑いがあると家康が主張し、豊臣家からの討伐命令を受けかねない。言わば、蟄居の名の下に、家康からの安全保障を得るための行動であった。

「それでなんじゃ」

「居城に戻れば刻《とき》が稼げ、お屋形様に挑む計画を練ることができます。お屋形様は、治部殿に挑ませるために伏見城に追い込ませ、蟄居させる企てをしておられたのですか。治部殿が兵を挙げるとすれば、お屋形様が在する城。それゆえ治部殿が居なくなった伏見城に入られると」

家康と正信は、どれほどまで先を読んで布石を打っているのか。さらに三成も。とうてい自分の思案など及びもつかない。於奈津は愕然《がくぜん》とした。

「そなたは想像する力が並外れた女子じゃの。されど、面白き企てじゃ」

先読みする於奈津を嫌わず、家康は楽しそうに笑う。

於奈津が口にしたように、清正らの猛将が深夜になって伏見城に到着し、門を開けろと怒号し、宙に鉄砲を撃つほど騒ぎたてた。そこで家康は、三成に佐和山で隠居することを認めさせることで、清正らの上げた拳《こぶし》を下ろさせた。名目は、三成が弾劾状の調査をしなかったことが騒動の原因になったからというものであった。

閏三月十日、三成は家康の次男・結城秀康に護衛されて伏見を発った。これで一切の公務から身を退《ひ》かざるをえなくなったことになる。三成を追い廻した清正らには、なんのお咎《とが》めもない不公平な裁定となった。

（これまでずっとお屋形様の筋書きどおりに進んでいる）

家康がやっているのは明らかに専横であるが、誰も止められない。大名筆頭の凄《すご》さを見せつけられた感じであるが、家康は三成を追わせただけではなかった。

亡《な》き前田利家が伏見の徳川屋敷を訪問した頃から前田家に手を伸ばしていた家康は、過ぐる閏三月四日、前田家の老臣・徳山則秀《とくやまのりひで》を同家から出奔させた。

三成を出立させた同じ十日、家康は徳山則秀と同様に前田家の重臣・片山延高《かたやまのぶたか》を内通させたが露見し、延高は前田家の家臣に斬られた。それでも利家存命時には二大巨頭と言われた前田家を揺さぶり、混乱させることには成功している。

「よもや前田家を攪乱《かくらん》なされるとは」

於奈津には驚きであった。

「人聞きの悪いことを申すな。前田の家臣が勝手にしたこと。ただ、乱世じゃ。攪乱されるのは当主が未熟だからじゃ。前田の嫡子殿は親父《おやじ》の器には達しておらぬようじゃの」

遠廻しに家康は利長を蔑《さげす》んだ。もともと家康は利家をあまり評価していない節があった。秀吉と昵懇だったので、家康に対抗するために作られた年寄だという認識だったようである。

さらに家康の横暴は続く。閏三月十三日、家康は利家の遺言だと称して伏見城に入り、留守居の長束正家と徳善院玄以を追い出して同城を占拠した。

「好きな部屋を選んでいいぞ」

そう言える余裕が家康にあった。築城してまだ間もない伏見城内は檜《ひのき》や藺草《いぐさ》の香りが漂っており、柱の留具や襖《ふすま》の引手などには金が使用された贅沢《ぜいたく》な城であった。

「これで治部殿は兵を挙げやすくなりましたか」

「治部が兵を挙げれば、そなたはこの城で迎え撃たねばならぬな」

「わたしは女子。矢玉が届かぬところに置かれるのではないのですか」

「そう治部に申したらよかろう。彼奴《きゃつ》は思いのほか苛烈《かれつ》な男じゃぞ」

家康は本気で伏見城を戦場にするつもりかもしれない。

伏見城占拠について、年寄衆と奉行衆は抗議するものの、家康は取り合おうとはしなかった。

三成が隠居したので、伏見も大坂も静かなものであった。

「やはり年寄筆頭は政の中心におらねばなるまいの」

家康は伏見城だけでは満足しないようだった。

伏見騒動も収束したので、家康は諸将に帰国を促した。秀吉の死去以降、半年以上も国許を空けているので、領国の支配が疎《おろそ》かになっている。これはよろしくない、というもの。

諸将にとっても家康の勧めは有り難かった。特に朝鮮に出兵した武将たちは一刻も早く帰国し、領内の仕置にとりかかりたかった。六月頃から諸将は帰国をはじめ、八月三日には上杉景勝が、二十八日には前田利長が帰途に就いた。前後して宇喜多秀家、毛利輝元も国許に向かった。畿内に残る年寄は家康のみである。

「これより大坂に移るゆえ、左様に心得るよう」

密《ひそ》かに於奈津に告げた家康は、九月九日、重陽《ちょうよう》の節句を祝うため大坂城に登城した。待ち受けていたのは増田長盛と長束正家で、家康に暗殺計画があることを伝えた。

これも家康が流布《るふ》させたことである。

容疑者は大野治長《おおのはるなが》、土方雄久《ひじかたかつひさ》、浅野長政、長岡忠興で、背後で糸を引くのは前田利長だと広まった。

家康は容疑者を特定していなかった。右の武将の名を挙げたのは増田長盛らだという。

大野治長は淀ノ方の情夫とされている。雄久は利長の母・芳春院《ほうしゅんいん》（松《まつ》）の甥《おい》で、治長は雄久と昵懇。浅野長政の息子・長慶は利家の五女（既に病死）と結婚していたので前田家と縁が深い。

計画者の名が出たことは、家康にとって幸運だった。家康は即座に北政所を説得して西ノ丸を退去させて自身が入り込み、暗殺計画の名簿に名を列《つら》ねた大野治長を下総《しもうさ》の結城家に、土方雄久を常陸の佐竹家に預けた。

浅野長政は親家康派でもあり、神妙だということで領国の甲府《こうふ》での蟄居で許されたが、危惧する長政は家康領の武蔵の府中に自ら入り、身の潔白を明らかにしようとした。

「随分と優しくお教えなさったようで」

浅野家の対応を聞き、於奈津は言う。親家康派なのに、秀吉の死を逸早《いちはや》く教えなかった対応の後れを、家康が叱責《しっせき》したことであると、於奈津は思っている。

「それとこれとは別じゃ」

家康は否定するが、満更でもなさそうだった。

長岡忠興は以前、豊臣秀次に借金をし、秀次事件が勃発《ぼっぱつ》した時、家康に立て替えてもらい、連座を逃れた経緯があるので、暗殺などに加担するわけはない。忠興の長男の忠隆に前田利家七女の千世《ちよ》を娶《めと》っていることもあり、すぐさま家康に誓紙とともに三男の光千代《みつちよ》（のちの忠利《ただとし》）を人質として差し出して無実の疑いを晴らした。

大坂城の一角を占拠するために徳川家が暗殺者に仕立てたのは大野治長と土方雄久であるが、浅野長政、長岡忠興、前田利長を加えたのは三成らだという。家康に子供扱いされた利長に奮起させ、利家存命時のように、徳川対前田家という対立構造を復活させるためである。

家康は噂を巧みに利用して加賀征伐を宣言した。

利長は冤罪《えんざい》に憤《いきどお》るものの、家康相手に戦をするような闘志はない。重臣の横山長知《よこやまながちか》を家康の許に向かわせて弁明するが許されず、仕方なしに母の芳春院を人質として江戸に差し出すことで、加賀征伐を中止させた。

報せは逐一、伏見城にも届けられていた。

暗殺騒動が落ち着くと、家康は於奈津に大坂登城を命じた。

「なにゆえ於奈津殿だけ。わたしも大坂に行きます」

於勝は険しい顔でだだをこねた。

「大坂に行けば簡単には戻れませんよ。お屋形様がご帰国なされれば質になる。それでも大坂に行きますか？　於奈津殿は質になるのですよ」

阿茶局が言うと於勝は思い留まった。

そうか、わたしは質になるのか……。

一番新参の側室なので仕方ないと諦《あきら》めたが、大坂城には興味がある。於奈津は従った。

事が起これば人質になる。もしかしたら地獄行きの輿になるかもしれない、そう思うと自然と緊張もしてきた。

近づくに連れて少しずつ大坂城が大きく見える。伏見とは違った漆黒に輝く城である。

大坂城は、嘗《かつ》て信長に対して徹底抗戦を繰り広げた石山本願寺《いしやまほんがんじ》跡《あと》の上町台地《うえまちだいち》の北端を造成した広大な平城《ひらじろ》である。北から西にかけて淀川《よどがわ》（大川《おおかわ》）、北東から西に大和川《やまとがわ》、東からは平野川《ひらのがわ》、東の南北に猫間川《ねこまがわ》が流れているのを天然の惣濠《そうぼり》とし、各々《おのおの》の川から引き込んだ水を外堀と内堀に流し込み、三角州を埋め立てて築いた町をそっくり取り込む形は総構《そうがま》えと呼ばれている。まさに難攻不落であった。

西ノ丸は天守閣に造り替えている途中で、家康は仮御殿に住んでいた。

「ただ今、到着致しました」

於奈津は家康の前に罷《まか》り出た。

「重畳。伏見の様子は？」

「変わりありません。於勝殿が不満を申しておりましたが、阿茶局様に諭されてご納得なされた様子。質はわたし一人でいいと」

「埒《らち》もない。そなたを質にしたりはせぬので安堵致せ」

家康が一蹴するので、一応、於奈津は胸を撫で下ろした。

「西ノ丸の新築は、どなたかに頼まれたのですか」

一つの城に二つの天守閣は異様な光景である。

「戯け。あのお方は都に移られたわ」

北政所は都の三本木《さんぼんぎ》（仙洞御所《せんとうごしょ》付近）に移動した。家康は北政所に秀吉の菩提寺《ぼだいじ》（高台寺《こうだいじ》）を建立《こんりゅう》することを約束している。

「左様ですか。それはちと残念。いろいろとお聞きしたいことがございましたのに」

「痴れ者め。問題を起すために呼んだのではないぞ」

「承知しております。女子には女子の役目がありますゆえ」

判っているならば結構。家康はそんな顔で頷《うなず》いた。

さっそく於奈津は大坂に在する大名の正室に遣いを送り、挨拶《あいさつ》をしに出かけることにした。秀吉の命令で、大名の妻子は大坂（時には伏見）に在住していた。『御掟《おんおきて》』は有名無実となっているので、於奈津は公然と行った。元来は正室がその役目を務めるものであるが、家康に正室がいないので於奈津がその役目を担《にな》う。石高や地位からいけば、西ノ丸に諸将の妻を呼ぶのが筋かもしれないが、今は味方を集う時なので、腰を低くする必要があった。

特に伏見城に参集した秀吉股肱の臣は、必ず押さえておかねばならない。福島、両加藤、黒田、長岡などなど。加藤清正は正室が他界していなかったので、側室と顔を合わせた。さらに徳川軍を破ったことのある真田家にも足を運んだ。

「当家のような小さな家にわざわざのお運び、痛み入ります」

於奈津の前に姿を見せたのは、真田昌幸の正室の山手殿《やまのて》と信繁の正室の安岐姫であった。山手殿は宇多頼忠《うだよりただ》の妹（一般的には娘）とされ、この年五十一歳。信幸と信繁の母である。安岐姫は大谷吉継の娘で二十歳。まだ信繁との間に子をなしてはいなかった。

「お声がけ戴ければ、こちらから出向いてまいりましたのに」

慇懃なもの言いの山手殿である。徳川には一度、勝利しているので余裕が感じられる。

「いえいえ、武家に奉公して日が浅いので、皆様のご助言など賜りたいと思った次第です」

於奈津も丁寧に返した。確かに側室が諸家を廻るのは珍しいかもしれない。

「我らも淀ノ方様をはじめ、お城の方々にご指導戴いている身にて、助言など滅相《めっそう》もありません」

山手殿は手を振って謙遜《けんそん》した。北政所ではなく、淀ノ方と言ったところが友好関係を窺《うかが》わせる。

「食べ物など、大坂はなにか美味《おい》しいものはございますか」

「天下の地ゆえ、なんでもありますが、うどんばかりで、あまり蕎麦《そば》を扱っていないとか。わたしは信州の蕎麦が好きです。もちろん、大坂風（出汁《だし》）ではなく醬油味《しょうゆあじ》の蕎麦が」

「左様ですか。わたしは津の出ゆえ出汁で育ちました。今度、醬油を試してみます」

とたわい無い会話を半刻ほど続けた。その間、安岐姫はずっと黙ったままでいた。

「父上様のお体のほうはいかがですか」

話が途切れたので於奈津は安岐姫に話しかけた。

「あまりよろしくないようです」

暗い表情で安岐姫は言う。大谷吉継は不治の病に冒され、近頃では視力を失っているという。

「左様ですか。治られますようお祈り致します」

「於奈津様からご覧になられ、真田の家はどう映りますか」

これまでとは違い、安岐姫が戸惑うような質問をしてきた。

「殿下もお認めになられた、頼りになる、お噂どおりのお家だと思います」

「さすが於奈津様。はぐらかされるのがお上手。噂は聞いております。於奈津様は本多佐渡守様と並ぶ内府様の懐刀《ふところがたな》。各家を見て廻られていると」

真田の忍びも優秀。報せは届けられていると安岐姫は言う。

「誰が左様な。ただのご機嫌伺いです」

さすが大谷吉継の娘。於奈津は圧《お》された。

「左様ですか。当家は内府様に好まれてはいないようなので、治部少輔様や修理亮《しゅりのすけ》（大野治長）様のようにならぬかと、心配しております」

「わたしは女子ゆえ政のことは存じませぬが、安岐様のお言葉を主《あるじ》に伝えておきます る」

あくまでも於奈津は政治的な話を口にしないように心掛けた。

（皆、お家のことを真剣に考えている。正室だからかしら）

真田屋敷を後にしながら、於奈津は身につまされ、側室の引け目のようなものを感じた。残念だったのは昌幸も信繁も信濃の上田に帰国しているので会うことはなかったことである。

戻った於奈津は家康に報告した。

「なるほど、さすが真田、よう判《わか》っているの。いざという時、真田は家を割るやもしれぬな」

僅《わず》かな会話の内容を聞き、家康も感じとっているようだった。

大方の大名家を廻った於奈津は、せっかくだからと秀吉の側室・甲斐姫を訪ねた。

「一別以来、御無沙汰《ごぶさた》しております。お会いして戴きましたこと感謝致します」

折り目正しく於奈津は挨拶をした。

「於奈津殿と申したの。そなたのことは聞いておりました。よもやわたしのところにまで来るとは思いませんでした」

少々憤りぎみの甲斐姫である。甲斐姫にすれば、家康といえども秀吉の家臣。その側室が会いに来るとは、出しゃばりも甚だしい、と思っているのかもしれない。

「御無礼の段、お詫び致します。どうしてもお尋ねしたきことがございましたので」

「怒ってはおらぬ。変わり映えのない毎日ゆえ一興になる」

於奈津は安堵した。

「忝《かたじ》けのうございます。先日、真田様のお屋敷に伺ったところ、左衛門佐様はご帰国なされて不在でしたゆえ、甲斐様の許にまいった次第です」

「ほう、真田家に」

甲斐姫は興味を示した。

「忍城に寄手《よせて》が掛かった時、姫様はまこと、左衛門佐様と斬り合われたのですか」

「ほほほっ、さあ、随分と前のことなので覚えておりませぬ。ただ、いざという時は女子も戦う。武家の宿命です。違いますか」

「仰《おお》せのとおりにございますが、わたしは商家に奉公していた身ですので、姫様のように勇ましくはいきませぬ」

兵法(剣術)を学びはしたものの、実際賊を目にした時、戦おうという気はおきなかった。

「武家の血筋と聞いているが」

「父はそのようですが、物心ついた時には商家におりました。今、かように城勤めをさせて戴けることを感謝しております。それゆえ戦場に立たれた姫様に憧《あこが》れております」

「やむにやまれぬこと。人間、追い詰められればなんでもするもの」

「左衛門佐様とも」

「さあ、ご本人に聞きなされ」

甲斐姫は煙にまく。信繁は女と斬り合ってもなんの自慢にもならない。甲斐姫は信繁を気遣っているのかもしれない。

「御無礼を承知で申し上げます。殿下がお亡くなりになられ、北政所様をはじめ何人ものご側室が城を出られました。姫様はお若くお綺麗《きれい》であられます。再嫁《さいか》を思案なされぬのですか」

問うと甲斐姫の表情が一瞬、険しくなった。

京極高次の姉・松ノ丸殿（竜子《たつこ》）は高次の近江・大津城に戻り、すぐに髪を下ろしはしなかった。

前田利家の娘・加賀殿（摩阿《まあ》）はのちに権大納言・万里小路充房《までのこうじあつふさ》の側室となって前田利忠《としただ》を産むことになる。

織田信長の娘・三ノ丸殿は前関白の二条昭実《にじょうあきざね》の継室になった。

蒲生氏郷の妹・三条殿（於とら）は宇都宮の蒲生家に戻ったとされている。

秀頼生母の淀ノ方以外で、城に残っている秀吉の側室は甲斐姫ぐらいだった。

「わたしに見合う殿御がおれば。せめて日本一《ひのもといち》の兵《つわもの》でなくば」

甲斐姫は笑みを作る。もしかしたら、斬り合った信繁の声がかかりを待っているのかもしれない。

「と申すのは戯れ言にて、実家《さと》に戻っても今ほどの贅沢はできますまい。出て行けとも申されておりませぬし、当分は殿下がお遺《のこ》しになった財で暮らさせて戴く所存。飽きたら髪を下ろします」

成田家は下野《しもつけ》の烏山《からすやま》で二万石。しかも父の氏長は死去し、家は氏長の弟の泰親《やすちか》が継いでいたので、居場所がないというのが現実であった。

「左様でございましたか」

「少しずつ世がキナ臭くなってきました。その原因は内府殿。そなたも苦労致しますな。時折、顔を出してください。面白き話を待っております」

「有り難き仕合わせに存じます。こちらこそ、よろしくお願い致します」

何度も頭を下げて、於奈津は甲斐姫の許を下がった。

（豊臣家もお屋形様の事を摑みたいということか）

昵懇というほどではないが、誼を通じることができたので、於奈津は安堵《あんど》した。

さっそく家康に報せた。

「左様か。豊家《ほうけ》も警戒しておるか」

予想どおりと家康は頷いた。

「今や政はお屋形様が動かしております。所領の差配も、役を決めることも。天下人と言っても過言ではありませぬ。それでもご満足できませぬか」

「それでは、三好《みよし》（長慶《ながよし》）、松永（久秀《ひさひで》）と同じじゃ。泰平の世にはほど遠い。これよりは、多少、悪名を受けようとも成し遂げねばならぬ」

やはり家康は天下取りに挑むようであった。

後ろ指を差されてはいるが、天下静謐《せいひつ》への挑戦は格好がいいと於奈津は思う。

「豊家はいかがなされるのですか」

「そうじゃのう。まあ、なるようになろう」

家康ははぐらかすように言うが、豊臣家にも手をつけるつもりなのかもしれない。

この年の秋から暮れにかけて、年寄の宇喜多家にお家騒動が勃発した。経済的な荒廃、農業経営の不振、強制的な検地による不満、さらにキリスト教と法華宗の対立が絡《から》み合い、浮田《うきた》詮家《あきいえ》（のちの坂崎直盛《さかざきなおもり》）ら万石を有する古参の家臣をはじめとする二百数十人が玉造の屋敷に立て籠《こも》った。

これを家康と大谷吉継が年明けに亘って調停を行い、事を収めた。結局、浮田詮家らは秀家の許を去ることになった。その石高は十万石を超え、宇喜多家の屋台骨は歪《ゆが》んだ。実は家康は宇喜多重臣の引き抜きをしており、裏で騒動を煽《あお》っていたわけである。

家康は毛利輝元と、利家が死去してから十日ほど経ったのちに起請文《きしょうもん》を交わし、輝元からは「父のように」という書状を出させ、恭順の意を示させていた。

（年寄衆の中でお屋形様に揺さぶられておらぬのは上杉だけ。上杉は信長様にも屈しなかった武の家。前田や毛利のように頭を下げるや否《いな》や）

慶長五年（一六〇〇）の元旦《がんたん》、年賀の挨拶に訪れる武将たちの名を聞きながら、於奈津は激動の年になるような胸騒ぎを感じていた。

正月ということで阿茶局や於勝も大坂に来ていた。

第三章 影武者

一

外では煩《うるさ》いほどに蟬《せみ》が鳴いている。少し動くだけで汗が滲《にじ》む。打ち掛けの上半身を脱いで腰巻きにしていても、あまり涼しいとは思えない。側室になってから、於奈津は夏があまり好きではなくなった。小袖《こそで》一枚、裸足《はだし》に草鞋《わらじ》で忙しく働いているほうが性に合っていた。

於奈津は甲斐姫に呼ばれ、本丸御殿の一室にいた。もう、数えきれないほど顔を合わせている。これまでは談笑できるほど和やかな雰囲気であったが、この日は違った。

というのも、この慶長五年（一六〇〇）の正月、年寄の一人・上杉景勝は移封後の領内整備に勤《いそ》しんでいたので上坂《じょうはん》はしなかった。家康はこれを謀叛《むほん》だと声高に叫んで、上坂を要求。景勝が拒むと、待ってましたとばかりに会津討伐を宣言した。

六月六日、家康は諸大名を大坂城の西ノ丸に集め、上杉討伐の部署を定めた。白河口は徳川家康・秀忠。関東、東海、関西の諸将はこれに属す。

仙道口は佐竹義宣（岩城貞隆《いわきさだたか》、相馬義胤）。但《ただ》し佐竹家は上杉方であった。

信夫《しのぶ》口は伊達政宗。

米沢口は最上義光《もがみよしあき》。最上川以北の諸将はこれに属す。

津川口は前田利長、堀秀治《ほりひではる》。越後に在する諸将はこれに属す。

白河口の先鋒《せんぽう》は福島正則、長岡忠興、加藤嘉明の三将。

軍役は百石で三人。これらを合計すると二十万を超える軍勢だった。

「ついに内府殿は討伐に踏み切りましたな」

甲斐姫はしみじみと言う。その美貌《びぼう》に笑みはなかった。

「仰《おお》せのとおりにございます」

自分が詰め寄られているようで、於奈津は居心地が悪かった。

「内府殿は太閤《たいこう》殿下が纏《まと》めたこの日本《ひのもと》を、再び争乱の渦に巻き込もうとしている」

「上杉殿が秀頼様に背き、上坂を拒んだからにございましょう」

側室の身として、於奈津は家康を擁護《ようご》するしかない。

「八歳の童《わらべ》に政《まつりごと》が判《わか》るわけはない。上杉殿を屈服させれば、もはや意見するお方はいなくなる。内府殿が豊臣家を乗っ取ることになってしまう」

「治部殿がいるではありませぬか。我が主《あるじ》（家康）が上方を留守にすれば、治部殿が大坂城に入るという噂《うわさ》があります。兵を集い、上杉殿と挟み撃ちをするとも」

家康の狙《ねら》いはこれにあると、於奈津は見ている。

「於奈津殿は賢《かしこ》いのに、戦《いくさ》を知らぬ。大坂と会津ほども離れた地で兵を挙げ、挟み撃ちなどとは絵に描いた餅《もち》も同じ。できるはずはない。片方ずつ破られるのがおちというもの」

「殿下の兵を追い払った甲斐姫様が、左様に仰せになられるならば、さぞ我が主も安《あん》堵《ど》することでしょう。自信を持って会津に向かうことができると」

「天下は実力ある者が治めるもの。いつの世も持ち廻りでしょうが、殿下の側室の身として容認するわけにはいきませぬ。万が一、大坂に兵を向けてきたら、女子《おなご》の身でも全力で戦います」

力説した甲斐姫は改まる。

「今一つ。殿下の側室の身として、かようなことを申すのは不義理になりますが、成田のこと、よしなにと、内府殿に伝えて下さい」

甲斐姫は頭を下げる。実家の成田家は家康に従って会津に向かう予定になっていた。自分は豊臣家に殉じても、やはり武家の女、常に実家のことは頭にあるようだった。

「承知致しました。必ずお伝え致します」

応じた於奈津は甲斐姫の前を下がった。

（そうか、挟み撃ちは無理か）

戦を経験したことがない於奈津にとって、甲斐姫の言葉は喜ばしいものだった。

西ノ丸に戻った於奈津は、甲斐姫が口にしたことを家康に伝えた。勿論《もちろん》、挟撃《きょうげき》のことも。

「左様か」

当然、といった表情で家康は言う。頭は成田家のことではなく、挟撃のことのようだった。

「そなたは儂《わし》と共にまいれ」

「よろしいのですか。大坂の妻子を国許《くにもと》に戻せば、返《かえ》り忠《ちゅう》（謀叛）を企てていると非難され、会津攻めの大義名分を失うことになりませぬか」

「そなたの侍女を身替わりに置けばよい。こたびの戦、そなたは儂に必要じゃ」

「まあ」

嬉《うれ》しいが、於末に対して酷なことを命じなければならず、於奈津は困惑した。

「ご心配には及びません。いざという時、わたし一人ならば、逃れることができます」

伊賀の出だけに、於末は胸を張る。

「左様なことなれば……」

気が引けるが、家康からの命令なので背くことはできない。於奈津が大坂に残り、噂《うわさ》どおり三成が挙兵すれば、於奈津は人質にとられるであろう。

（築山御前や信康様の死を黙認したことのあるお屋形様なので、わたしが質になっても非情なご決断をなさるであろう。されど、とにもかくにもお屋形様の判断を鈍らせてはならない。朝鮮出兵などはせず、泰平の世を築くというお屋形様の言葉を、わたしは信じ、全力で支える）

その前に血が流れるかもしれないが、少ないことを祈るばかりである。

六月十五日、秀頼は大坂城の西ノ丸に至り、家康に軍費として黄金二万両、兵糧《ひょうろう》二万石を与えた。この日、家康は佐野綱正《さのつなまさ》を西ノ丸の留守居とした。

「かような美しき着物を着させて戴《いただ》くことができるとは、夢のようにございます」

於奈津の打ち掛けを羽織る於末は、童が新たな玩具《がんぐ》を手にしたように笑みを作る。

ただ、於奈津には、於末が気遣っているようにしか見えなかった。

「よいですか。決して命を粗末にしてはなりませぬ。質であるうちは斬《き》られることはないでしょう。されど、身に危険が迫ったならば、その時は、なにがあっても逃れなさい。再びわたしと会うことが最大の武功です。斬り死にしたり、自ら命を絶つなどもってのほかです」

於奈津は於末の手をとって言う。

「承知しております。伊賀の者は際《きわ》の際まで生き延びるよう努めます。ご安心ください」

於末の返事を聞いても、於奈津の気はなかなか晴れなかった。

「於奈津殿は連れるのに、なにゆえわたしたちを置き去りになさるのです？　お屋形様はわたしたちを見殺しになさるのですか」

於勝が悲嘆に暮れた表情で家康に嚙《か》みついた。

「これ、武家の娘がはしたないことを申しますな。お屋形様は女子を見捨てたりはなさいませぬ」

阿茶局が窘《たしな》める。

「されど」

於勝は納得できず、口を尖《とが》らせる。

「城におれば簡単に斬られることはありますまいが、城外ではそうはいかぬ。箱根の山を越えるまでは敵地です。いつ敵が襲ってくるか判らない。於奈津殿はお屋形様の身替わりになる役目を担《にな》っておるのです」

阿茶局が釘《くぎ》を刺すと、於勝は渋々頷《うなず》いた。

（そう、わたしはお屋形様の寵愛《ちょうあい》を得ておるのではなく、身替わりのための同行だった）

侘《わ》びしいが、於奈津は自分の職務を改めて認識した。

「安心致せ。いざという時、重右衛門《じゅうえもん》（佐野綱正）が皆を守ってくれる」

家康は変時の指示は出しているようであった。それでも於勝の表情は暗かった。

翌十六日、家康は三百の兵を佐野綱正らに預け、三千の兵を率いて大坂を発《た》った。

於奈津は具足に身を包み、騎乗して軍列に加わった。家康の兵を止める覇気ある監視はそういないが、万が一のことがあれば面倒になるので、於奈津は顔に炭《すみ》を塗っていた。

具足や兜《かぶと》の重いこと。すぐに肩が凝《こ》り、首が痛くなった。

（かような状態で、戦うとは、殿御は大変じゃ）

於奈津は感心した。と同時に危惧《きぐ》もした。

（会津に向かう諸将の奥方様らは、わたしのように抜けられようか）

できなければ、相当数の大名が敵に廻るかもしれない。於奈津は気にかけた。

脱出できたのは黒田長政・如水親子、加藤清正、池田照政、蜂須賀至鎮らの妻。できなかったのは島津惟新《いしん》（義弘）、小早川秀秋《ひであき》、長宗我部盛親《もりちか》、有馬豊氏《とようじ》、加藤嘉明、長岡忠興らの妻であった。

家康一行は、その日のうちに伏見城に入城した。

その夜、家康は女子を遠ざけ、古参の鳥居元忠《とりいもとただ》と酒を酌《く》み交わした。

「彦《ひこ》、そちたちを、こたびの会津攻めに供させられぬのは残念じゃ。多き家臣の中にても、分《わ》けて、そちたちを当城に残し置くことは故《ゆえ》あってのこと。当城の人数は寡勢《かぜい》にて、皆には苦労をかけることになろう」

心苦しげに家康は心中を吐露した。彦とは彦右衛門《ひこえもん》元忠のこと。

会津に向かう上で、家康の肚裡《とり》には三つの思惑があった。

一、東進すれば伏見城は必ず石田三成らの大軍に攻撃される。守りを固めたいところであるが、その後の戦いを考えれば、多くの兵を残したくない。

二、城は三成挙兵の契機となる囮《おとり》であり、陥落してもらわねばならない。

三、反転して軍勢を整える猶予《ゆうよ》を稼ぐために、長く戦い続けること。

寡勢で少しでも長く戦い続け、見事に捨石の役を果たして欲しかった。

「ご心配には及びません。会津御征伐は大切なことにて、御家人一騎一人たりとも多く召し連れられませ。京・大坂が静謐《せいひつ》なれば、当城は某《それがし》と五左衛門（松平近正《ちかまさ》）にて事済みます。万が一、お屋形様が御下向なされたあとで敵の多勢が城を囲もうとも、近国に後詰《ごづめ》する味方はございませぬゆえ、防戦など敵《かな》いませぬ。されば、御用ある人数を少しでも当城に残すは無駄でございます。これが今生の御暇乞《おいとまご》いになりましょう」

花々しく散り、上方討伐の契機を作る人柱になってくれという家康の心中を、鳥居元忠は理解していた。三歳年上の元忠は家康と共に駿河で人質生活を過ごした仲である。

「彦」

老臣の言葉を聞き、家康は手を取って落涙した。

六月十八日、家康は鳥居元忠、内藤家長《ないとういえなが》、松平家忠《いえただ》、松平近正を留守居とし、千五百ほどの兵を残して伏見城を発った。

伏見から於奈津は輿《こし》に乗れた。

（あの方々はお屋形様のために死なれるのか）

噂どおり、挙兵した三成が多勢で伏見城を攻撃したら、千五百の兵で守るのは困難である。

輿の中から家康を見送る鳥居元忠を眺め、於奈津は不憫《ふびん》に思うと同時に、三河武士の忠義心が不思議でならなかった。戦国時代が百二十年続いたのは、隣領の殿様が今よりも多くの所領を与えると約束することで躊躇《ちゅうちょ》なく鞍替《くらが》えし、鉾先《ほこさき》を向けるのは当たり前、今従う殿様に忠義を示すのは稀《まれ》だったからである。忠義は江戸時代に官学とされた新しい儒学、朱子学によって形作られたものである。

（鳥居殿は死を恐れぬのか。万に一つも助からぬというのに……）

さすがに於奈津は声をかけられなかった。

ただ、鳥居元忠に悲愴《ひそう》感は見られなかった。天正三年（一五七五）、元忠は遠江《とおとうみ》の諏訪原《すわはら》城合戦で足を狙撃《そげき》され、以降、杖《つえ》なしでは歩行できなくなっていた。最後に一花咲かせられると、忠義心の篤《あつ》い三河武士の魂に火が灯《とも》されているのかもしれない。

（多かれ少なかれ、わたしもか）

於奈津が元忠に惹《ひ》かれたのは、元忠と同じ境遇に立たされたからかもしれない。

（いざという時は、わたしも……）

家康に仕えた時からできている覚悟を、於奈津は新たにした。

昼頃、家康一行は近江の大津城に入った。到着前、於奈津は家康から同城に戻っている秀吉の側室の松ノ丸と話すように告げられていた。

大津城主の京極高次は家康に対して、与《くみ》することを約束し、証《あかし》として家老の山田良《よし》利《とし》を人質として同行させることにした。

於奈津は大津城の一部屋で休むことを勧められたので、有り難く受けた。命じられたとおり、松ノ丸に面会を求めたところ、快く応じてくれた。暫《しば》して松ノ丸は姿を見せた。松ノ丸は城主高次の姉である。

「これは松ノ丸様」

於奈津は居住まいを正した。

「お気遣いなさいませぬよう。於奈津様はお客様にございます。それに、わたしは大坂を下がりました。もはや松ノ丸ではなく竜子に戻っております」

丁寧な態度で竜子は接する。秀吉存命時、淀ノ方とともに美貌で秀吉を魅了した女性である。四十にも手が届きそうな年齢であるが、五、六歳は若く見えた。

竜子の実家の京極氏は北近江の守護であったが、下克上の波に飲み込まれ、家臣の浅井氏の支配を受けるようになった。政略の一環として竜子は初め若狭守護の武田元《もと》明《あき》に嫁ぎ、二男一女を産む。武田氏は朝倉氏の支配を受けていたが、朝倉氏が信長に滅ぼされたのちに若狭に返り咲き、織田氏の麾下《きか》として惟住《これずみ》（丹羽《にわ》）長秀《ながひで》に従うようになり、ささやかながらも順風満帆の暮らしを送っていた。

本能寺の変後、武田元明は京極高次とともに寄親《よりおや》の惟任光秀に与して近江に侵攻して佐和山城を攻略。山崎の戦い後、元明は降伏するが許されず、秀吉の命令を受けた惟住長秀に謀殺された。竜子は敗残の身を、敵大将であり仇《かたき》でもある秀吉に委《ゆだ》ねねば、自身の命のみならず、一族も滅ぼされる瀬戸際に追い込まれ、側室の道を選ばざるをえなかった。そういった意味では淀ノ方と同じ境遇である。秀吉は美人の誉《ほま》れ高い竜子を得るため、元明を斬らせたとも言われている。

秀吉の死によって、漸《ようや》く竜子は解放されたともいえる。

於奈津が竜子と会ったのは二年前の醍醐《だいご》の花見の時一度きりである。

「松ノ丸様、いえ、竜子様は随分と落ち着かれましたな」

「左様ですか。あの時は、お恥ずかしい限りです」

醍醐の花見が行われた時、竜子は乗る輿や、受ける盃《さかずき》の順番を淀ノ方と争い、秀吉をも困らせた。互いの容姿を競うのみならず、淀ノ方は秀頼の生母であり、浅井氏は京極氏に取って代わったという自負がある。対して竜子は京極氏は浅井氏の主筋であるという自尊心があり、対抗させたようである。

「いえ、わたしも側室の身。竜子様のように見目麗《みめうるわ》しくはなく、立場こそ違うものの、他人事《ひとごと》ではありません。そういえば、山三郎《さんざぶろう》殿は森家に仕官して会津攻めに参じるようにございます」

「まことですか⁈」

穏やかな竜子の顔がこわばり、瞠目《どうもく》した。

那古屋《なごや》山三郎は母が織田の血筋で、信長の弟の信包に仕えたのちに蒲生氏郷に仕官し、奥羽攻めで「一ノ槍《やり》」と言われる活躍をした。氏郷死去後、山三郎は蒲生家を辞し、都で出雲《いずも》の阿国《おくに》と通じて傾《かぶ》き踊りの創案に携わった。阿国は踊りで、山三郎は笛で客を魅了。男は阿国を堪能《たんのう》、「御かたち美男にて之《こ》れ有り」と謳《うた》われる山三郎は女性を虜《とりこ》にした。

ちょうど秀吉が肥前の名護屋城にいた頃で、見蕩《みと》れたのは松ノ丸時代の竜子と、淀ノ方。共に褥《しとね》を奪い合ったこともある。一説には秀頼の父は山三郎ではないかともいわれていた。

奥の乱れを知った秀吉は、都に見物に行った侍女たちを粛清しているが、当時、牢々《ろうろう》の身であった山三郎は淀ノ方らの嘆願で一命をとりとめていた。

那古屋山三郎の妹は美濃・金山城主の森忠政の継室になっている関係から、忠政に誘われて森家に仕官するようになった。

「あの方が大坂ではなく会津に行くとすれば、やはり内府様の勝利は固いと踏んだのでしょうね」

閨《ねや》でのことでも思い出しているのか、遠い目をして竜子は言う。

「宰相《さいしょう》(高次)様の目と同じです」

それとなく、於奈津は約束を違えぬようにと釘を刺す。

「そうですね」

竜子は戸惑った表情で頷く。秀吉は憎い仇ながら、秀吉の側室になったお陰で、竜子の価値が上がったのは事実。今なお再婚の話は引きも切らない状態であった。淀ノ方と三成は昵懇《じっこん》。淀ノ方がいなければ、豊臣政権を維持しようとする三成に加担してもいいが、淀ノ方は健在なので、弟の高次に三成に与することを勧める気にはなれないのかもしれない。

さらに京極高次の正室は淀ノ方の実妹の於初《おはつ》。於初は姉の意向を受けて、三成方になることを説いている。竜子としては複雑な心境に違いない。

「我が主は太閤殿下にも勝たれたお人です。万に一つも後《おく》れを取るようなことはありませぬ」

「迷うことなく口にできる於奈津様が羨《うらや》ましい」

秀吉の側室に言われ、悪い気はしない。

「竜子様が新たな一歩を踏み出すため、また貴家のさらなる繁栄のため同じ方（向）を見るように致しましょう。大坂と佐和山は別ですので」

遠廻しに言うと竜子は頷いた。

「竜子様は立場を判っておられました」

大津城を出立するに際し、於奈津は竜子とのことを家康に伝えた。

「左様な女子は天寿を全うできよう。判らぬ者は縮めるものじゃ」

家康は竜子と淀ノ方を比較しているのかもしれない。

「いずれにしても、さすが於奈津。女子の力は強い。これで京極は敵にはなるまい」

満足そうに輿に乗り込み、於奈津も続いた。

その日の晩、家康は大津城から道なりに五里（約二十キロ）ほど東の石部《いしべ》に宿泊することにした。

常楽寺《じょうらくじ》に向かっていたところ、同寺から三里（約十二キロ）ほど東に位置する水口城主の長束正家が出迎えた。

「明朝には是非とも我が城にお立ち寄りくだされ。ささやかではございますが、朝餉《あさげ》などご用意させて戴きます」

長束正家は慇懃《いんぎん》に勧め、家康に鉄砲二百挺《ちょう》を贈った。

「これは有り難い。されば、ご厚意に与《あずか》らせて戴こう」

家康が招きに応じる旨《むね》を伝えると、長束正家は足早に帰城していった。

一行は常楽寺に到着し、輿を下ろした。

「大蔵大輔《おおくらのたいふ》（長束正家）殿は治部殿と昵懇。佐和山もそう遠くはございませぬ。大丈夫なのですか」

輿を降りた於奈津は家康に問う。佐和山から水口まで直線で九里（約三十六キロ）。三刻《とき》（約六時間）もあれば歩いて到着できる。馬を使えばさらに時間を短縮できよう。

「今、治部殿が城を発てば、朝餉の最中に囲まれましょうぞ」

「大事ない。探らせておる。なにかあればすぐに発つ」

家康はそれほど心配していなかった。家康の配下には多羅尾光太《たらおみつもと》ら、甲賀の国人衆がいる。動きがあれば報《しら》せが届けられる手筈《てはず》になっていた。

「左様なことなれば」

家康が言うならば仕方ない。於奈津は応じるが、楽観視はしていなかった。

湯を浴び、夕食を終えて就寝しようとしていた時だった。

「火急のことにてご無礼はご容赦のほどを。佐和山より仕物《しもの》（暗殺）と思《おぼ》しき兵が出陣。これに長束の兵も加担するようにございます」

井伊直政が障子を僅《わず》かに開けて伝えた。

「万千代、すぐに発つ」

家康は即決した。

「万が一のことがあります。お屋形様の衣をわたしにお貸し下さい」

鳥居元忠に負けるわけにはいかない。家康の身替わりになるための同行である。

「あい判った」

於奈津に気圧《けお》され、家康は頷いた。

家康は於奈津の衣を羽織り、女輿に乗った。対して於奈津は家康の小袖、袴《はかま》を着用し、その上に表は漆黒、中は臙脂《えんじ》の陣羽織を羽織り、陣笠《じんがさ》をかぶった。

大将が陣笠をかぶるのは妙であるが、長い髪を隠すには仕方ない。兜を着用すれば具足を身に着けなければならない。身替わりでも移動には不向きである。於奈津は栗《くり》毛《げ》の駿馬《しゅんめ》に跨《また》がった。

「皆の者、鈴鹿《すずか》峠まで一気に駆け抜ける。いざ、出発！」

於奈津は家康の声色を真似《まね》て獅子吼《ししく》し、鐙《あぶみ》を蹴《け》った。

常楽寺を出て一行は東海道を東に向かう。

雲が出ているので闇《やみ》の行動には適している。目立たぬよう先頭で騎乗する者が松明《たいまつ》を一本手にしている。於奈津の馬の周囲を家康の旗本衆が騎乗して囲み、その背後を弓、鉄砲、手鑓《てやり》を持った精鋭が従う。少しして家康を乗せた女輿が追う。

三成や長束の兵が急襲してこようか。闇の中からいつ矢玉が放たれ、鑓が繰り出されるか判らない。女子に生まれ、自分の命が狙われるなど初めてであり、夢にも思ったことはなかった。しかも自ら敵の視線を集めているので、危険度は増すばかり。周囲の兵が守ってくれるかもしれないが、必ずという保証はない。自ら進言したとはいえ、生死がかかる恐怖たるや、背筋が冷たくなる程度ではすまない。なんとか恐慌《きょうこう》を撥《は》ね除《の》けているのは、家康を守るという使命感のみであった。

人間誰しも嫌なことは早く済ませたいものである。一気に駆け抜けたいところであるが、走り続けていては馬や徒《かち》が持たないので、早歩き程度の速さで進む。二刻半ほどが経《た》った丑《うし》ノ下刻《げこく》（午前三時頃）、水口城下に達した。

「鈴鹿峠まであと一息じゃ。気張らんか！」

水口から鈴鹿峠まで五里（約二十キロ）あるが、於奈津は家康の声真似で怒号する。

「おおーっ！」

徳川家の家臣たちも、鬨《とき》で応じて東を目指す。

（来るのか。敵は来るのか）

二条屋敷で家康の身替わりになった時は無我夢中だった。暗殺者を目にするまでは、それほど恐怖というものを感じなかった。暗殺者も、まさか女子を斬らないだろうと、たかを括《くく》っていたところもあるが、今は違う。家康の首さえ取れば豊臣政権は安泰。しかも敵地である。今度は本気であろう。

いつ、どこから襲われるか、と思うと下腹が締め付けられるように痛くなる。今にも矢玉が飛んできそうで、背筋が寒くなる。これが影武者の重圧というものか。緊張で喉《のど》の湿気《しめりけ》は無くなり渇ききっているが、申し出た以上、職務を放棄するわけにはいかない。武家としての家の再興を願う長谷川（進藤）氏の一人として恥ずかしい真似はできない。於奈津は下知《げじ》を飛ばして突き進んだ。

「速う走れ！　土竜《もぐら》のほうが速いぞ」

重責と恐ろしさを払い除《の》けるように絶叫した。

僅か一町ほどの距離が、異様に長く感じる。この張り詰めた状況が五里も続くかと思うと、気が遠くなりそうであった。於奈津はそれほど信心深いほうではないが、今はただ何ごともないようにとひたすら祈りながら先を急いだ。

周囲の茂みで、僅かに物音がすると、悲鳴を上げてしまいそうになる。童が幽霊を怖がるように、恐怖感が恐怖感を煽《あお》りたてているようであった。

願いが通じたのか、瞬時の状況判断がよかったのか、あるいは三成勢が間に合わなかったのか、長束勢単独では気が引けたのか、城下で襲撃されることはなく、於奈津らは無事に通過できた。

（追っては来ぬか。いや、大丈夫。敵は追っては来ぬ）

戦では追撃ほど容易《たやす》く敵を討てる時はないという。背後から襲われる時ほど注意が必要だ。後頭部に目はついていないので、後方を見ることはできない。於奈津は今にも猛襲されるのではないかとおののきながら、これを打ち消すように自ら暗示をかけて駿馬を疾駆《しっく》させた。

城下から一里（約四キロ）ほど過ぎたところで馬がへばったので、於奈津は停止させた。

「敵は？」

「ございません」

徳川家臣の奥山重成《おくやましげなり》が答えた。その言葉に胸を撫《な》でおろすが、心配は消えない。

「お屋形様はまだか」

「畏《おそ》れながら、口にしてはなりません」

奥山重成が窘める。お屋形様等、家康を示唆《しさ》する言葉は伊勢まで禁止だった。

「すまぬ。つい」

於奈津は慌《あわ》てて口を噤《つぐ》んだ。

「まいりましょう」

保坂金右衛門《ほさかきんえもん》に促され、於奈津らは再び馬の歩を進めた。

水口城下から二里（約八キロ）ほど東の大野《おおの》に達したところで家康一行が追いついた。

「よう、ご無事で」

下馬した於奈津は女輿に走り寄り、笑みを向けた。

「おう、そなたのお陰で命拾いをした。そなたは我が守り神じゃな。されど、女輿は狭い」

窮屈そうに家康は女輿を出て背を伸ばした。

「まあ」

緊張感はどこへやら、思わず於奈津が笑うと、周囲の家臣たちも釣られた。

家康を見て、於奈津は安堵《あんど》した。気がつくと革の籠手《こて》（手袋）は汗で濡《ぬ》れていた。

よほど緊張していたに違いない。

「そなたには、たびたび危うい時の身替わりをさせる。こののちも我が側《そば》を離れるな」

家康は労《ねぎら》い、於奈津に護身刀を渡した。

「有り難き仕合わせに存じます」

護身刀を受け取る於奈津は影武者の使命を果たし、喜びで疲労も忘れそうであった。

乗り物を換えて一行は進み、大野から一里ほど東の土山《つちやま》に達した時、長束正家が追い付いた。

「お屋形様」

敵の襲撃かと思い、於奈津は即座に輿を降りて家康の輿に近づいた。

「安堵致せ。城下を通った時、大蔵大輔に遣いを送り、仕物の噂があるゆえ、朝餉を断ったのじゃ」

輿の戸を開けて家康は言う。

そこへ長束正家が僅かな供廻《ともまわり》だけを連れて現われた。

「某が内府殿を襲うなど、天地が転んでもありえぬこと。このこと神明に誓います」

薄っすらと明るくなり始める中で長束正家は必死に暗殺を否定した。

（事が露見して慌てたのか、あるいは偽りか、はたまた急に怖《お》じけづいたのか、石田の兵が間に合わず急を誤魔化すためか、それとも二股膏薬《ふたまたごうやく》か、まこと治部殿に合力《ごうりき》しておらず、疑われたことを恐れてのことか）

あれこれ思案できるので、於奈津には判断できなかった。

「貴殿の律儀《りちぎ》さは充分に承知している。詫《わ》びといってはなんだが、これを」

家康も長束正家の真意は図りかねたが、一応、謝意をこめて来国光《らいくにみつ》の脇差《わきざし》を与えた。

「なにもしておらぬのに、かような品を戴き、有り難き仕合わせに存じます。せめてものお礼に、このちは、我が家臣が先導をさせて戴きます」

恭《うやうや》しく長束正家は脇差を受け取り、先導役を遣わした。

長束家臣の案内もあり、家康一行は無事に鈴鹿峠を越え、六月十九日、伊勢の関に達した。

「大蔵大輔の態度、そなたはいかに見る」

先導役を返したのち、家康は於奈津に問う。

「なんとも言えませぬが、治部殿と大まかな話はしていても、細かなところまでは煮詰めておらず、急襲はできなかった、といったところではないでしょうか」

「さすが於奈津。儂の思案と同じじゃ。おそらく大蔵大輔は治部と与していよう。脇差を受ける手が震えていた。あの刀で儂を抉《えぐ》るや否《いな》や悩んだのであろうが、度胸がなかったようじゃ。彼奴《きゃつ》はあの瞬間を生涯、後悔するに違いない」

安堵した表情で家康は吐き捨てた。家康と同じ意見だったことに於奈津は満足した。

一難が過ぎ、於奈津は足の力が抜けるほどの疲労感を覚えた。

まだ一発の矢玉が掠《かす》めたわけでもないのに、この気苦労。実際に兵が向かってきたら、どれほどの恐怖に晒《さら》されるのか。考えただけでも身の毛がよだつ。今は思案しないことにした。

家康一行は四日市から船に乗り、三河の佐久島《さくしま》に上陸。その後、同国の岡崎をはじめとして伊豆の三島まで豊臣恩顧の大名の城で宿泊、あるいは休憩して七月二日、無事江戸に到着した。この間、家康は命を狙われるどころか厚遇を受けるばかりだった。年寄筆頭だからというよりも、新たな指導者と見られていたのかもしれない。

二

家康が江戸城に帰城すると、続々と諸将は江戸に着陣した。名のある者で九十以上。兵数にして五万五千余。徳川家の兵を合わせれば十三万一千余人にも達する。

於奈津は本多正信とともに家康の居間にいた。話を秘したいところであるが、茹《う》だるように暑いので部屋の戸は開けたまま。小姓だけでは間に合わず、於奈津も家康を団扇《うちわ》で扇《あお》いでいた。

「皆、お屋形様に将来を托《たく》そうとなされておられるのですね」

武将を数えながら於奈津は言うが、家康は不満そうである。先鋒の福島正則はまだ到着していなかった。

「じき、まいるかと存じますが、甲斐守（黒田長政）に急《せ》かすように申します」

正信が気遣う。家康は黒田長政や藤堂高虎に諸将の取次のようなことをやらせていた。

「左衛門大夫（福島正則）殿がおらぬと不安ですか」

「左様なことはあまり申されませぬよう」

ちらりと家康を見ながら正信が窘める。

「先に進まれてはいかがです。同じ先鋒の越中守（長岡忠興）殿も左馬助（加藤嘉明）殿もいらしておるではありませぬか。ほかに武将はいるのだと」

「先鋒は武士の誉れ。簡単には変更はできませぬ」

福島正則が居城の清洲を発ったという報せは届けられている。先鋒を無視して兵を出立させ、これを知った正則に臍《へそ》を曲げられ、帰城されることは避けなければならなかった。

「煽《おだ》てるだけではつけ上がりましょう。天下を握りたくば威厳も大事かと存じます」

「今は腰を低くしても集めることが大事です。さもなくば摑《つか》める天下も摑めぬことになる」

「近く治部殿が蜂起《ほうき》するゆえ、会津には行かず西上するであろう、と諸将は噂しているとか」

乳切屋を切り盛りしていた於奈津には、家康の行動が緩慢に見え、もどかしかった。

「言いたい者には言わせておけばよいのです」

「治部殿も戯《たわ》けではありますまい。当家がこのまま江戸に在《おわ》しておれば、兵を挙げぬのではないですか」

「於奈津様は血が流れることを嫌われていると思っておりましたが」

女子は黙っていろ、と言わんばかりの正信である。

「勿論、嫌いです。されど、お屋形様は天下泰平のために合力せよと仰せになられました。それゆえ遠慮なく申し上げさせて戴きます。諸将を動かして漁夫の利を得ようとするだけでは、諸将もお屋形様に利用されるだけと疑いの目を持つのではないでしょうか。まずは当家が動いてこそ、皆も従うものかと存じますが、いかがにございましょう」

「お屋形様に対して、失礼でございますぞ」

「於奈津の申すとおりやもしれぬ。まずは小平太《こへいた》を出立させよ」

これまで黙っていた家康が重い口を開いた。真剣になると昔の名（榊原康政の幼名）が出る。

「よろしいのですか」

蝦蟇《がま》のような目で正信は確認する。

「構わぬ。左衛門大夫には、小平太を先発させたが、あくまでも先鋒は福島じゃと伝えさせよ」

「承知しました」

七月八日、重臣の榊原康政は急遽《きゅうきょ》、先発隊として江戸を発った。上野館林《こうずけたてばやし》十万石の康政は三千の兵を率いていた。

「そなたの発言が、小平太を出陣させた。これによって治部を蜂起させることになるやもしれぬ。もしかしたら、世（歴史）を変えるやもしれぬ」

陽が落ちて蜩《ひぐらし》が鳴く中、二人きりになった家康はぽつりと言う。

「他人のせいになさいますな。わたしはお屋形様の胸の内を語ったにすぎません」

そなたの発言が、と言った家康の言葉に於奈津は困惑するものの、後悔はしていない。これも腰の重い家康を思ってのことである。

「儂は戦を望んではおらぬぞ」

「承知しております。相手が勝手に転《こ》けてくれれば好都合と思案なされておいでしょうが、太閤殿下が見込んだ治部殿と山城守《やましろのかみ》殿。都合よく転けてはくれますまい」

上杉家の家宰の直江山城守兼続は秀吉をして「会津百二十万石のうち、三十万石は兼続に与えたものだ」さらに「天下の儀を任せられるのは、小早川隆景と直江兼続のみ」とまで言わしめた武将であり、陪臣の身でありながら諸侯の席に列《つら》なることを許されている。三成と兼続は同じ四十一歳で昵懇《じっこん》の間柄。挟撃策を話し合われていると見て間違いない。

というのも前年、兼続が帰国する途中で佐和山に立ち寄った時、三成は次女を人質として上杉家に差し出している。この女性は会津移封後の上杉家に仕えるようになった蒲生家の旧臣・岡左内定俊《おかさないさだとし》の息子の半兵衛《はんべえ》重政《しげまさ》（左内許宦《もとのぶ》とも）に嫁ぐことになる。

「転けなければ、転けさせるしかないか。良き思案はあるか」

「先手を打つしか思いつきませぬ。後手に廻れば苦しくなるばかり」

「左様のう。そなたはいつも儂の尻《しり》を叩《たた》いてくれる。好《よ》き女子じゃ」

家康は於奈津を抱き締めた。


漸く福島正則も到着したので、家康は安堵の表情を浮かべ、先軍の大将として三男の秀忠を十九日に出立させ、自身は二十一日に腰を上げた。会津に向かう兵は七万二千余で、江戸には五万余、その周辺には二万の後詰が控えていた。

勿論、於奈津を乗せた輿も軍列に加わっていた。

もしかしたら真田信繁に会えるかもしれない。口にすれば不謹慎と叱責《しっせき》されようが、於奈津のささやかな楽しみだった。

一方、榊原康政の出発を知らされた三成は大坂城に入り、毛利輝元を大将に、宇喜多秀家を副将にした家康討伐の軍を組織し、「内府ちかひの条々」という弾劾状《だんがいじょう》を諸将に送って挙兵した。

七月十七日、毛利輝元は佐野綱正に西ノ丸を明け渡すように迫った。

「某は年寄筆頭徳川内大臣の命令にて西ノ丸を守ってござる。主の下知なくば仰せには従えぬ」

佐野綱正は断固拒否した。

「されば力ずくで奪い取ることになろう」

毛利家の使者は脅迫する。

「大坂城内で戦をすることは豊臣家に弓引くも同じ。やれるものなればやってみられよ」

綱正も負けない。

その後、何度かのやりとりがあり、三成が淀ノ方を動かした。

「城内で争いがあるなど言語道断。徳川の家臣は速やかに西ノ丸を出ること。毛利殿らは方々の身の安全を保証すること」

淀ノ方の指示で無血開城することになり、佐野綱正は阿茶局や於勝を連れて西ノ丸を出た。

佐野綱正は伏見に近い八幡《やわた》の知り合いに阿茶局や於勝を預け、三百の留守居を率いて伏見城に入城した。

西ノ丸を手に入れた三成らは、大坂に在する諸将の妻子を人質にすることを決定した。

まずは会津攻めの先陣に命じられた長岡忠興の正室の玉（ガラシャ）。忠興は玉に、異常とも言える愛着を示し、半ば隔離するように屋敷に住まわせ、忠興以外の男の目に触れぬようにしていた。玉造の屋敷に兵を差し向けたところ、小競《こぜ》り合いに発展し、玉は死に追い込まれて長岡屋敷は炎上した。

さらに加藤嘉明の屋敷でも押し問答があり、これに衝撃を受けてか、病の嘉明夫人も死去してしまった。

これは三成らにとっても誤算であった。人質を死なせてしまっては元も子もない。奉行衆は妻子の強制入城を諦《あきら》め、監視することに切り替えた。その上で七月十九日、三成らは鳥居元忠ら徳川家臣が守る伏見城を攻撃した。

七月二十三日、家康本隊は下総の古河《こが》城に到着。その晩、飛驒高山《ひだたかやま》城主の金森長近《かなもりながちか》や摂津三田《せっつさんだ》城主の山崎家盛《やまざきいえもり》、遠江・掛川城主の山内一豊《やまのうちかずとよ》から「内府ちかひの条々」が家康に届けられた。

書状を見た家康は言葉を失った。弾劾状には長束正家、増田長盛、徳善院玄以の三奉行が署名し、さらに添状には毛利輝元、宇喜多秀家が名を列ねた。これに三成と上杉景勝が与しているので、十人衆のうち七人が敵に廻ったことになる。状況によっては前田利長と浅野長政も敵対しないとは限らなくなった。

家康は思わず親指の爪《つめ》を嚙んだ。

「たかが触れではありませぬか。もっと強烈な書状を撒《ま》かれてはいかがでしょう」

困惑している家康に於奈津は言う。家康は無言のままである。

「これで会津まで行かずに済んだ。お屋形様にとっては待ちに待った吉報でございますな」

「今少し黙っておれ」

注意されたが、於奈津は聞かない。

「いえ、黙りませぬ。よく御覧戴きますよう。これが奉行衆の限界です。秀頼様に花押《かおう》を書かせることができませんでした。あくまでも奉行がお屋形様に文句をつけたにすぎませぬ。これで伏見にでも兵を向けてくれれば、まさにお屋形様の思う壺《つぼ》。敵は殿下が築かれた伏見城に仕寄ったのです。天下泰平を乱す賊にございます。そうですな佐渡殿」

於奈津は本多正信に同意を求めた。

「仰《おお》せのとおりにございますが、お屋形様の思案を妨げませぬよう」

頷く正信は家康を気遣って、於奈津を制した。

しばし沈黙が続く。油皿の芯《しん》が燃える音を家康の声が掻《か》き消した。

「この書状だけでは戻れぬ。今少し北に向かう」

家康には明確な三成挙兵の報せが必要だった。

「儂《わし》の判断は遅いと思うか」

二人きりになり、家康は於奈津に問う。緊張した面持ちは変わらない。

「いえ、正しいと存じます。慎重を要する時には、慎重を期するべきかと存じます」

「さもありなん。治部は蜂起していると思うか」

「書状を出すだけでは誰も動かぬかと存じます。必ず行動が必要です。自信を持たれませ」

於奈津の助言に家康は頷いた。

（このお方はなんと煮え切らないのだろう。されど、臆病《おくびょう》ゆえにこれまで生き延び、徳川の家を大きくした。にも拘《かか》わらず、わたしは余計なことを言ってしまった。これでいいのか）

悩む家康を見て、於奈津は自己嫌悪《けんお》に陥った。

於奈津としても、もっと多くの上方の報せが欲しくてしかたなかった。

翌二十四日、家康は下野の小山《おやま》に到着。小山の陣は嘗《かつ》てあった祇園《ぎおん》城（小山古城）の中にある庄屋の住まいを改修し、その奥に仮御殿が設けられていた。

その日の深夜、鳥居元忠が遣わした浜島無手右衛門《はまじまむてえもん》が本多忠勝に、伏見城攻撃と人質のことを詳細に報告。すぐに家康にも報告された。

「左様か。重右衛門（佐野綱正）が阿茶局らを逃れさせたか」

重苦しい空気の中、家康の顔が一瞬、綻《ほころ》んだ。

於奈津も安堵するが、胸を締め付けられもした。

（玉様が死に追いやられるとは。一歩間違えばわたしが死んでいたかもしれぬ）

衝撃的だった。諸大名の屋敷を巡った時、於奈津は玉に会っている。信仰のせいか、もの静かで、憂《うれ》いのある美女であった。もっといろいろなことを話してみたい人だったのに、もはや叶《かな》わなくなった。同じ女子《おなご》として三成らの行動は許せない。

「女子を死なせるとは言語道断。お屋形様にはなにがなんでも勝ってもらわねばなりませぬ」

たまらず於奈津は家康に詰め寄った。体の一部でも摑む勢いである。

「判《わか》っておる。憎きは治部どもじゃ」

家康の眉間《みけん》に皺《しわ》が刻まれた。伏見城攻めには四万の兵が参陣。その中には家康に味方すると告げた島津惟新、小早川秀秋、長宗我部盛親、鍋島勝茂などがいた。これは三成らの人質策と、近江の愛知川《えちがわ》に関所を築き、東進する者を遮ったことによる。

家康にすれば、弾劾状の署名同様、敵が多いと思っているようであった。

「まずは甲斐守を呼び戻し、左衛門大夫を説かせます」

正信が言うと家康は頷いた。

「明日、諸将を集め、西上する口火を左衛門大夫に切らせましょう。これで丸く収まります」

「否と申したら、なんと致す所存か」

家康の危惧は消えない。何度も扇子を開閉させていた。

「甲斐守がなんとか致しましょう」

正信は、まだ説得の言葉を考えているようであった。

「愛《いと》しい奥方様を失った越中守殿（長岡忠興）は怒りで火の玉と化しておりましょう。話を手向ければ二つ返事で応じると、左衛門大夫殿に申せば必ずや申し出るに違いありませぬ」

今まで黙っていた於奈津が口を開いた。

「さすが於奈津じゃ。その辺りで甲斐守に圧させよ」

家康が命じると正信は頷いて下がっていった。

「そなたの一言は男を動かすの」

「この世は男と女がいて成り立っているのです。女子を物だと思ったら命取りになりますよ」

「肝に銘じておこう」

家康は於奈津の判断に感心しているようであった。

正信は宇都宮まで進んでいた黒田長政を呼び戻して福島正則を説得させ、二十五日、北進か西上かの評議を開いた。世にいう小山評定である。

評議が始まる前、八幡に逃れた於末が於奈津の許《もと》を訪れた。女子とはいえ、さすがに伊賀者。かなりの健脚である。

「無事でしたか。阿茶局様と一緒と聞いていましたが」

於末の顔を見た於奈津は手を取って喜んだ。

「八幡で身替わりの必要もなくなりましたゆえ」

危機感が微塵《みじん》も感じられない於末の口調である。

「上方の様子はいかに」

「伏見城攻めが始まった翌日、上方の軍勢が丹後《たんご》の田辺《たなべ》城に向かいました」

田辺城は長岡忠興の父・幽斎《ゆうさい》が籠《こも》っており、小野木重次《おのぎしげつぐ》ら一万五千の兵が囲んだ。

「治部殿は相当、長岡家が嫌いと見える」

なんとか先陣の一角を崩したいのであろう。

「わたしが知る報せはこれぐらいにございます」

「無事がなによりの戦功。こののちも頼みますよ」

「承知致しました。そういえば、真田安房守《あわのかみ》（昌幸）・左衛門佐（信繁）親子は帰城したそうにございます」

奉行からの弾劾状を受け取った真田親子は、下野の犬伏《いぬぶし》で親子会議を行い、昌幸と次男の信繁は三成方と与することにして上田に帰城。長男の信幸は舅《しゅうと》の本多忠勝に従って会津攻めの軍に留まることにした。世に言う犬伏の別れである。

「なんと！　されば真田親子は治部殿に与すると申すか」

「そのようにございます」

「左様か」

年寄筆頭として、家康は離反した真田親子を許さないであろう。天正十三年（一五八五）、上田合戦以来の恨みを晴らすため、多勢を差し向けるに違いない。

（わたしは、上田攻めに参じることになろうか）

敵になるからには相対してみたい。於奈津は複雑な心境だった。

小山評定は、冒頭から家康は参加せず、徳川家の家臣と諸将で始められた。勿論《もちろん》、女の於奈津も同席しなかった。

「方々は妻子を大坂に置かれているので、後ろめたく案じられ、煩《わず》らわれることでござろう。されば速やかにこの陣を引き払って大坂に上られ、宇喜多、石田と一味せんこと恨みには思わず。我らが領内においては旅宿、人馬のことは、障《さわ》りないように用意するので心置きなく上られよ」

井伊直政が告げると、間髪を容《い》れずに福島正則が口を開く。

「冗談ではない！　妻子よりも奸賊《かんぞく》の治部少輔を討つべし！」

尻を叩かれた福島正則が発言すると、会議は一気に白熱し、諸将は家康に賛同して反転西上が決定した。

「我が城をご存分に使われますよう」

掛川城主の山内一豊が居城を差し出すと、東海道筋に居城を持つ豊臣恩顧の武将は揃《そろ》って一豊に倣《なら》い、家康は瞬時にして兵站線《へいたんせん》の確保ができた。

三成らが上方にいるので家康らはこれを西軍、対して自身たちを東軍と称した。

諸将は三成憎し、西軍討伐で沸き上がった。忠興の正室の死が三成を大悪人にし、東軍の意志を一つに纏《まと》めたといっても過言ではない。

西軍打倒の先鋒《せんぽう》を命じられた福島正則、池田照政勢は即刻西上を開始した。

「うまくいったようで」

評議ののち、於奈津は家康に言う。

「そなたのお陰じゃ」

「わたしはなにも。それより、治部殿の伏見攻めは早計だったのではないですか。上杉と挟み撃ちにするならば、お屋形様が上杉と干戈《かんか》を交えてからにすべきだったのではないでしょうか」

「今度は戦にも口出ししてくるか？」

言うが家康は迷惑そうではなかった。

「左様なつもりはありませぬ。ただ、気になったものですから」

「治部と山城が本気で挟み撃ちを考えていたかどうかは判らぬ。我らの一部は西上を始めた。これを山城が知れば追い討ちをかけてこよう。まだ結果は出ておらず、安心はできぬ。伏見城攻めの件は、治部も越中守の妻女を殺《あや》めたゆえ勢いに任せたのであろう」

上杉軍は下野との国境近い陸奥の長沼《ながぬま》城で会津討伐軍を待ち構えていた。家康らは暫《しば》し上杉軍に備えねばならなかった。

三

家康らが江戸に戻ったのは八月五日。上杉軍の追撃はなかった。信夫口の伊達政宗、米沢口の最上義光らの牽制《けんせい》が利《き》いていたことによる。ただ、政宗は勝手に上杉領に侵攻し、白石《しろいし》城を攻略しながら、上杉家との和睦《わぼく》を進めているので、家康としては注視していなければならなかった。

しばし家康は江戸に留まり、連日諸将に書状を出し続けていた。

「このままずっと江戸におられるのですか」

於奈津は問う。八月一日、伏見城は落ち、鳥居元忠ら籠城《ろうじょう》した兵はほぼ全員討死した。仇討《あだう》ちの気勢を上げるには絶好の機会だと於奈津は思う。

伏見城を落とした西軍は勢いに乗り、伊勢の制圧に向かっていた。

「不満か」

諸将からの書状に目を通しながら家康は言う。

「勿論。されど不満は、わたしではなく、左衛門大夫殿らでございましょう」

乳切屋がある津を支配するのは、東軍に与《くみ》した富田信高《のぶたか》であるが、僅か五万石の大名である。西軍の多勢を相手に津の町を守れるか疑問である。母の千穂や叔父の新四郎らのことが心配だった。

さらに八月十四日、福島正則は清洲城に戻り、家康へ西上を催促してきた。暇な兵ほど厄介な者はいない。周辺には六万余の東軍が犇《ひし》めき、暴発する恐れまで出てきた。一応、家康は抑えるために井伊直政と本多忠勝を派遣していた。

「まだ、上杉の動向を探る必要があります。それと、左衛門大夫ら清洲城に集まる面々の殆《ほとん》どは太閤股肱《ここう》の臣。当家が西上してから、突然、治部少輔らとの旧友の意識が戻り、当家に鉾先《ほこさき》を向けて来《こ》ぬとも限りません。証《あかし》を立ててもらわねば、我らが動くわけにはまいりません」

正信が家康に代わって答えた。

「されば、豊臣家の家臣だけで敵と戦わせるのですか？　我らはお屋形様の家臣ではないと反発するのではないですか」

「それも承知の上です。これまで慎重に慎重を重ねて築いてきた家を、易々《やすやす》と一か八かの賭《か》けに乗せるわけにはまいりません」

「乾坤一擲《けんこんいってき》ではないのですか」

天下を狙《ねら》うならば、必ず大博打《おおばくち》は必要だと於奈津は考える。

「左様な手は下《げ》の下。戦場は勝ちを確認しに行く場所であると、お屋形様は考えておられます」

「されど、このまま見て見ぬふりをするわけにはまいりますまい」

「茂助《もすけ》に言い含め、清洲に向かわせよ」

これまで黙っていた家康は、思い出したように言う。

茂助こと村越直吉《むらこしなおよし》は実直が取り柄の三河武士であった。

十九日、家康の遣いとして村越直吉が清洲城を訪れた。言われたとおり、直吉は福島正則らに対し、「敵を目前にして、なにゆえ傍観《ぼうかん》しておられるのか」と家康の言葉を伝えた。

活を入れられた福島正則らは気炎を吐き、八月二十一日、清洲城を出立。東軍は二手に分かれ、木曾川の上流から池田照政勢が、下流から福島正則勢が渡河し、翌二十二日、美濃の竹ヶ鼻《たけはな》城を陥落させ、信長の嫡孫《ちゃくそん》・織田秀信が籠る岐阜城に向かった。

二十三日の朝、東軍は岐阜城下の戦いで織田勢を一蹴《いっしゅう》し、昼過ぎには秀信を降伏させて同城は開城。秀信は剃髪《ていはつ》して高野山に登った。

この時、三成は岐阜城から四里半（約十八キロ）ほど南西の大垣城におり、岐阜城に救援の兵を差し向けたが、合渡《ごうと》川（河渡川）の戦いで黒田長政らに敗れ、大垣城に退いている。

石田勢を追い散らした黒田長政、田中吉政《たなかよしまさ》、藤堂高虎勢は勢いに乗ったまま西に兵を向け、八月二十四日には大垣城から一里十町（約五キロ）ほど北西の赤坂に陣を布《し》いた。続いて福島正則らも到着し、周辺に兵を置き、大垣城の石田三成と対峙《たいじ》することになった。

「このまま一気呵成《いっきかせい》に大垣城を攻め、治部奴《め》の首を上げようぞ」

福島正則らは気勢を上げるが、目付として参じている井伊直政が必死に抑える。

「いや、徳川の本軍がまいるまで、今しばらくお待ち戴《いただ》きますよう」

「儂らは言われるままに岐阜を落とした。内府は戦う気があるのか？」

「勿論でござる。今、こちらに向かっているとのこと。決して逸《はや》らぬよう」

本多忠勝も宥《なだ》めるのに苦労していた。

八月二十七日、岐阜城陥落の報せが届けられ、家康は驚愕《きょうがく》した。

「よもや、天下の名城が僅か一日で落ちるとは」

家康は夢にも思っていなかったようである。

「村越殿の活は効き過ぎたようにございますな」

助言が岐阜城攻略に繫《つな》がったので、於奈津は戸惑いながら告げる。

「らしいの。早急に出立の用意を致せ」

即座に家康は陣触れをした。同時に、同じ日、宇都宮城に在する秀忠に対して、中仙道を通って美濃に向かうように指示し、まずは信濃へ向かわせた。兵数は三万八千七十余人。徳川家の主力である。

家康が恐れた上杉勢は南下する気配がなく、それどころか直江兼続が居城とする米沢城に兵を集めているという報せが届けられた。上杉勢は北の最上領に兵を進めるようであった。

(秀忠様が信濃に)

誰が考えても、西上する途中で背信した真田昌幸を攻撃することは明白であった。上田はどのような地なのか、於奈津は見てみたかった。

「残念そうじゃの。左様に真田が気になるか」

「お屋形様に勝利したことのある方々ゆえ」

於奈津は隠すつもりはなかった。

「いつまでも昔の話をするな」

「また、ご家臣だけですか。こたびは自ら指揮を執られたほうがいいのではないですか」

「大事ない。こたびは佐渡を遣わす。それに秀忠が率いる兵は徳川の主力じゃ」

とすれば家康が率いる兵は旗本ばかり。

（そういえば、秀忠様は、こたびが初陣《ういじん》。功名を上げさせるためか）

於奈津は納得した。家康は花々しく初陣を飾った秀忠と美濃、尾張辺りで合流し、三成勢と戦うつもりのようである。

「こたびは大戦《おおいくさ》の様相。わたしの出番はありますか」

「そなたは、我が影武者であり、軍師でもある。側にいてもらわねばならぬ」

於奈津も同陣することが命じられた。

「軍師などと大袈裟《おおげさ》な。古今東西、女子の言葉に耳を貸して傾いた家は多いと聞きます」

「それは、政《まつりごと》に関わったこともない女子が、我欲を満たすことのみ思案していたからであろう」

家康は遠巻きに淀ノ方を批難する。

「そなたのように気遣いのできる女子とは違う。これまでどおり、目を配ってくれ」

「うまく人を褒めること」

煽《おだ》てられていることは判っているが、悪い気はしなかった。

「新たな世を作るのじゃ。使えるものはなんでも使う」

家康も意気込んでいた。

九月一日、家康は三万三千の兵を率いて江戸城を出立。於奈津も輿《こし》に乗って参じた。戦場まではまだ遠いので、今のところ緊張感のようなものは於奈津にはなかった。

秀忠と歩調を合わせるためもあり、ゆっくり進んだ家康が、尾張の熱田《あつた》に到着したのは十日のこと。

信濃平定のために中仙道を進んだ秀忠は、真田昌幸の計略にかかり、手痛い打撃を受けるはめになった。秀忠は汚名を雪《そそ》ぐべく攻撃を繰り返すが、そのつど追い払われた。上田城を攻めあぐねている時、家康の使者の大久保《おおくぼ》忠益《ただます》が秀忠本陣を訪れ、城攻めを止《や》めて西上しろと伝えたのが九月九日。忠益が遅れた理由は秋の大雨で利根川《とねがわ》が増水して渡れなかったからである。

命令を受けた秀忠は森忠政《もりただまさ》、石川康長《いしかわやすなが》、仙石秀久《せんごくひでひさ》、日根野吉明《ひねのよしあき》ら信濃の諸将を上田城に備えさせ、九月十日、三万余の兵を率いて西に向かった。

何頭も馬を潰《つぶ》し、駆けに駆けて先を急ぎたいところであるが、秋の長雨で諸方の渓《けい》水《すい》が漲《みなぎ》って木曽川を渡れず、秀忠は三日もの間、足留めを余儀なくされた。

十一日、家康は尾張の一宮《いちのみや》まで進んだが、正則の清洲城に戻って宿所とした。

「あの戯け、なにをしておるのか！」

珍しく家康は脇息《きょうそく》を叩いて怒声を上げた。

（秀忠様が遅れておられるということは、真田に足をとられているということ。佐渡殿がついているというのに。真田はいかな戦いをしたというのか）

ますます於奈津は真田家に興味を持った。

「あの倅《せがれ》も腰の据《す》わらぬ」

憤《いきどお》りの鉾先は小早川秀秋にも向けられた。秀秋は二度に亘《わた》って詫びの使者を送ってきているが、家康は伏見城攻めに参陣した秀秋を俄《にわか》には信用していない。

「今一度、藤堂殿に質《ただ》させてはいかがにございましょう」

既に家康は藤堂高虎に、小早川秀秋のことを確認させている。

「さもありなん」

家康は藤堂高虎に遣いを送り、本当に小早川秀秋が東軍へ参陣するか確かめるように命じた。

それでも家康の苛立《いらだ》ちは収まらない。大垣の西、関ヶ原の入口にあたる南宮山《なんぐうさん》の辺りに、吉川廣家《きっかわひろいえ》、毛利秀元、安国寺恵瓊、長束正家、長宗我部盛親らが布陣していた。大垣城に在する兵と合わせると西軍は七万ほどが集結したことになる。小早川秀秋が敵方に廻れば、八万数千になる。東軍もほぼ同じなので、家康は迂闊《うかつ》な対応を取ることはできなかった。

「悩んでおられても埒《らち》が明きませぬ。井伊殿らを呼んで聞かれてはいかがですか」

「そうじゃの」

意見が一致したのか、家康は赤坂の陣から井伊直政と本多忠勝を呼び寄せた。

二人は夜遅くなってから家康の前に罷《まか》り出た。

「童《わらべ》は？　安芸中納言（毛利輝元）は着陣したか」

勿論、童は秀頼のこと。敵に担《かつ》がれれば戦にならない。毛利輝元は西軍の総大将。家康にとっては一番重要なことである。

「まだにございます」

井伊直政が首を横に振ると、家康の表情は少し和んだ。

「左様か。敵の様子はいかに」

「思いのほか弛緩《しかん》しております。これから戦という気概は感じられません」

本多忠勝が答えると、井伊直政が続く。

「その一方、敵は関ヶ原の出口とも言うべき笹尾山《ささおやま》、天満山《てんまやま》、松尾山《まつおやま》などに砦《とりで》を築き、用意は整っているようにも見えます」

「左様か。安易に進むと袋叩きになりかねぬの」

家康の眉間の皺が深くなる。

「秀忠を待つべきか、あるいは即時決戦に踏み切るべきか」

判断に困っている家康は、二人に問う。

「安芸中納言が出てくる前に片づけるが肝要かと存じます」

本多忠勝が主張すると、井伊直政が否定する。

「いえ、秀忠様を待つべきかと存じます。豊臣の大名は今一つ信が置けませせぬ」

互いに強弁するが、結論は出なかった。

「そなたはいかがしたらよいと思う？」

二人きりになると家康は於奈津に尋ねた。

「女子に戦のことは判りませぬ。但《ただ》し、常に優位に立つことを第一に思案します」

「商人の駆け引きか？　そなたはいかに優位に立ってきたのじゃ？」

どんぐりのような目で直視し、家康は問う。

「簡単です。相手が欲しがるものを先に押さえれば、値はこちらのいいなりです」

「さもありなん。心掛けておこう」

家康は納得した表情で頷《うなず》いた。

十三日に家康らは岐阜城に入った。

「これは絶景ですね」

天主閣から濃尾平野を一望し、於奈津は感嘆をもらした。

岐阜城は尾張との国境にほど近い美濃南部の金華山《きんかざん》（標高三二八・九メートル）に築かれている。嘗ては稲葉山城と呼ばれていたが、永禄十年（一五六七）、信長が齋藤《さいとう》龍興《たつおき》を攻略して城下の井ノ口を岐阜と改め、岐阜城と呼ばれるようになった。

山頂には天主閣が、西の麓《ふもと》には御殿があり、北には長良川が流れ、南や東には支峰が連なっていて難攻不落を誇っていた。織田秀信も兵を分散させずに戦っていたら、僅《わず》か一日で陥落させられることもなかったかもしれない。

「信長様は天を守る閣とはせず、天の主の閣としたそうですね。なるほど判るような気がします。天下布武《てんかふぶ》の城ですか」

安土城は炎上したので天主閣は岐阜城にしかなかった。

「堅固なはずの城じゃが、不思議と何度も落ちておる。勘違いさせる城なのやもしれぬ」

齋藤龍興、織田信孝、織田秀信の時に落ちている。家康は岐阜城が好きではなさそうだった。

家康は岐阜城で秀忠を待っているが、まだ秀忠は到着しない。家康は苛立ちながら、何度も東のほうに目をやっていた。

「左様にもの欲しそうな目はおやめなさいませ。大将ならば、今少し落ち着かれますよう。いざという時は、秀忠様なしで戦われる覚悟を示さねば、豊臣家の諸将に見限られましょうぞ」

さすがに、みっともない、とは言わなかった。

「兵数が足りず、後れをとれば、そなたは死ぬやもしれぬぞ」

「兵が足りなければ、敵の兵を動かさなければいいではありませぬか。さすれば、お味方のほうが多くなる。金吾《きんご》殿や吉川殿らは誼《よしみ》を通じてきていましょう」

金吾とは衛門府の唐名で、左衛門督《さえもんのかみ》の小早川秀秋のことを指す。小早川家とともに毛利両川と言われた吉川家を継ぐ廣家は、家康には敵対しない旨《むね》を黒田長政を通じて伝えてきていた。

「質でも取らねば信用できぬ」

家康の顔は西に進むごとに不安感が増しているようだった。

「お取りになられればよろしいではないですか。殿下が亡《な》くなられたのちは専横を続けてこられたのです。今さら綺麗《きれい》ごともないでしょう」

「よう言いよるわ、やはりそなたは軍師。徳川の命運を握っているやもしれぬな」

まじまじと於奈津を見て家康は言う。

「大袈裟です。されど、お屋形様のお役に立てればこれ以上の誉《ほま》れはありません。これが泰平の世を作るための戦ならば、悪党と呼ばれることも厭《いと》いませぬよう。わたしはお屋形様に賭けております。わたしにできることは、なんでも致す所存にございます」

「愛《う》い奴《やつ》。戦場でなければ抱いてやるが」

「わたしが欲しいのですか? ご褒美《ほうび》をさしあげると深慮を止める恐れがありますので、こたびはお預けにします。わたしが欲しければ、勝つ行《てだて》を工夫なさいませ」

戦陣に女子は於奈津一人なので、いつもとは違い、主導権を握っていた。

「此奴《こいつ》め」

笑みを作った家康は、すぐさま黒田長政に遣いを送り、吉川、小早川から人質を差し出すように命じた。

そこへ井伊直政が到着した。

「赤坂の陣で、左衛門大夫らが、内府はまだか、と騒いでおります。傍観が好きならば、それもよし。ただ、我らは大垣城を落とし、治部の首を刎《は》ねて乱を終結させる、と息巻いております」

「あの戯け奴《め》。大垣が簡単に落ちるわけなかろう」

大垣城は東に木曾、長良、揖斐《いび》の三大川、西は杭瀬川《くいせ》が流れてこれを天然の惣濠《そうぼり》とし、周囲は湿地帯となっている。その中央に四層四階の本丸天守閣が築かれ、二ノ丸、三ノ丸、松ノ丸を配置した城である。接近するだけでも一苦労、井戸は涸《か》れず、兵糧《ひょうろう》攻めも困難な城である。

「仰せのとおりにございます。左様な城に手を出して攻めあぐねている時に、大坂の毛利勢にでも出陣されれば途端に劣勢に陥ります。ここは直に宥めて戴けないでしょうか」

「致し方ないの。明日、赤坂にまいると伝えよ」

馬鹿《ばか》が多くて困るとでも言いたげな家康である。

「お屋形様なれば、大垣城に兵を向けませぬか」

「当たり前であろう。天険の要害に仕寄るなど戦を知らぬ者の申すことじゃ」

「されば、お屋形様を釣り出す左衛門大夫殿の策ではないのですか」

「なに!?」

思いもよらぬこと。家康は目を見張る。

「政はいざ知らず、こと戦に関して左衛門大夫殿は戯けではありますまい。こののちのこと、いかにするのか、早《はよ》うお屋形様から聞きたいのでございましょう。勿論、方針はおありですよね」

「あ、当たり前じゃ」

家康は狼狽《うろた》え、言葉を詰まらせる。

「よろしければお教え戴けませぬか」

「漏洩《ろうえい》してはならぬゆえ、今は申せぬ」

奥歯にものが挟まったような言い方をする家康。まだ、迷いがあるようだった。

「左様ですか。今の話からすれば、お屋形様は日にちを費やす城攻めは避けられる様子。それゆえ、なんとか治部殿を城から釣り出したい。そうですね、治部殿の佐和山を仕寄るとでも触れさせれば、治部殿も動かざるをえない。武士として帰る城がなくなるぐらいの恥はないでしょうから。こうして治部殿を城外に出して決戦を挑むおつもりではないでしょうか」

「さあの。ただ確実に一つ足りぬところがある」

「はて、なんでしょう」

「挑むではなく勝利すること。戦はいかな手を使っても勝たねばならぬ。そのための出陣じゃ」

心細そうな表情の中で、家康は力強く告げた。

家康は十四日の夜明け前に岐阜城を発《た》った。岐阜から赤坂まではおよそ五里半（約二十二キロ）。本隊は中仙道を進み、家康は五百の兵と共に長良川の舟橋を渡り、木田から舟に乗って本巣《もとす》郡の垣《が》ヶ《き》木戸《きど》に達した。

「敵に近づきます。お屋形様、お輿を取り替えましょう」

於奈津は勧める。

「すぐに本軍（隊）と合流するゆえ、その必要はあるまい」

女輿は狭いせいか、家康は嫌そうであった。

「万が一があってはならぬ。そう仰せになられたのはお屋形様でございますよ」

「致し方ないの」

渋々家康は、於奈津の衣を羽織り、窮屈そうに女輿に乗り込んだ。

「殿御の輿は広くて助かります」

逆に於奈津は広い家康の輿に乗り込み、快適だった。怪しまれぬよう、側を歩く於末も足軽の具足を身に着けての徒《か》移《ち》動であった。

家康は赤坂の北に隆起する虚空蔵山《こくぞうやま》と南禅寺山《なんぜんじやま》の間にある金地越《かなじご》えを通って赤坂を

目指すつもりだった。

井伊直政勢五十が先頭を、列の中ほどには男輿に乗った於奈津、後方に女輿に乗った家康という並びで赤坂に向かう。

輿に乗って五町と進まぬ時、乾いた鉄砲の音が数発谺《こだま》した。

「なに？」

一瞬、なにが起こったのか於奈津には判らず、戸惑った。

「敵じゃ。敵に備えよ！」

仕官以来、先陣を駆けてきた井伊直政が大音声《だいおんじょう》で叫んだ。

「敵？」

まさか敵の襲撃を受けるとは思わず、於奈津は驚愕した。

「ご安心下さい。決して敵は近づけません」

鑓《やり》を手にした於末が、輿の外から告げる。

「於末、万が一の時は、輿から離れなさい。女子がいたと知れれば、お屋形様の恥となる」

自分の身が危険に晒《さら》された恐怖にかられながら、於奈津は震えた声で指示を出した。

「承知しました」

という於末であるが、於奈津の側を離れなかった。これも於奈津が見せる日頃の心遣いのためか、くノ一が忠義心を示すのは希有《けう》なことであった。

家康一行を襲撃したのは島津家の川上久林《かわかみひさしげ》らであった。兵糧不足に悩む島津家は刈田、略奪を許していた。

川上久林は二百の兵を連れ、東軍が赤坂に兵糧を運び込む荷駄を狙うため、大垣城の北に位置する垣ヶ木戸に兵を配置して獲物が来るのを待ち構えていた。まさか、目の前を通過するのが東軍の総大将だとは夢にも思わぬことであろう。

「チェスト！」

薩摩《さつま》隼人《はやと》独特の気合いを発しながら、別所下野、曾根四郎ら兵児《へこ》と呼ばれる命知らずの地侍たちが鑓を手に殺到してきた。

「お屋形様をお守り致せ！」

先頭から井伊直政が駆けつけ、於奈津の輿を固める。

「お屋形様？ 敵は内府にごわんど。伏見の恨みを晴らして、首を上げもはん」

朝鮮出兵でも活躍した川上久林は、怒号を上げて徳川勢に向かう。

当初、島津家は家康との約束で伏見城に入って東軍として戦うはずであったが、鳥居元忠から拒否され、三成らに人質をとられたことで、仕方なく西軍に与せざるをえなかった。自尊心の高い薩摩隼人たちは家康に裏切られたと怒り、屈辱を晴らすと同時に、恩賞首を得んと肉迫してきた。

「上げさせるか。敵は寡勢《かぜい》じゃ。討ち取れ！」

井伊直政は抜刀して於奈津の輿の前に立ちはだかり、接近する敵を斬《き》り捨てた。その刹那《せつな》、血飛沫《ちしぶき》が輿にばたばたと当たった。

薄い輿の外では斬り合い、命の奪い合いが行われている。しかも敵の狙いは輿の中の人物。ほんの少し前は身の危険など皆無であったが、今はいつ斬られても不思議ではない。これが戦場――。

一刻も早く抜け出したいが、輿の窓を開けて、女が乗っていれば、囮《おとり》であることが露見し、家康の身の危険を増すので開けることはできない。乗る時は広いと感じた空間が、棺桶《かんおけ》のように狭く感じられ、息苦しくてならなかった。

敵は確実に於奈津が乗る家康の輿に向かってくる。恐怖から逃れるには、於奈津が姿を晒し、女子であることを示せば、命ばかりは奪われずにすむであろう。

（左様なことをすれば、お屋形様のお命を危うくするゆえ、できぬ！）

否定するものの、こんな時どうしたらいいものか。さすがの於奈津も瞬時に判断できなかった。

兵児と呼ばれる島津兵は強い。二の太刀要らずという薩摩示現流《じげん》を身につけ、体ごとぶつかるように斬りかかってくるので、受け損じた時、徳川兵は骸《むくろ》となる。

曾根四郎は家康の旗本を突き伏せて井伊直政に挑むが、直政は歴戦の勇士、激戦のうちに四郎を討ち取った。

「退《ひ》け！」

朋輩《ほうばい》の曾根四郎が討たれたので、別所下野は下知《げじ》して兵を退く。

「追え！ 大戦《おおいくさ》を前に奇襲を企てる屑《くず》ども一人も生かして帰すな！」

井伊直政は大声で下知し、茂みの中に逃れる島津兵を追わせた。

これこそ島津勢が得意とする釣り野伏《のぶせり》。逃げるとみせかけて敵を引き付け、隠れている兵が囲んで一網打尽にする戦術である。これによって於奈津の輿の周囲が手薄になった。

「放て！」

川上久林の命令とともに、轟音《ごうおん》が響き渡った。途端に於奈津の輿を守る旗本が続けて倒れた。久林の狙いは徳川家の旗本ではなく、出くわした家康であった。

「休まず放て！ こげん好機は二度となか。内府ん首取ったら、太守様《たいしゅさあ》が年寄筆頭じゃ」

島津兵が太守様と呼ぶのは、島津惟新の兄で国許にいる龍伯のことである。

野太い声で川上久林は叫び、火縄が点《とも》されている鉄砲を咆哮《ほうこう》させた。数多《あまた》の筒先が火を噴くたびに、徳川兵は断末魔の呻《うめ》きをもらして倒れ、輿を守る者がいなくなった。

「おのれ！　もはやこれまでか。お屋形様お腹《はら》を召され。某《それがし》、介錯《かいしゃく》仕ります」

どのような心中か、於奈津には判らない。井伊直政は輿の中に告げた。

（お腹を。そうか、わたしが死ねば、多少なりともお屋形様に逃れる間を用意できる）

於奈津は井伊直政の意図が理解できた。

（ここまでか。人の死とは呆気《あっけ》ないものじゃ。我が人生良きものであったか……）

死の直前、人は走馬灯《そうまとう》のように人生を振り返るというが、於奈津にはそんな暇もなかった。

本来ならば女子が手にする短い懐刀《ふところがたな》を抜くところであるが、家康の身替わりなので、女子には長い脇差《わきざし》を抜いた。

「腹を切る自信はありません。胸を突くゆえ介錯をしてください」

輿の外で戦う井伊直政に告げた於奈津は懐紙《かいし》で刃を巻き、逆手に握って剣先を胸元に当てがった。本来は脹《ふく》よかであるが、男輿に乗る時は晒《さらし》で巻いて胸を押さえていた。

「お屋形様をお守り致せ。茂みの中の賊どもに鉄砲を放て！」

今まさに自刃《じじん》しようとした時、井伊直政とは違う声が聞こえた。家康の危機を知った本多忠勝が到着し、川上久林に向かって反撃の鉄砲音を響かせた。

「今少しであったものを。退け！」

奇襲に失敗して、躊躇《ちゅうちょ》していれば全滅に繋がる。本来の目的は荷駄を襲い、兵糧を奪うことだったので、川上久林は迷うことなく兵を退却させた。

「あまり深追いするな」

本多忠勝は配下に命じたのちに、輿の前に跪《ひざまず》いた。

「後ればせながら、ただ今到着致しました。ご無事でなにより」

挨拶《あいさつ》をした本多忠勝は、中から応答がないので不審に思ったようである。

「ご無礼致します」

両手で勢いよく本多忠勝は輿の戸を開けた。

「なんと！」

於奈津が脇差を握っている姿を見て、あっけにとられたような顔をしていた。これを見て井伊直政の表情は緩んだ。

「お屋形様は後方におられ、ご無事じゃ」

二人の会話を聞き、本多忠勝の顔を見た於奈津は、全身の力がどっと抜けていった。体が固まり、しばらく脇差を握り続けていたほどである。

「左様か」

安心した面持ちで本多忠勝は言う。家康股肱の臣とすれば、於奈津の命などはどうでもいいと思っているのだろう。

「左様か、ではない」

於奈津も、重々承知しているが、命を狙われた身とすれば不愉快。小さく吐き捨てた。

「まずはお屋形様の安否を確かめにまいろう」

井伊直政の言葉に於奈津と本多忠勝は頷いた。東に戻るように進むと女輿が見えた。周囲には家臣が溢《あふ》れていた。於奈津らが近づくと頭を下げた。すでに輿の戸は開いていた。

「ご無事でなによりにございます」

片膝《かたひざ》をついた井伊直政が声をかけた。輿は直政を挟んで横づけされた。

「重畳至極」

鷹揚《おうよう》に告げた家康は、於奈津の輿に目を向けた。

「勇ましいの。腹を切る気か」

他人事《ひとごと》のように家康は言う。

家康に指摘され、手を見ると脇差を握ったままであった。

「あなた様のせいです。道を過《あやま》ったゆえ、わたしが刃を握らねばならなかったのです。このの　ちは気をつけなさいませ」

緊張感のない言葉に、於奈津は憤る。家康に脇差を投げつけたい心境である。実際、家臣が二十余人死傷している。

「そうしよう。されど、死ぬのは容易《たやす》い。少しでも逃れる間があれば逃れることを考えよ」

輿の周囲に護衛がいなくなったことを判《わか》って言っているのか。それでも家康なりの優しさである。

「左様な猶予《ゆうよ》はありませんでした」

「そうか。まあ、またもそなたのお陰で命拾いをした。そなたも無事でよかった」

「当たり前です」

頰を膨らませながら、於奈津は輿を降りて背を伸ばした。よく輿を見ると、複数鉛玉の穴が見てとれた。家康は暗殺防止のために、檜《ひのき》や栂《つが》を張り合わせただけではなく、間に鉄板を入れていた。家康の輿のほうが、安全といえば安全ではあるが、それでも、鉄砲瑕《てっぽうきず》を見て、於奈津は改めて背筋が寒くなった。

このたびの襲撃は、島津勢にとっては絶好の好機を逃し、家康は最悪の状況を逃れることができたことになる。『美濃雑事記《みのざつじき》』には「東照宮（家康）、七度目の御難の内になった。本多中務大輔《なかつかさたいふ》忠勝馳《は》せ来《まい》り、御切腹を留めた」と記されている。美濃・曾根城の守将の水野勝成《かつなり》も島津方が鉄砲足軽を出して押し込んだことを覚書の中に記している。島津家が記録から削除したのは戦後、徳川幕府を刺激しないように気遣ったのであろう。徳川家とすれば、東軍の総大将が、決戦前に自刃《じじん》寸前まで追い込まれたことは絶対に知られてはならない恥部なので『徳川實紀』から削除した。また、輿の中にいた人物が家康かどうか、目にした者が一人もいないことが、記述を複雑にしていた。

家康一行は昼頃には赤坂に着陣したので、東軍の士気は否応《いやおう》なく上がった。ただ、赤坂は手狭でもあり、既に本多忠勝らの指示で同地から五町半（約六百メートル）ほど南の岡山には本陣が築かれているので、家康は即座に移動した。岡山は三成らが在する大垣城から一里（約四キロ）ほど北西に位置していた。

四

家康の到着で沸く東軍に対し、西軍は沈んでいくばかり。大将の毛利輝元はいまだ大坂城を出ず、大垣城の兵は兵糧不足を抱え、南宮山周辺の兵は弛緩している。

西軍は鬱屈《うっくつ》した空気を振り払うため、夕刻、三成の重臣の嶋左近らが兵を率いて東軍を挑発。両軍のほぼ中間に当たる杭瀬川で中村一榮《なかむらかずしげ》、有馬豊氏の兵を打ち破った。

「戯《たわ》けたこと。抛《ほう》っておけばいいものを」

報《しら》せを聞いた家康は短く吐き捨て、本多忠勝と井伊直政を杭瀬川に派遣して兵を収めさせた。

「まあ、大勢に影響を与えるほどでもなし、戒《いまし》める程度でいいのではないですか」

少しでも家康の苛立ちを和ませようと、於奈津は宥めた。

着陣早々腹立たしいこともあったが、喜ばしいこともあった。

「申し上げます。徳永法印《ほういん》（壽昌《ながまさ》）殿より、かような書状が届けられました」

井伊直政が家康に書状を手渡した。

「おう、これは」

家康は目を見張る。書状は九月十二日に三成が大坂城の増田長盛に宛《あ》てた十七ヵ条からなるものであった。高須《たかす》城主の徳永壽昌の家臣が、三成の家臣を斬って奪い取ったものである。

書の内容は、東軍は赤坂に在陣して動きがなく、大垣城周辺にいる兵たちは皆、無気味に思っていること。近江、伊勢の味方が集結し、西軍と東軍との距離は二、三町の間であること。昨日（十一日頃）、南宮山の長束・安国寺の陣に行ってみると、出陣する用意をしていないこと。西軍は兵糧に不安を抱えていること。大坂で取った人質を成敗しなければ、背信する者が続出するので、厳しい対処をすべきこと。大津城を早く落とすこと。美濃から大坂までの諸城には輝元の兵を入れ置くことが重要であること。三成は二十日中に敵を破るつもりでいること。味方の戦意が芳《かんば》しくないこと。家康が西上しない以上、輝元が出馬しないのは仕方ないが、皆、不審に思っていること。金銀米銭を遣うのは今なので、惜しまず遣うこと。本気で戦う気があるのは宇喜多秀家、島津惟新、小西行長だけなので、これらの武将には恩賞は弾むこと。人質を成敗しないならば、安芸の宮島《みやじま》に移すのがよいこと。丹後の田辺城が落ちそうなので、同城を攻めた兵を、こちらに廻すこと、である。

田辺城に続き、大津城が落ちれば、三万からの兵が美濃に到着する。秀忠を待てば、敵も増える危険がある。毛利家の後詰《ごづめ》も増える可能性がある。

家康にとって喜ばしいことは、西軍の諸将は纏《まと》まっていないこと。三成が長期戦を覚悟していること。さらに、毛利輝元自身の出馬の可能性は薄いということである。

「なにやら嬉《うれ》しそうで」

「努力はするものじゃ」

「あとで、その書状を見せてください」

於奈津の頼みに家康は笑みを浮かべた。

「左衛門大夫らが戦わせろと騒いでおります。こののちの兵略を示さねばならぬかと存じます」

杭瀬川の敗北が影響しているらしく、井伊直政が家康に報告した。

「左様か。あいかわらず血の気が多いの。されば皆を集めよ」

家康は岡山の陣で評議を開くことにした。

「すぐに西進なされるのですか」

於奈津は問う。家康の心中を読めなかった。

「判らぬ。二、三日様子を見る中で決める。ただ、いつでも発てる用意はさせておく」

流動的であることが窺《うかが》える。判らぬというのは本音だと察した。

評議なので於奈津は陣を出て身を隠した。総大将が陣で女を侍《はべ》らせていると知られれば、蔑《さげす》まれるのは必定だからである。

於奈津と入れ替わりに、福島正則ら二十名の武将が陣に集合した。

「敵は目と鼻の先じゃ。まずは大垣城を下し、治部奴の素っ首を刎ねるべし」

開口一番、福島正則が主張する。

「大垣よりも、大坂城の毛利中納言（輝元）を討って秀頼様をお救いするのが先じゃ」

妻を死に追いやられた加藤嘉明は別の案を述べた。

他の諸将も大方、二つの意見に賛同していた。

（大垣城攻めは日数を要するので論外。大垣、佐和山を無視して上坂すれば背後を襲われるので、これもまた論外。皆、お屋形様を前線に立たせるつもりか）

戦場で鍛えた諸将の声は大きいので、少し離れていたところでも良く聞こえた。

（ここまでくれば、お屋形様も日和見《ひよりみ》するわけにはいかない。大垣、佐和山、大坂で一番攻略しやすいのは佐和山。お屋形様は佐和山に向かう。治部殿が大垣を出ることを期待して）

まだ家康は黙ったままでいるが、諸将との会話から、於奈津は察した。

諸将が意見を出し尽くしたので、ようやく家康が口を開いた。

「大垣城を攻めるのも一案じゃが、宇喜多中納言が主将になり、石田、島津、小西らが指揮を取れば城の攻略は難しい。その間に南宮山の敵が後ろ巻となるは必定。ここは一勢をとどめて大垣城に備え、他の諸将はまず石田治部少輔の佐和山を討ち破り、真直《まっす》ぐに大坂に向かい、都に出られさえすれば、勝利すること間違いあるまい。近く方々は出発し、万が一、沿道で敵兵が邪魔を致せば、これを討ち破って押し通って戴きたい」

家康は諸将の案を無下にはせず、持論を展開した。

「おうよ。まずは治部奴の城を落としてくれよう」

戦えるとあってか、福島正則は闘志をあらわに床几《しょうぎ》を立った。

青野ヶ原とも呼ばれる関ヶ原は大垣城から三里半（約十四キロ）ほど西に位置する盆地で、既に南東の南宮山には毛利秀元、吉川廣家、その東には安国寺恵瓊、長束正家、長宗我部盛親。中仙道を遮るように大谷吉継らが陣を布《し》き、三成も北西の笹尾山に陣城を築いていた。

この時、大垣城から関ヶ原にかけて参じている兵の数は東軍のほうが多かった。

（やはりお屋形様は関ヶ原で戦われるおつもりか）

家康は佐和山と口にしたが、於奈津は、日数のかかる城攻めを先にすることはないと見ている。

というのも、前日、小野木重次らの西軍は長岡幽斎が籠《こも》る丹後の田辺城を開城させたので、近日中に一万五千の兵が関ヶ原に参じる予定である。

さらにこの日、立花親成（のちの宗茂）らの一万五千が、京極高次に降伏を決意させ、翌日、近江の大津城を開城することになっているので、この兵も加わることは確実である。

家康も中仙道を通って西進する秀忠勢を待っている。

（東西三万ずつが増えることは五分五分。されど、お屋形様が一番に恐れるのは、安芸中納言殿が秀頼様を担いで参陣すること。左様なことになれば、豊臣恩顧の諸将は挙《こぞ》ってお屋形様の下を離れる。さすれば関ヶ原で袋叩《ふくろだた》きとなる）

於奈津も生命の危機に立たされることになる。切実な問題であった。

（しかれども、お屋形様に決意させたということは、先ほどの書状に重要なことが書かれているということか）

早く書状を読みたくて仕方がなかった。

「申し上げます。小早川殿が松尾山に到着したようにございます」

於末が近づき、小声で於奈津に報せた。

一万五千六百の兵を率いて小早川秀秋が松尾山に着陣したのは十四日の夕刻前。同山には大垣城主の伊藤盛正《いとうもりまさ》が長亭軒《ちょうていけん》城を築いていた。周囲に土塁を巡らし、南には升形虎口《ますがたこぐち》を設け、主郭虎口《しゅかくこぐち》には堀切まで構じてあるので、松尾新城とも呼ばれている。

小早川秀秋は伊藤盛正を威嚇《いかく》して長亭軒城を奪い取った。伊藤勢は一千余なので小早川勢に対抗する術《すべ》もなく、逃げるように大垣城に戻り、三成に報告した。

「それは、さぞかしお屋形様もお喜びでしょう」

徳川家の認識では、小早川秀秋は味方であった。

慌《あわ》てた三成は安国寺恵瓊、大谷吉継、長束正家、小西行長ら五人の連署で秀秋に起請文《きしょうもん》を出し、関白職を約束し、播磨国《はりまのくに》の加増、重臣たちにも加増ならびに黄金を贈って味方に誘った。

小早川秀秋は、家康からの命令を受け、西軍に属することを三成らに伝えている。

評議は、頃合を見て佐和山に向かうということで、ひとまず終了した。

皆が退出したあと、藤堂高虎が残った。

「脇坂中務大輔《なかつかさのたいふ》（安治）、朽木《くつき》信濃守（元綱《もとつな》）の両名、内応に応じました」

譜代の家臣のごとく藤堂高虎は報告した。

「さすが佐渡守殿じゃ」

「引き続き、小川土佐守(祐忠《すけただ》)、赤座《あかざ》備後守《びんごのかみ》(直保《なおやす》)にも従わせるように致します」

四将とも松尾山の麓に陣を布いていた。

「期待しておりますぞ」

家康が労《ねぎら》うと、藤堂高虎は嬉しそうに陣を出ていった。

(藤堂殿は目敏《めざと》い。返り忠もまた乱世の常。藤堂殿の才覚と、お屋形様の威光のあらわれか)

背信はされるほうが悪い。浅井、朝倉、武田氏は、みな裏切りによって滅亡していった。

(我が父が仕えた北畠も……)

於奈津は目を落とす。北畠具教は加留左京進《かどめさきょうのしん》らの家臣に斬られて命を落とし、北畠氏は衰退の途を辿《たど》った。主君は家臣の働きに応じて恩賞を与えねば背かれるもの。お家の存亡がかかれば当たり前である。

信長は言うに及ばず、家康も大賀弥四郎《おおがやしろう》、石川数正《かずまさ》、小笠原信興《のぶおき》どころか、一度は本多正信にも背かれて苦労したので、このたびは効果的に調略を利用する。家康らに対し、農民出身の秀吉は人の欲を知り、心服させる圧倒的な権威や資質を得たお陰で、一度も家臣に裏切られたことはない。そういった意味では信長や家康よりも秀吉のほうが一枚上手ということになる。

（背くお方は信が置けない。気をつけさせないと）

背信を好きにはなれないが現実に存在するので、認めなければならない。せめて注意をしておこうと思いながら、於奈津は陣に戻った。喜ばしいはずなのに、家康の顔は浮いていない。

「お味方が増え、小早川殿が参じられたのに、あまり嬉しくはなさそうですね」

家康の顔を見るなり、於奈津は話し掛けた。

「耳が早いの。まだ彼奴《きゃつ》は信用できん」

家康の懸念《けねん》は小石《しょうごく》の脇坂安治らではなく、大石《たいこく》を有する小早川秀秋だった。

慎重な家康は、三成と同じように本多忠勝、井伊直政から小早川家の重臣の稲葉《いなば》正成《まさなり》、平岡頼勝《ひらおかよりかつ》に対して起請文を送らせた。
一、秀秋に対し、内府はいささかも疎略《そりゃく》にはしないこと。
一、御両人が特別に、内府に対して御忠節を示されれば、決して疎略にはしない。
一、御忠節を究めれば、上方で両国の墨付を、秀秋へ取らせるよう勧める。

「狡《ずる》いこと。お屋形様ではなく、御家臣から、小早川家の重臣にですか。あとで、儂《わし》は知らぬと仰せになられることもできますね」

「金吾は、おそらく治部らにも誘われているはずじゃ。伏見に仕寄り、彦（鳥居元忠）らを死なせた罪はそう簡単には消えぬ。見合う働きをしてもらわぬとな」

いざという時に裏切れ、と小早川秀秋に命じたことを棚に上げ、家康は厳しく言う。

家康が三成らと違うところは、確実に人質を取っていること。平岡頼勝の弟・資重《すけしげ》を黒田長政を通じて徳川家で預かり、黒田家からは大久保猪之助《いのすけ》が小早川家に預けられた。さすがに家康、徳川家の者が犠牲になることは避けている。ただ、翌日は軍監を派遣する予定である。

平岡頼勝は黒田如水の姪婿《めいむこ》であり、小早川秀秋の側近の川村越前は黒田家の重臣・井上九郎右衛門《くろうえもん》の弟という身近な間柄が、両家の人質交換をしやすくしているのかもしれない。

「金吾殿がお屋形様の下知に従えば、治部殿もさぞかし泡を喰うことになりましょうな」

「皮肉か？」

「好き嫌いは別にして、感心しております。お屋形様は小早川勢一万五千余の兵力を頼みにするのではなく、治部殿に主力であると期待させ、西軍として働かせないことを画策なされておられる。味方だと思っていた兵が実は敵だったとなれば、西軍は混乱に陥りましょう」

「そなたが感心するならば、成功しそうじゃの」

於奈津の批評について、家康は満更でもなさそうだった。

家康が岡山に着陣して、使者を送ってきたのは小早川家だけではなかった。既に内応している吉川廣家が三浦伝右衛門《でんえもん》を黒田長政の許《もと》に遣わした。

三浦伝右衛門は黒田長政や福島正則と共に徳川家の本陣にやってきた。

「お会いなさらなくてよろしいのですか？」

戦を左右する重要な使者と会おうとしないので、於奈津は家康に問う。

「戦の前に総大将が敵の使者と会えば、和睦《わぼく》の二文字が浮かんで味方の弛緩に繋《つな》がる。家臣は家臣どうしで顔を合わせるべきじゃ。分相応にの」

家康は使者の謁見《えっけん》を避けているようであった。

「南宮山に布陣しております当吉川家と毛利家は一兵たりとも山を降りず、東軍に弓を引かぬことを誓います。また、大坂城に在する安芸中納言（輝元）ですが、治部少輔らの策謀によって西軍の総大将に担がれているに過ぎず、まったく関知しておりません。ただ、秀頼様を守るために大坂城に留まっているだけにて、内府様と戦をする気などは微塵《みじん》もございません」

懇々と三浦伝右衛門は本多忠勝と井伊直政に訴えた。

さらに吉川廣家は毛利家の重臣・福原廣俊《ふくばらひろとし》の弟の元頼《もとより》も人質として差し出した。

これにより、本多忠勝、井伊直政は毛利家に対して起請文を発した。

一、輝元に対し、内府はいささかも疎略に扱わぬこと。

一、御両人は特別に内府に御忠節を示したので、内府は疎略に扱わぬこと。

一、(輝元が)御忠節を究められたならば、内府は直に墨付を輝元に進ぜよう。

付、御分国のことは申すに及ばず、ただ今のごとく相違あるまじきこと。

宛先は吉川廣家と福原廣俊。署名、血判は本多忠勝と井伊直政。家康ではない。

起請文には黒田長政、福島正則の副書が添えられた。これで表向き毛利本家の所領は安堵《あんど》されたので、吉川廣家は胸を撫《な》で下ろしたことであろう。

当然、三成らの西軍はこのことを知るよしもなかった。

「ご家臣からご家臣への起請文ですか？　いざという時、知らぬと言える狡い手口ですね」

本多忠勝からの報告を受け、於奈津は指摘する。

「安芸中納言は、そなたの出身である伊勢攻略の下知を出し、九州や四国に兵を送ったという報せが届けられておる。その上で儂に敵対せぬという表裏を使っておるゆえ信用できぬ」

於奈津の故郷、伊勢の安濃津（津）城は毛利秀元らによって攻略されていた。さらに毛利輝元は大友義統《おおともよしむね》に銭と武器を与え、旧領の豊後《ぶんご》の奪回を支援。四国では河野氏《こうの》旧臣の宍戸《ししど》景世《かげよ》（河野通軌《みちのり》）を大将とし、同じく曾根《そね》景房《かげふさ》、毛利家臣、因島《いんのしま》水軍の村上吉忠《よしただ》や、能島《のしま》水軍の村上元吉《もとよし》ら三千数百の兵を加藤嘉明領の伊予に差し向けた。

「されば、騙《だま》し合いですね」

「人聞きの悪いことを申すな。相手が約束を守れば、儂も守る所存じゃ」

「されど、お屋形様は、相手が約束を破っていることを承知の上で起請文を書かせたではありませんか。それは、こののち南宮山の兵を戦わせぬためでありましょう。しかも毛利勢は治部殿には戦うつもりであると思わせて」

「起請文で矢玉は防げぬ。いざ戦《いくさ》が始まれば、いかになるか判らぬもの。なにがあっても勝てるよう、その事前作りは刻《とき》の許す限りせねばならぬ。これら全《すべ》てが戦じゃ。戦は遊びではない。敗れれば全てを失う。油断したほうが負ける。戦は絶対に負けてはならぬのじゃ」

強い口調で家康は言う。戦への強い意気込みが感じられる。

「徳永殿からの書状、お見せ戴《いただ》けませんか」

「女子《おなご》が、左様なものを見るものではない」

と言いつつも、家康は懐《ふところ》から書状を出して於奈津に渡した。

「忝《かたじけ》のうございます。されば、拝見」

遠慮なく於奈津は書状を開き、目を通した。

（大津城も開城。竜子様もさぞかしご苦労なされたでしょう）

城を囲まれた以上、城主の姉だと、ふんぞり返ってはいられない。兵の手当てや炊《た》き出しなど侍女たちを指揮して奮闘したであろうことが窺えた。

「……左様でございましたか。それでお急ぎになられたのですね」

書状を読んで於奈津は納得した。

「厄介なのは立花殿ですが、こちらは秀忠様の兵と相殺《そうさい》でいいわけですね」

大津城を攻略した立花親成は、敗北知らずという闘将で、朝鮮では五千で二万の連合軍を撃ち破っている。秀吉をして「その忠義、鎮西一《ちんぜい》。その剛勇、また鎮西一」と言わしめた戦上手が、田辺城を攻略した兵とともに合流してくれれば、西軍最強の敵になりかねない。徳川家の主力を率いた秀忠勢が加わっても、分《ぶ》が悪いかもしれない。なにせ秀忠勢は上田城を攻略できなかったのである。家康の軍勢は旗本ばかり、いわば守兵であるが、これらを考慮して、両勢が到着前に戦ったほうがいいと判断したに違いない。

「もう一つは、やはり大坂の安芸中納言殿。仮に影武者であっても秀頼様を担《かつ》いで来られれば、お味方は鉾《ほこ》を収められてしまう。逆に鉾先を向けられかねないゆえ」

「古今東西、戦機を逃せば勝利を得られるものではないからの」

「敵に策士や謀将がおらなくて助かりましたな。既にお屋形様は三万以上の兵を戦わせぬようにしておられる。狡いですが、さすがです」

小早川、吉川、毛利、脇坂、朽木、小川、赤座勢で三万七千八百余となる。

「愚弄《ぐろう》しておるのか、褒めておるのか」

「お屋形様が嫌いな表裏比興が褒め言葉ならば、そうなります」

「戯け」

真田昌幸を匂《にお》わせると、家康は不機嫌になる。

「準備は万端。あとは治部殿らが、都合よく大垣城を出てくれるかですか」

家康は評議ののちに、佐和山城を攻めること、大垣城を水攻めにすることを触れさせていた。

「武士にとって帰る城を失うほどの恥辱はない。出るであろう」

「治部殿が笹尾山に陣城を築いているからですか」

「それもあるが、書にあったであろう。敵は弛緩《しかん》しておる。ここで戦う姿勢を示さねば、まこと戦場を離脱しかねない。治部奴《め》も必死じゃ」

家康はかなり高い確率で、三成が移動すると読んでいるようだった。

「お屋形様は？」

「言わずもがな。戦はなにが起こるか判らぬ。勝てるよう、腹ごしらえも、その一つ」

家康は少し早い夕餉《ゆうげ》を用意させた。

周囲が暗くなると冷たい雨が降りだした。

一方、家康の着陣を知った三成らは評議の上、大垣城から三里半（約十四キロ）ほど西に位置する関ヶ原に移動することにした。大垣城に在する諸将は移動も想定していたので、関ヶ原の北から西にかけて陣所を設けていた。

三成が立てた作戦では、毛利輝元を松尾新城に入れ、東軍を大垣城に引きつけ、兵糧を尽きさせる予定であったが、小早川秀秋が松尾新城を奪ったことで後方連絡線を遮断されてしまった。三成にとっては想定外のこと。このまま大垣城に籠っていれば、三成らの兵糧が尽きる可能性がでてきたので、移動は第二の策ということになる。

馬印などから鑑《かんが》みて家康は着陣したようだが、主力と言われる榊原康政らの姿が見えない。真田昌幸から上田で破ったという報せが届けられている。家康の周囲は旗本ばかりならば、ここは覚悟を決めて決戦に踏み切ったほうがいいと判断し、西軍の諸将は同意した。

島津惟新は夜襲の提案をしたが三成は却下し、西軍は冷たい雨が降る中、夜陰にまぎれて関ヶ原に向かって移動を開始した。

「申し上げます。敵は大垣城を出て、野口《のぐち》から牧田路《まきだじ》に向かいました」

十四日の夜半、曾根城に在する西尾光教《にしおみつのり》から報せが届けられた。

「すぐ関ヶ原に移動せよ」

仮小屋で寝ていた家康は跳ね起きるや命じた。

「お屋形様の思惑どおりになりましたね」

隣で寝ていた於奈津も起き上がる。思いのほか寒くて肩を縮めるほどであった。

「まあの」

冷めた口調で家康は言うが、目は寝起きとも思えぬほど精気が宿っていた。

即座に家康は平素より二刻以上も早く朝餉の支度をさせた。

長岡家が記した『綿考輯録《めんこうしゅうろく》』には「九月十五日の未明、御小屋の外より御陣替えと見えますと報せがあり、忠興は合点がいかぬと仰せになった」とある。急であったことが窺える。

家康の下知を受け、福島正則を先頭に長岡忠興、加藤嘉明、黒田長政……と東軍は西に向かう。辺りは冬かと思うほど寒く、皆は白い息を吐き、震えながら歩を進めた。

東西両軍の先頭が出立した時刻の差は三刻と離れていないので、西軍の最後尾であった宇喜多勢の荷駄隊と東軍の先頭福島勢が接触して、小競《こぜ》り合いを起こすほど双方は接近していた。暗夜の雨が視界をより悪くしていた。

同士打ちを避けるため、東軍では「山が山」「麾《さい》が麾」を合い言葉にし、識別の合《あい》印《いん》は「角切《すみきり》」とした。合印とは、兜《かぶと》や袖《そで》の一部につけた一定の標識である。因《ちな》みに西軍は合い言葉は「大が大」、合印はなかった。

(これより戦場に向かう。武士が命を懸けて戦う場所。しかも史上稀《まれ》に見る大軍どうしの戦い。左様なところに、女子のわたしが参じていいものか)

好奇心旺盛《おうせい》ではあるが、人殺しの場を見たいわけではない。できることならば、矢玉の届かぬところで結果の報告だけを受けていたいところであるが、そういうわけにはいかない。

（わたしはお屋形様の影武者。万が一の時は身替わりにならねば）

今から殺し合いの場所に行くと考えると、粥《かゆ》でも喉《のど》を通るものではないが、戦場でお腹を鳴らしては恥の極み。於奈津は、はしたないと思いつつも椀《わん》に口をつけて腹に掻《か》き込んだ。

第四章　関ヶ原合戦

一

慶長五年（一六〇〇）九月十五日。まだ辺りは暗い。寅《とら》ノ刻（午前四時頃）になっても雨は降り続いたままである。底冷えするほど寒かった。

既に於奈津は黒糸威《くろいとおどし》の具足を着用している。於末も足軽の御貸し具足を身に着けていた。

家康は牛皮小札歯朶《ぎゅうがわこざねしだ》具足に袖《そで》を通し、いつでも出立できる態勢にあった。戦場に立つのは女子《おなご》の身ではまずありえないこと。そう思うと急に緊張して体が震える。ただ、疑問もあった。

「治部殿らの陣に対し、豊臣恩顧の諸将が先に出立して、適当なところに布陣し、その後方にお屋形様が陣を布《し》かれるのですか」

「そういうことになろう」

「戦《いくさ》とはいかにして始まるものなのですか」

素朴な於奈津の疑問であった。

「頃合を見て大将が法螺貝《ほらがい》を吹かせたり、先陣が時良しと……」

言いかけた家康は言葉を遮った。

「即座に万千代を呼び戻せ」

なにかを思い出したように、家康はどんぐりのような丸い目を見開いて命じた。

「なにか、ご無礼なことを申しましたか」

「いや、さすが於奈津じゃ」

家康は気づいてよかった、と安堵《あんど》したような表情を浮かべていた。

半刻《はんとき》（約一時間）ほどして井伊直政が岡山の陣に戻ってきた。

「なにかございましたか？」

急の呼び出しに井伊直政は不安げに問う。蓑《みの》はぐっしょり濡《ぬ》れていた。

「敵も移動した。関ヶ原は思いのほか狭い。おそらく夜明けとともに戦いになろう。世に語りつがれる戦となる。そうせねばならぬ。そこでじゃ、その切っ掛けを作るのは誰か？」

判るな、という家康の質問である。

「お屋形様より先鋒《せんぽう》を賜わった某《それがし》に……いや、某と同陣する忠吉様にござる」

井伊直政は、すぐに質問の意味が呑《の》み込めたようである。直政は家康四男・松平忠吉の岳父《がくふ》である。二十一歳の忠吉は初陣《ういじん》であった。

「さすが万千代じゃ。これでこたびの戦も勝利に間違いない。秀忠が間に合わぬゆえ、そちに頼むしかない。天下分け目となるこの戦、豊臣の者たちで始めさせてはならぬ。これは天下泰平を築くための戦いじゃ。それゆえ徳川の者が始めねばならぬ。見事口火を切ってみせよ。但《ただ》し先陣の者どもに悟られるな」

「承知致しました。某が、いや忠吉様が必ずや天下泰平の切っ掛けを作ります」

覇気ある声で応《こた》え、井伊直政は家康の許《もと》を下がった。

「すでに戦のあとのことも、お考えになられていたのですね」

豊臣恩顧の大名たちだけで勝利してしまえば、恩賞も弾まねばならず、それどころか、家康はなにもしなかった、などと言われかねず、戦後の権力が弱くなる。

「当たり前じゃ」

当然だと、家康は頷《うなず》く。

(されど、危険も伴っているはず)

先陣の福島正則を差し置いて、抜け駆けすれば、たとえ相手が井伊直政や松平忠吉であろうとも、怒った正則が斬《き》りかかってくるかもしれない。西軍と戦う前に同士打ちなどすれば、東軍は崩壊し、天下分け目の大戦《おおいくさ》にならぬ可能性もある。

本来、大将の息子の初陣は、矢玉の届かぬところに布陣し、家臣たちが活躍できるように準備してくれたり、安全な追撃戦などに参じるようにするものであるが、抜け駆けともなれば、敵に一番近づくことになる。松平忠吉が死ぬかもしれない。

（よもやお屋形様は、忠吉様を見殺しになさるおつもりでは？）

築山御前や嫡男《ちゃくなん》の信康を死に追いやっている家康なので、お家のために非情な手段をとっても不思議ではない。

（忠吉様が亡《な》くなっても、秀忠様がおられる。それでお屋形様は秀忠様に中仙道を通らせたのでは？　さらに、徳川本軍は遥《はる》か後方。お屋形様は本軍を温存したまま勝利したとすれば、お屋形様の偉大さを際立《きわだ》たせる。果たしてこれは偶然なのか。とすれば危うすぎる賭《か》けではないのか）

穿《うが》った見方かもしれないが、於奈津は家康を恐ろしく感じた。

岡山の陣を発《た》つにあたり、三方が運ばれてきた。於奈津が用意したものである。上には干し鮑《あわび》、勝ち栗《ぐり》、結び昆布が載せられている。鮑は打ち鮑と呼ばれ、それぞれ討って、勝って、喜ぶという験《げん》に因《ちな》んだもので、武将の出陣には欠かせない。

特に天下分け目の戦ともなれば、目に見えぬ力は欲しいところである。家康は干し鮑から順に一摘《ひとつま》みずつ口に入れ、酒と一緒に嚥下《えんげ》した。

無事に終えた家康は、床几《しょうぎ》から腰を上げ、勢いよく盃《さかずき》を仮小屋の床に叩《たた》き付けると、周囲に破片が飛び散った。

「治部が率いる逆賊どもを討ち、天下に静謐《せいひつ》を齎《もたら》すのじゃ。いざ、出陣！」

「うおおーっ！」

家康の下知《げじ》に家臣たちは鬨《とき》で応じた。

菅笠《すげがさ》をかぶり、蓑を羽織り、於奈津は家康とともに仮小屋を出た。まだ小雨が降っている。用意された栗毛の駿馬《しゅんめ》は雨に濡れたくないのか、迷惑そうに頭を振っていた。輿《こし》に乗りたいところであるが、申し出て士気を下げるわけにはいかない。於奈津は家康に続いて駿馬に跨《また》がった。

「敵の仕物《しもの》（暗殺）に備えませぬと」

「その必要はない。堂々と移動し、布陣したのちは、真っ向から敵を打ち破るのじゃ」

臆病《おくびょう》な家康にしては気概のある言葉であった。五体から気が発せられて見える。

（やはり、お屋形様は類《たぐ》い稀《まれ》なる武将だった。ゆえにご家臣方が、命がけでついていくのか。わたしの目に狂いはなかった）

商人では決して見ることのできない、猛《たけ》る男というものを初めて目にしたような気がした。

家康は『金無地開扇《きんむじかいせん》』の大馬印、白地に黒の『厭離穢土欣求浄土《おんりえどごんぐじょうど》』の本陣旗を掲げ、関ヶ原に向かって岡山の陣を発した。

家康の命令を受けた家臣たちは躊躇《ちゅうちょ》せず、隊伍《たいご》を整えて前進する。

(誰もお屋形様を止める者はいない。皆、お屋形様を信じている。それにしても、かように安易に戦に接していいものなのか。さして憎くもない敵と戦い、多くの命が失われるというのに)

一所懸命、武士は土地を守るために命を懸ける。御恩と奉公、鎌倉以来の武士の基本。武士は恩賞を得るために戦う。これらのこと、言葉では理解するが、於奈津には実感がない。ただただ、不思議な武士の摂理に戸惑いながら馬脚を進めた。

東西両軍が布陣する関ヶ原という地は、美濃・不破《ふわ》郡の西端に位置し、一里少々西に進めば近江の国に入る。北は伊吹《いぶき》山地、南は鈴鹿山脈が互いに裾野《すその》を広げ、西は今《いま》須《す》山、東は南宮山が控えた東西一里、南北半里の楕円形《だえんけい》をした盆地である。この中を東西に中仙道(東山道)が走り、中央から北西に北国《ほっこく》街道、南東に伊勢街道が延びる交通の要《かなめ》でもあった。

関ヶ原という地は飛鳥時代では壬申《じんしん》の乱、鎌倉時代は承久《じょうきゅう》の乱、南北朝時代には青野ヶ原の戦いと、時代の変革期には必ず戦場となってきた場所であった。

小雨が降っていて視界は不良。寅ノ下刻《げこく》（午前五時頃）、南宮山の麓《ふもと》を通過した。既に吉川勢のほか、毛利勢が布陣したことが伝えられている。

今、吉川、毛利勢が山を駆け下ってくれば、徳川勢は壊乱となる――。なぜ襲撃しないのかという素朴な疑問を感じる。起請文《きしょうもん》を交わしたとはいえ、形の上では敵対関係にある。乱世なので急襲しても非難されることはないはずである。勿論《もちろん》、そんな危うい目には遭いたくないが。

（討ち取れる自信がないのか。それほどお屋形様が恐ろしいのか。あるいは、お屋形様を信じているのか。お屋形様のほうは反故《ほご》にする気なのに）

才気走って不戦の誓いを立てた吉川廣家が滑稽《こっけい》にも思えた。

逆に徳川家は、いつ吉川勢が掌《てのひら》を返して奇襲してこないかと、戦々兢々《きょうきょう》としながら前進していた。

家康が関ヶ原の中ほどにある桃配山《ももくばりやま》に布陣したのは卯ノ刻（午前六時頃）のこと。

桃配山の由来は天武《てんむ》天皇元年（六七二）に起きた壬申の乱で勝利した大海人皇子《おおあまのおうじ》

（のちの天武天皇）が、野上《のがみ》の行宮《あんぐう》（仮宮《かりみや》）から不破の地に出陣して名産の桃を全兵士に配ったことによる。家康は、この故事に倣《なら》い、桃配山に本陣を布いた。

卯ノ刻頃には両軍ともに布陣を終えた。

西軍の布陣――。

関ヶ原の北西に位置する笹尾山の中腹に三成本陣の四千、山の南麓《なんろく》には蒲生頼郷《よりさと》の一千、北麓には嶋左近の一千。すぐ南に豊臣家の旗本が二千。その南側、北国街道を挟んだ地に島津惟新の七百五十、その東に島津豊久《とよひさ》の七百五十。

天満山の北に小西行長の四千、南に宇喜多秀家の一万七千が五段に構えた。さらに南に大谷吉継の六百。その東に戸田勝成《とだかつしげ》と平塚為広《ひらつかためひろ》が合わせて九百。

中仙道を挟んだ南に大谷吉勝《よしかつ》（吉継の子）と木下頼継《きのしたよりつぐ》が合わせて三千五百。

大谷勢の南東に赤座直保の六百、小川祐忠の二千、朽木元綱の六百、脇坂安治の一千が南北に並んだ。その南の松尾山に小早川秀秋の一万五千六百。

一里半ほど東の南宮山の北側に吉川廣家の三千。その南に毛利秀元の一万五千。山の東麓に安国寺恵瓊の一千八百。その南に長束正家の一千五百。東南の栗原《くりはら》山麓に長宗我部盛親の六千六百。

合計で八万三千二百余人の軍勢である。

東軍の布陣──。

宇喜多勢の正面に福島正則の六千。その後方北に藤堂高虎の二千五百、南に京極高知《たかとも》の三千。二将の背後に寺澤廣高の二千四百。その背後に本多忠勝の五百。

中仙道の北、石田陣に対して北から黒田長政の五千四百、長岡忠興の五千、加藤嘉明の三千、筒井定次《つついさだつぐ》の二千八百。島津勢の正面に田中吉政《たなかよしまさ》の三千。筒井の東南に井伊直政の三千六百と松平忠吉の三千。長岡、加藤勢の後方に古田重然《ふるたしげなり》の一千二百、織田有楽齋《うらくさい》の四百五十、金森長近の一千百、生駒一正《いこまかずまさ》の一千八百。

井伊、松平勢の後方十町少々の桃配山の本陣に徳川家康三万。同地から七町ほど東の野上に有馬豊氏の九百。五町ほど東に山内一豊の二千。同じく五町ほど東に浅野長慶の六千五百。吉川勢に対する形で池田照政の四千五百。

合計で八万八千六百五十余人の軍勢である。

兵数は東軍が上廻っているものの、東軍が布陣した地から、三成ら西軍が陣を布いた地に向かい、ゆるやかな傾斜となっている。東軍は進軍するにあたり、坂を上るという一つ余計な行程を踏まねばならなかった。

家康は岡山を出立するにあたり、大垣城の攻略のため、北の曾根城に水野勝成、西尾光教、北条氏盛《うじもり》、西の長松城に一柳直盛《ひとつやなぎなおもり》、松下重綱《まつしたしげつな》、赤坂に中村一榮、堀尾忠氏《ほりおただうじ》、曾根と赤坂の間に松平康長《やすなが》、津軽為信《つがるためのぶ》、城の南に蜂須賀至鎮、大島光義《おおしまみつよし》らを配置した。総勢一万五千余の兵数である。

大垣城は福原長堯《ふくはらながたか》、熊谷直盛《くまがいなおもり》、垣見一直《かきみかずなお》、木村由信《よしのぶ》、木村豊統《とよむね》、相良頼房《さがらよりふさ》、秋月種長《あきづきたねなが》、高橋元種《たかはしもとたね》ら総勢七千五百余が守っていた。

前の晩から降っていた雨は卯ノ刻頃には上がったものの、辺りは霧《きり》で煙り、三間（約五・四メートル）先の人の顔すら定かにならぬ状態だった。

「霧の向こうに敵がいるのですね」

家康の隣で床几に腰を下ろしている於奈津が言う。さすがに兜《かぶと》は重いのではずし、長い黒髪は鉢巻で留めていた。

「左様のう」

家康も兜は脱いでいる。今から真剣勝負が始まろうとしているせいか、顔は霧のごとく晴れていない。調略の限りを尽くしても、現実はなにが起こるか判《わか》らない。不安なようである。

「治部殿も苛立《いらだ》っているのでしょうか」

「儂《わし》は苛立ってなどはおらぬ。治部など片手で捻《ひね》るつもりじゃ」

表情を読まれ、家康は強がった。

「ならばよろしいのですが」

今、於奈津にできることは家康を落ち着かせること。自身の胸も高鳴っているが、面に出さぬよう努め、笑みで答えた。

二

着陣から半刻ほどして風が出はじめた。卯ノ下刻（午前七時頃）、霧が靄《もや》に変わり、少しずつ視界が開けてきたので、人影や旗指物《はたさしもの》が見えだした。

皆、緊張しているせいか、静まり返っている。於奈津も軽はずみに声をかけられなかった。

四半刻（約三十分）ほどして、使番が戻った。

「申し上げます。忍《おし》中将（松平忠吉）様ならびに井伊兵部少輔《ひょうぶのしょう》様、前進なされました」

井伊直政が陣を発つと同時に報《しら》せるように、家康は使番に命じていた。

「左様か、万千代（直政）と中将が進んだか！」

どんぐりのような目が落ちそうなほど目を見開いて家康は叫んだ。

「左衛門大夫殿が怒る姿が目に浮かびますが」

松平忠吉と井伊直政の前進は抜け駆けを意味している。

「大事ない。万千代は三河譜代の石頭とは違う。これまでうまくやってきた。こたびもの」

家康は遠江出身の井伊直政を信頼していた。

三百の兵を率いて前進した松平忠吉と井伊直政が、静かに福島勢の横を騎乗したまま抜け駆けようとした時だった。

「待て。何処《いずこ》の者か」

福島家の侍大将を務める可児才蔵吉長《かにさいぞうよしなが》に呼び止められた。

「徳川家の家臣、井伊兵部少輔直政じゃ。こちらにおわすは徳川内大臣がご子息の忍中将様。こたびは初陣ゆえ、敵の陣形をお見せするために前進したまで。決して、貴家を差し置き、抜け駆けをするためではない」

「物見に三百人も必要あるまい。鉄砲も然《しか》り。物見ならば御手廻ばかりにて通られよ」

「承知致した」

生涯四百六十余の首を取る可児才蔵に促され、井伊直政と松平忠吉は鉄砲衆も留め、手鑓《てやり》を持つ者三十人ほどを連れて前進した。

二町ほども進むと真向かいには、紺地に白の『兒《こ》』（児）文字の軍旗が立ち並ぶ。西軍の主力ともいう宇喜多秀家の陣である。宇喜多勢も物見の存在に気づいた。

「今にござる」

「うおおーっ！」

井伊直政が合図すると、松平忠吉は雄叫《おたけ》びをあげて鐙《あぶみ》を蹴《け》り、宇喜多勢に突撃した。

「敵じゃ、迎え撃て！　敵じゃ」

宇喜多勢の明石《あかし》掃部助全登《かもんのすけてるずみ》が命じたが、咄嗟《とっさ》の遭遇なので、鉄砲は火を噴かない。まだ用意していなかったのかもしれない。

その間にも井伊直政や松平忠吉は疾駆し、忠吉はついに宇喜多兵に鑓を突き出した。敵は鑓で弾《はじ》いたものの、金属音が響き渡った。

「やった！」

松平忠吉は歓喜の声を上げた。目的は敵を討つことではなく、徳川家の者が関ヶ原で最初に鑓をつけることである。見事、忠吉は狙《ねら》いを達したことになる。戦の切っ掛けを作ったのは忠吉だということが刻まれた。徳川家にとって、これ以上の名誉はなかった。

しかも、濃い朝靄の中を前進し、偶発的に小戦闘となってしまった。これならば、福島正則も抜け駆けとは言わず、諦《あきら》めざるをえない。

「退《ひ》かれませ！」

本懐を果たした井伊直政は、すぐに撤退命令を出し、松平忠吉は従った。

「逃すな。鉄砲組、放て！」

明石全登の命令で鉄砲が轟音《ごうおん》を響かせたが、松平、井伊勢が竹束《たけたば》で弾いて主《あるじ》を守る。

竹束とは一間（約一・八メートル）ほどの長さの青竹を円柱形状に直径一尺（約三十センチ）ほどに纏《まと》め、縄で縛りあげたもの。当時の鉄砲は銃身の中に螺旋《らせん》を切っておらず、玉も球形なので回転不足となり、竹束に当たると弾かれてしまう。青竹は入手、加工しやすいので、諸大名は当然のように用意していた。

家臣たちが竹束で防いでいる間に井伊直政と松平忠吉は前線から離脱した。

「おのれ、やはり抜け駆けか！」

敵からの鉄砲音を聞きつけた可児才蔵は忿恚《ふんい》する。まさに痛恨の極みであった。

「鉄砲衆、前へ出よ。福島の鉄砲玉、存分に喰らわせよ！」

可児才蔵は井伊直政らへの怒りもこめて、大音声《だいおんじょう》で命じた。途端に鉄砲八百挺《ちょう》が咆哮《ほうこう》する。

対する宇喜多勢からも、千挺もの筒口が閃光《せんこう》を放った。

時に辰《たつ》ノ刻（午前八時頃）、天下分け目、関ヶ原合戦の火蓋《ひぶた》が切られた。

「でかしたぞ！」

報せを受けた家康は、床几を立って歓声を上げげた。於奈津も滅多に見ない綻《ほころ》んだ表情である。

「喜ぶのは些《いささ》か早いのではないですか？　勝ちを得られたようなお顔です」

「於奈津も読み違えたか。そなたを喜ばせようとしたのが判らぬのか」

本心を見られたか、と家康はすぐに表情を戻して切り返す。

「これは見間違いを致しました」

家康の面目を潰《つぶ》してはならない。於奈津は頭を下げると家康は満足そうに頷いた。

「こたびの戦、始まれば負けるはずはないのじゃ。いかにして始まるかが問題。これを徳川の手で始められたのじゃ。あとは勝利を確認すればよい」

いつになく多弁な家康である。それだけ気持が昂《たかぶ》っているに違いない。

睨《にら》み合いが長く続けば、松尾山、南宮山の西軍の動向が怪しくなる。家康は積極性を示し、優位な展開を見せつけることで、敵の右翼を制し、勝利に導くつもりである。

「存分に確認させて戴《いただ》きます」

一度、釘《くぎ》を刺せば十分。勿論、於奈津も味方の勝利を期待した。

少しずつ靄も消えると、視界が開けてきた。正面にあたる二つの天満山は良く見える。南峰には宇喜多勢と福島勢、北峰には小西勢と筒井・田中勢。その南では戸田・平塚・大谷勢と藤堂勢。北はあまりよく見えないが、石田勢と黒田・長岡・加藤勢が鉄砲を撃ち合っていた。

「煙（硝煙）が出るたびに人が亡くなられるのですね」

「戦ゆえの」

「今さらながらでございますが、なにゆえ戦われるのでしょうね」

初めて戦陣に立ち、於奈津は命懸けで戦う武士の姿が不思議でならなかった。

「一所懸命、負ければ全《すべ》てを失う。命も所領も然り」

「全てを賭けて挑んでくるとは、お屋形様も相当、好かれたご様子で」

「儂を憎んでおるのは、治部と、いいところ宇喜多中納言ぐらいであろう」

家康の眉間《みけん》の皺《しわ》が深くなった。

「本当は有り難いと思われているのではありませぬか。治部殿は天下取りの戦を用意して下さりました」

「戯《たわ》け。彼奴《きゃつ》は何度も儂を排除しようとしてきた。いずれはこうなる運命《さだめ》だったのじや」

「治部殿はそうだとしても、ほかの方々はお屋形様を憎んでもいないのに、西軍に与《くみ》された」

三成は家康の十分の一以下の身代しかないのに、とはさすがに言えなかった。

「儂に人望がないと申したいのか」

さすがに気に障《さわ》ったようである。

「左様なことは。現にお屋形様の方が多く集められているではありませぬか。敵方からも」

「それゆえ腹が立つ。なにゆえ治部に与したのか。天下は力がある者が治めてきた。平家、源、足利、織田、太閤。太閤は死んだ。次に力ある者は、遺児ではなく、奉行でもない。天下を保ちたいならば、揺るぎない仕組が必要じゃが、年寄・奉行の十人衆など無意味であった」

「お屋形様が壊しました」

「左様。こたびの戦いは十人衆にしがみつく古き者と、新たな政《まつりごと》が必要だと思う者の戦いじゃ。それゆえ、古き仕組に縋《すが》りつく輩《やから》には滅びてもらわねばならぬ。戯け者を主にもった家臣は哀れじゃが、これも武士の倣い。主の許を離れる機会も、主の思案を変えさせる機会も十分にあったはず。しかれば手心は加えぬ。徹底して叩き潰すのみじゃ」

采《さい》を握る家康の右手に力がこもった。

「ご存分に」

於奈津は支持する言葉を口にするが懸念《けねん》もしている。

（僅《わず》かでも所領を得ている人が、簡単に主君を変えられるのか。それは全てを投げ捨てることになる。お屋形様が仰《おお》せになられた一所懸命。守るものがある兵は強いのではなかろうか）

津で女番頭をしていた時、商売のためならば、相手の草履《ぞうり》を舐《な》めるほど頭を下げる商人を何人も見てきた。家康が言っているほど、簡単にいくとは思えなかった。

戦は松尾山、南宮山の兵が動かないにも拘《かか》わらず、西軍が有利に戦っている。高台に陣を構える西軍に対し、泥濘《ぬかる》む地を上りながら戦う東軍の負担は大きいようだった。

「寡勢《かぜい》の敵になにをしておるか」

家康は唾《つば》を飛ばして叱咤《しった》する。

地形が詰まっているので、東軍が前進しても、前線の勢力しか戦えず、二陣に陣を布く東軍は戦うことができない。さらに朝方まで雨が降っていたので、移動するほうは足が滑って円滑に進めない。西軍は上ってくる敵を順番に討っていけばいい形になっていた。

苛立つ家康の隣にいると息が詰まる。

「物見をしてまいります」

用を足してくるという、於奈津と家康との間で決めた隠語である。含羞《はにか》みながら告げた。

「気をつけよ」

不快げに家康は声をかけた。

於奈津は具足姿の於末を伴い、陣の北側に進んだ。そこには家康用に、陣幕で囲まれた簡易の厠《かわや》が作られている。といっても少し穴を掘っているだけであるが。小用の方ならば立ち小便でも構わぬであろうが、大きい方ともなれば大将が茂みの中で、というわけにもいかない。

於奈津も然り。陣で一番懸念していたのは厠であるが、用意されていたので安心して具足を脱いだ。用を足して安堵していた時である。

「なに者じゃ」

簡易厠の外で於末が緊張した声で告げる。

「いかがした？」

「なに者かが、わたしを見て西に走りました」

「すぐ、お屋形様に報せなさい」

「畏《かしこ》まりました」

於奈津に命じられ、於末は家康の許に駆けた。

具足を着けている暇はなかった。

「ああっ、爽快《そうかい》、爽快」

於奈津は家康の声を真似《まね》て発すると、袴《はかま》を穿《は》くや否《いな》や簡易の厠を出た。

その刹那《せつな》、足軽の一人と出くわした。日焼けした顔で、歳《とし》は二十代の後半。中肉中背。黒い陣笠をかぶり、二本の刀を腰帯に差していた。於奈津を見て、一瞬驚いた顔をしたが、すぐに戻して立礼した。腰の刀の柄《つか》を握ったような気もした。

「そなたの名は？」

見慣れぬ兵なので於奈津は問う。周囲は茂みで二間（約三・六メートル）ほど離れている。

「内藤四郎にござる」

四郎と名乗った足軽は、俯《うつむ》きながら答えた。

「いずこの出身か」

周囲の兵に聞こえるように於奈津は大きい声で質問する。

「甲斐、巨摩《こま》の武川《むかわ》にござる」

武川衆は天正十年（一五八二）の天正壬午《じんご》の乱より家康に従っている。

「魔《さい》が」

「魔にござる。もうよろしいでしょうか。役に戻らねばなりません」

「これは邪魔をした。最後に、わたしの名は？」

於奈津は、目を伏せる内藤四郎を直視して尋ねた。

「某のような下々の者に、お方様の名など判りませぬ」

頭を下げて内藤四郎は押し通ろうとする。

「そなた、徳川の家臣ではあるまい。周囲の家臣は皆わたしのことを知っている」

恐怖にかられながらも、於奈津は両手を広げて本陣への道を塞《ふさ》いだ。

「そうとも限りません。されば、戻らねばお叱《しか》りを受けますので」

「今、ここを離れれば助かろう。今しがた我が配下を走らせたので、そなたの狙いは固く守られておる。仕物（暗殺）は無理じゃ」

於奈津は強気で言い放った。

「なにを仰せに」

言うや内藤四郎は歩みだしたので、於奈津は刀を抜いて袈裟《けさ》がけに斬りかかった。内藤四郎は、いとも簡単に躱《かわ》して擦れ違う。

「大事な戦陣。お戯《たわむ》れはご勘弁のほどを」

於奈津に刃を抜こうとはせず、内藤四郎は家康の許に向かおうとする。

「誰かある。曲者《くせもの》じゃ！」

内藤四郎の背後から於奈津が叫ぶと、十数人の家臣が駆けつけた。皆、手鑓を持っている。その背後には鉄砲衆も参じていた。

「くそっ」

前進できぬと判断したのか、内藤四郎は一番弱い於奈津の方に向かう。

「そうはさせぬ」

於奈津は先程抜いた刃を自らの首に当てがった。

「人質になるぐらいならば死ぬまで」

「なんと！」

一瞬、内藤四郎は戸惑った。そこに数本の鑓が繰り出され、二本の穂先が腰と腕を捕らえた。

「おのれ！」

内藤四郎は懐《ふところ》から火薬玉を出すと、地面に叩きつけた。途端に破裂音がし、煙が周囲に広がった。火薬と小さな火打ち石を和紙で包み、衝撃を受けると発火する、いわゆる煙幕玉《えんまくだま》である。

煙が出た瞬間、内藤四郎は北の茂みに飛び込んだ。その先は下りとなっている。

「放て！」

鉄砲指揮が号令し、数発の轟音が響き渡った。内藤四郎に当たったかどうかは判らないが、鎧の深手を負っているので、再び家康を狙うのは難しいに違いない。

目の前から曲者がいなくなり、於奈津はその場にへたり込んだ。

「お怪我《けが》はございませぬか」

於末が駆け寄った。

「大事ない。それよりお屋形様は？」

「ご無事です。ご家臣に守られております」

「左様か」

安堵した於奈津は、まだ心臓が速い鼓動を刻む中、家康の許に戻った。

「おお、於奈津。大事ないか」

家康は床几を立って於奈津を心配する。

「お気遣い、忝《かたじけ》のうございます。このとおりなんともありませぬ」

両手を大きく廻して、於奈津は無事であることを示した。

「重畳。また、そなたに助けられたの」

「それより、本陣に曲者が紛れました。ご油断でございましょう」

「さもありなん。おそらく嶋左近あたりが放った刺客であろう。警戒を厳しくしょう」

家康は素直に頷いた。

開戦から半刻。東軍は劣勢で、福島勢は五町ほども押し返される有り様だった。

「倅《せがれ》がおったらのう」

采で何度も左の掌《てのひら》を叩き、家康は険しい表情で吐き捨てた。

「秀忠様も急いでおられましょう。じきに、まいられます」

「彼奴《あやつ》ではないわ！」

家康が言った倅は、信長の命令で切腹させた信康のこと。その一言で家康がどれほど信康を愛していたかが窺《うかが》える。於奈津は口を噤《つぐ》まざるをえなかった。

その後も家康は、床几を立ったり座ったりを繰り返し、座れば右手親指の爪《つめ》を噛《か》んでいた。

「大将は、左様な事をなさらず、平然とお控えください」

見兼ねた於奈津が諫《いさ》めた。

「左様じゃの。そなたの申すとおり、つい悪い癖が出た。再び嚙まぬよう爪を切ってくれ」

「承知致しました」

笑顔で応えた於奈津は家康の爪を切り、懐紙に包んで懐に入れた。

「侍は、いつ何時《なんどき》、何処《いずこ》でなにがあるかも知れぬ。この御爪こそ我が第一の御形見です」

於奈津は、この時の爪を生涯大事にとっておいた。後日、「勝利の爪」あるいは「関ヶ原の爪」と呼ばれるものである。

三

辰ノ下刻の四半刻後（午前九時半頃）、黒田長政は一勢を迂回《うかい》させ、北から一斉に鉄砲射撃を行い、石田家の重臣、嶋左近を負傷させ、後方に退かせた、という報せが家康に届けられた。

「左様か！　これで一角が崩れるか」

家康は喜ぶが、石田勢は国友村で製造させた大筒を放って東軍を寄せつけず、怯《ひる》んだところを蒲生頼郷らが攪乱《かくらん》し、優勢に戦っていた。

「なにゆえ寡勢の敵に押されるのじゃ」

一旦《いったん》は落ち着いた家康であるが、再び不安の虫が騒ぎだした。

「前で戦っておられるのは徳川の家臣ではなく豊臣の家臣。お屋形様が本気であることをお示しになる時がまいったのではないですか。南（南宮山）の方々も見ておりましょう」

不安を解消させるには体を動かすのが一番。武士も商人も同じだ。

「そなたは大胆じゃの。確かに太閤の子飼いばかりには任せておけぬ」

於奈津に告げた家康は正面に顔を向ける。

「陣を移す。全兵、前に進め！」

床几を立った家康は采を前方に振り下ろした。

巳《み》ノ刻（午前十時頃）、家康勢三万の兵は桃配山を下りて西に進んだ。

「おおっ、徳川が動いた」

徳川勢の移動を見た兵たちは敵、味方を問わず、喊声《かんせい》を上げた。敵は恩賞首が近づいたと喜び、味方は叱責されないかと、焦《あせ》りだした。

(これが戦)

西に進むにつれ、戦っている姿が明らかになってきた。

鉄砲を放ったのちに、長柄勢が前に出て打ち合い、突き合う。最初は統制がとれていた軍勢も、次第にばらけて入り乱れ、個々の戦いへと移っていく。

剣戟《けんげき》の音が響き、火花が飛ぶ。甲冑《かっちゅう》や兜を叩き、鑓の穂先が欠け、柄が折れれば白刃《はくじん》を抜いて斬りかかり、敵の鑓を奪っては、遮二無二《しゃにむに》突きまくる。腕や脚は千切れ、目は抉《えぐ》られ、内臓は飛び散った。辺りでは鮮血が飛沫《しぶ》いて宙を赤く染め、喊声と断末魔の呻《うめ》きがあちらこちらで聞こえた。

旗指物は無惨《むざん》にも引き裂かれ、あるいは踏み躙《にじ》られ、主を失った駿馬は途方に暮れて嘶《いなな》いている。ほんの数ヵ月前までは、伏見、大坂で顔を合わせ、時には茶など楽しみ、朝鮮では同じ釜《かま》の飯を喰い、互いに助け合ってきた戦国武士の肉弾戦である。まさに阿鼻叫喚《あびきょうかん》。血で血を洗う殺戮《さつりく》地獄であった。

(来るべきではなかった)

そう思いたくなるほどの狂気の世界。殺し合いの場は、男勝りとはいえ、憧《あこが》れるような場ではなかった。於奈津は嘔吐《おうと》しそうになるのを堪《こら》えていた。

家康が兵を移動させても、南宮山の吉川・毛利勢は動かない。その東に陣を布く、安国寺、長束、長宗我部勢も単独で攻撃を仕掛ければ全滅の恐れがあると、進むことはしなかった。

お陰で家康は桃配山から北西に二十二町（約二・四キロ）ほど進んで兵を止めた。のちにこの場は陣場野と呼ばれる。三成が在陣する笹尾山までおよそ十町（約一・一キロ）まで接近したことになる。石田の陣にはためく白地に黒文字の『大一大万大吉』の旗指物がよく見えた。

三成は、天正三年（一五七五）に織田・徳川連合軍と武田軍が戦った三河の設楽原《したらがはら》（長篠《ながしの》）合戦さながらに、山を崩して切岸にし、崩した土と堀を掘った土で土居を構築し、柵《さく》を立てていたので、東軍は攻めあぐねた。

それでも家康の馬印を見た黒田、長岡、加藤勢は奮起し、蒲生頼郷勢を後退させ、遂《つい》に柵を倒しにかかった。

「その調子じゃ」

勢いを増してきた味方を目にし、家康は歓喜した。その前をふいに使番の野々村四郎《ののむらしろう》右衛門《えもん》幸包《ゆきかね》が騎乗したまま横切った。

「戯け！」

家康も興奮しているのであろう。いつにない剣幕で怒号し、抜刀した。

「ひっ！」

斬られると思った野々村幸包は、瞬時にその場を駆け去った。

太刀を抜いた家康の怒りは収まらず、側《そば》に控える門奈長三郎宗家《もんなちょうざぶろうむねいえ》の背の指物の柄を切った。宗家は恐怖で身動きできなかった。

「あとで研ぎに出せ」

家康は門奈宗家に太刀を渡した。

「あと、があるとお考えになられるだけ、まだ心に余裕があるようですね」

なんとか於奈津は宥《なだ》めにかかる。

「当たり前じゃ」

於奈津に促され、家康は床几に腰を下ろした。

ただ、漸《ようや》く押し返し始めたに過ぎず、家康は気を揉《も》んでいた。

「朝から同じ方々が戦っているのですね」

巳ノ下刻（午前十一時頃）になり、於奈津は告げた。

西軍は石田、小西、宇喜多、戸田、平塚、大谷勢でおよそ三万二千余。東軍は家康本隊とその背後の後備の四万は戦っていないので、四万八千余が戦闘に参じていた。

「山内、有馬勢を前進させよ」

南宮山の吉川・毛利勢が動かぬと確信した家康は指示を出した。

三成は自勢が劣勢になったので、二陣に控える島津勢に戦いに参じるように指示を出すが、遣いの八十島助左衛門《やそじますけざえもん》の態度が気に喰わぬと拒否された。

さらに三成は狼煙《のろし》を上げて南宮山と松尾山に参陣を求めるが、南宮山の狼煙は見えず、また吉川廣家は参じるつもりは微塵《みじん》もない。松尾山の小早川秀秋に至っては、表向きは西軍に属しているものの、東軍として参じているので、「誰に向かって命じているのか」と吐き捨てているかもしれない。

南宮山の毛利秀元の許には安国寺恵瓊、長束正家の使者から矢のような督促が来ていた。

「なにゆえ兵を出されぬのか」

使者の質問に、「吉川に頭を押さえられているので出撃できない」、とは言えない。

「ただ今、兵糧《ひょうろう》を遣わしている最中じゃ」

毛利秀元は取り次いだ家臣に怒鳴り、安国寺家の使者に告げさせた。これにより、秀元は「宰相《さいしょう》殿の空《から》弁当」と嘲《あざけ》られ、のちのちまで日和見《ひよりみ》の代名詞となってしまう。

一方の家康も焦心していた。

「あの倅はいつになったら動くのか」

奥歯を噛みながら家康は言い放つ。後備まで前進させねばならないとは、予想外のことであろう。小早川秀秋は日和見で十分と考えていたはずであるが、そういうわけにはいかなくなった。

徳川家からも目付として奥平貞治《おくだいらさだはる》がおり、小早川家の重臣の平岡頼勝に何度も出陣の督促をするが、やはり秀秋はなかなか腰を上げようとしない。

「まこと金吾は参じるのか、甲斐守に聞いてまいれ」

家康は北条旧臣の山上郷右衛門久忠《やまがみごうえもんひさただ》を黒田長政の許に遣わした。

「甲斐守殿、筑前《ちくぜん》中納言殿の参陣は、相違ござらぬか」

山上久忠は家康の遣いということもあってか、無礼にも騎乗したまま尋ねた。

「今は戦の最中ぞ！　金吾が味方するか否かなど、儂の知ったことではない！　万が一にも約定を違《たが》えたならば、治部が首を刎《は》ねたのち、彼奴も討ち取ってくれる。帰って主にそう申せ！」

黒田長政が斬殺《ざんさつ》しかねない剣幕で怒号するので、山上久忠は逃げるように帰陣した。

「……にございます」

山上久忠は仔細《しさい》を報告した。

「左様か」

焦慮《しょうりょ》する家康であるが、それほど怒っているようではなかった。

「甲斐守殿は治部殿を討つ気満々のようにございますな」

前線で戦う武将に諦めがないことは、家康にとって心強いに違いない。

「あとは金吾殿に戦わせることができるや否や」

形勢が傾けば、戦の勝敗は決まる。そうなれば死傷者の数は減る、と思って於奈津は言う。勿論、東軍が勝つことが前提である。

「金吾は意固地な男じゃ。脅して動くと思うか」

「金吾殿は殿下の養子になられていたお方。褒められたいだけでございましょう。されど、その前にお屋形様の本気を見せねばならぬかと存じます。本気の中の本気を」

「よう申した。さすが於奈津じゃ。されば、アダムスより得た大筒を使おう」

家康は自身の特別顧問を務めるイギリス人のウイリアム・アダムス、のちの三浦按《あん》針《じん》から最新鋭のカルバリン砲を贈られており、これを持って参じていた。

カルバリン砲は三成が揃《そろ》えた国友村の大筒よりも射程距離は長く、半里（約二キロ）は飛ぶ。

午《うま》ノ刻（正午頃）、家康は鉄砲頭の布施《ふせ》孫兵衛《まごべえ》に命じ、福島勢の物頭の堀田《ほった》勘右衛《かんえ》門《もん》ともども、小早川の陣に鉄砲ならびにカルバリン砲を放った。

いわゆる問い鉄砲であるが、鉄砲ではなく大筒だった。

耳を劈《つんざ》くような轟音とともに、小早川家の陣幕を張った近くの樹《き》が鉛玉で薙《な》ぎ倒された。衝撃的な光景を目の当《ま》たりにして、小早川秀秋は驚愕《きょうがく》した。

合戦は日和見を決め込み、うまく勝ち馬に乗ろうとしていたところ、まさか、徳川勢が自陣に大筒を放って来るとは思わなかった。連続の咆哮ではないので、まだ敵という認識ではなかろうが、先ほどから奥平貞治が何度も催促をしているので、最後通《つう》牒《ちょう》であることは確実だ。

未《いま》だ徳川本陣の三万は無傷である。長久手の局地戦で秀吉を破った戦上手《いくさじょうず》の家康に、急造の陣を攻められてはひとたまりもない。小早川秀秋は家康に敵対する気は最初からなかった。

「内府は本気じゃ」

小早川秀秋は瞬時に内応を実行することにした。

「これより山を下りて治部を討つ。まず、目指すは大谷刑部《ぎょうぶ》の陣じゃ。かかれ！」

大音声で小早川秀秋は叫び、采を振り下ろした。

午ノ刻すぎ、勝利を呼ぶ鬨《とき》が松尾山に谺《こだま》した。

「うおおーっ！」

小早川勢は喊声を上げて松尾山を駆け下り、大谷吉継勢に向かった。

「倅奴《め》、漸く動いたか」

白地に黒の『違い鎌《がま》』の指物が山を下る姿が目に出来、家康は立ち上がって嬉々《きき》とする。

「於奈津、よう見ておけ。これが勝利を決める瞬間じゃ」

家康は自慢げに言う。あるいは、天下を取る瞬間とでも言いたいのかもしれない。

「不憫《ふびん》でございますな」

「不憫？　敵を哀れむのか」

「騙《だま》された治部殿はそうですが、ほかの方々も。金吾殿はお屋形様には東軍と申しておられましたが、他の方々には西軍と偽っておられた。このあち、あるいは未来永劫《えいごう》、返り忠（裏切り）が者と申されましょう。金吾殿が勝利を決めたともなれば、功を奪われた方々は嫉妬《しっと》もなされましょう。朝から戦っておられたのに、奪われた方々もまた不憫、ということにございます」

味方が勝利するのに、於奈津はものの哀れを感じた。

「皆の功は働きぶりによってするつもりじゃ」

恩賞の差配も家康が独自に決めるつもりのようだった。

松尾山を下った小早川勢は麓《ふもと》に陣を布《し》く大谷勢に殺到した。六百の大谷勢は二十六倍もの多勢を相手に何度も押し返すものの、小早川勢に倣い、脇坂、朽木、小川、赤座勢も寝返ったので、大谷勢は壊乱となり、目の不自由な吉継は茂みの中に入って自刃した。

「我が信仰の足りなさか、神《デウス》は我に御味方なさらなかった。退け」

胸の前で十字を切ったキリシタンの小西行長は、真っ先に逃亡しはじめた。

隣陣が崩壊したので、宇喜多勢も支えきれなくなった。

「かくなる上は、かの小倅め（秀秋）と刺し違えて憤恨を晴らすべし」

激昂《げっこう》した宇喜多秀家は小早川勢に突き入ろうとした。

「お待ちください。殿は諸将の進退を御下知《げじ》なされる御身にて、粗忽《そこつ》な振る舞いをしてはなりませぬ。まずは退かれませ。大坂城の秀頼様の御行く末をお量《はか》り給《たま》いますよう」

重臣の明石全登が必死に止める。

「しかれば、そちに任せる」

宇喜多秀家は明石全登の忠言を承諾し、渋々小西行長のあとを追うように退いた。

明石全登は秀家を逃すために二十余人の兵と奮闘したが、全登以外は皆討死した。

午ノ下刻（午後一時頃）には西軍は総崩れとなった。東軍は少しでも恩賞を得るため、容赦なく逃げる敵を討ち取っていった。

西軍が総崩れとなったのちも、石田勢は四半刻（約三十分）近く持ちこたえていたが、遂に支えきれなくなった。三成は怪我をした嶋左近を前にした。

「儂は負けたようじゃ。されど、儂はまだ死ねぬ。儂が死ねば秀頼様はどうなる。豊臣が倒れる。ゆえに儂も摂津守（行長）や備前（秀家）殿のごとく、再起を期して逃げようと思う」

「左様になさりませ」

「左近、世話になった。達者でのう」

涼しい顔で三成は嶋左近に別れの言葉をかけると、西の伊吹山のほうに逃亡していった。これにより、島津勢だけが敵中に取り残された形になった。

逃げようにも西に向かう中仙道は逃亡兵で渋滞し、島津惟新は進退谷《きわ》まっていた。

「敵は何方《いずかた》が猛勢か」

島津惟新が問う。

「東より の敵が以《もっ》てのほかの猛勢でございもす」

家臣の川上忠兄《ただえ》が答えた。

「そいなら、そん猛勢の中に懸かり入れる。早急に支度致せ」

未《ひつじ》ノ刻（午後二時頃）、芝居《しばい》を踏んでいた島津惟新は、逆に家康本隊に向かって突撃しはじめた。

「なんじゃ、あれは？」

逃げるどころか、島津勢は真一文字に徳川本陣に向かってくる。徳川勢の前には福島勢がいた。

「あれは死兵じゃ。関わるな」

福島正則は、死を覚悟した敵中突破だとすぐに悟り、養子の正之に応対させなかった。

福島勢の横をすり抜けた島津勢は、徳川本陣の直前で停止し、伊勢街道を南に向かって進んでいった。いわゆる島津の退き口である。

「追え。逃すな！」

一瞬、呆気《あっけ》にとられた井伊直政であるが、すぐに我に戻り、松平忠吉とともに追撃を行った。井伊、松平勢は上石津《かみいしづ》の樫原《かしばら》辺りで島津豊久を討ち取ったものの、直政と忠吉は島津家が得意とする捨《す》て奸《がまり》という殿軍《しんがり》の狙撃《そげき》戦法によって、重傷を負わされた。

島津惟新は配下の身替わりによって生き延びるものの、大坂に辿《たど》り着けた兵は一千五百いた中で僅か八十余名であった。いかに壮絶な追撃戦だったかが窺える。

西軍の敗北を知ると、長宗我部盛親、長束正家、安国寺恵瓊は即座に逃げ出した。

吉川廣家は、約束どおり黒田長政の許《もと》に挨拶《あいさつ》に行くが、騙された形の毛利秀元は意地を張り、一晩、南宮山に在陣し続けた。山の上で陣を固める軍勢を攻めるよりも、逃亡する敵を追撃するほうが容易《たやす》く討てる。東軍は追い討ちに勤《いそ》しんでいたので、南宮山は攻めなかった。

島津の敵中突破から四半刻も過ぎると、関ヶ原には南宮山の毛利勢以外の西軍の姿はなかった。

「こたびの御勝利、御目出度《おめでと》うございます」

於奈津は祝いの言葉を家康に告げた。

「重畳。そなたのお陰じゃ」

家康は満足そうに言う。

「とんでもないことでございます。わたしのことなどよりも、十七万余の兵を集めたこの戦が、僅か半日で終わろうとは、お屋形様は御思案なされておられましたか」

素朴な於奈津の疑問である。

「まあ、それは言わぬでおこう。されど、勝敗がつくならば、早いと思っていた。いや、早くつける気でいた。敵が動かぬならば動かすつもりだった」

予想外だったのが本音であろう。また、短期決戦に持ち込むことも本音に違いない。

「結局、秀忠様は間に合いませんでしたね」

言うと家康の晴れていた表情が曇った。言わなくていいことを、そんな面持ちである。

「これはご無礼を申しました。されど、お屋形様の名は上がりましょう。秀忠様を温存して勝利なされました。万が一に備えながら勝利なされたと」

「逆に秀忠は凡愚の烙印《らくいん》を押される。頭が痛いことよ」

これもまた本音であろう。家康は秀忠を同陣させ、跡継ぎに戦功を立てさせたかったに違いないが、結果的に遅滞した。このの ち家康が武家の棟梁《とうりょう》になり、跡継ぎを決めねばならぬ時、関ヶ原《の》で戦の切っ掛けを作った松平忠吉と比較される。兄というだけで、これを押し退ける材料が見つからない。徳川家内での序列が崩れる。苦悩は頷《うなず》けた。

その後、続々と東軍の諸将が家康の許を訪れた。於奈津は場違いであることを理解しているので、静かに家康の許を離れた。

家康は未ノ下刻《げこく》（午後三時頃）、陣場野で首実検を行った。

東軍が討った首は三万二千六百余に達した。対して東軍の戦死者は四千に満たなかったという。これらの数はこののちも続く残党狩りの数も含まれている。西軍方の首は相当な数に上ったことは間違いない。家康は東西の士卒に分けて首塚を築かせた。

家康は陣場野から十二町（約一・三キロ）ほど西の藤古川《ふじこがわ》の台地に陣を移した。

秀忠が関ヶ原合戦の結果を知ったのは九月十七日、信濃の妻籠《つまご》であった。

四

関ヶ原合戦に勝利した家康は、翌九月十六日、三成の佐和山城を攻略するために移動。十七日、同城は陥落。十九日、小西行長が伊吹山で捕縛された。

二十一日、三成が近江の古橋《ふるはし》村で捕獲され、一応、西軍の残党狩りは終了した。

家康は二十日、近江の大津城に入っている。

於奈津は竜子と会いたかったが、竜子は都の高台院の許に退いていた。

「いかがなされるのですか」

大津城の一室にいる於奈津は、敗軍の将をどう扱うのか、興味を持った。

「そなたならば、いかがする？」

家康も扱いに困っているようであった。

秀忠は寝る間を惜しんで駆けどおし、二十日になって漸く大津に到着したが、家康は遅滞の責任に言及し、顔を合わせなかった。秀忠は悄然《しょうぜん》として草津に引き上げている。家康としては秀忠と一緒にいる本多正信と相談したいところであるが、同罪なので許すわけにはいかない。痛し痒《かゆ》しというところ。正信がいれば、すぐに良案が出ていたかもしれない。

「女子《おなご》のわたしごときが、左様な重要なことに意見できませぬ」

「そなたが聞いてきたのじゃ。逃げずに申せ」

不快げな口調で家康は言う。

（自分こそ、天下人になるならば逃げるな！）

そう言いたいところであるが、勝軍の総大将を愚弄《ぐろう》してはならぬ。

「そうですね、治部殿はこたびの戦を起した張本人。東軍からすれば憎き敵大将ですが、邪険に扱えば、お屋形様の器量が疑われる。されど、丁重に扱いすぎると、お味方に示しがつかない。不憫ですが、一度は晒《さら》さねばならないのではないでしょうか」

「さもありなん。儂の思案と同じじゃ」

於奈津と考えが一致したのか、家康は何度も頷いた。

二十三日、大垣城が開城。

二十四日、大坂城に在していた西軍大将の毛利輝元は、黒田長政らの説得を受けて同城を引き払い、城下の木津の屋敷に蟄居《ちっきょ》した。

二十五日、三成は大津城の家康の許に護送された。三成は、拘束されたまま門前に畳一枚敷かれた上に座らされた。まさに晒しものである。

「なんだか、お可哀想《かわいそう》ですね」

三成を直《じか》に見るわけではないが、ほかの家臣たちの話を聞いて不憫に思う。

「そなたが晒せと申したのであろう」

「まあ、わたしのせいにされては困ります。お屋形様が、御自身になったつもりで申せと仰せになられたゆえ、鬼になってお答えしたに過ぎませぬ」

「儂は鬼ではない。まあ、敗軍の将じゃ。治部も覚悟していよう」

諸将は家康に挨拶をするために門前を通る。最初は福島正則であった。

「おう、そこにおるのは治部か。汝《うぬ》は無謀な戦を起こした挙げ句、落人《おちゅうど》として縄がけされたその姿は、なんというざまか。天罰を思い知ったであろう」

「我が命を失うことなど天罰ではない。儂は誰がなにをしたのか、この目に鮮明に焼きつけ、泉下の太閤殿下にご報告致す。覚悟しておけ」

三成は福島正則が一番嫌がることを言い返した。

「賊奴。能書きは奈落《ならく》で申せ」

不機嫌に福島正則は言い捨て、馬脚で砂をかけるようにして城門を潜《くぐ》っていった。

何人かののち、黒田長政が姿を見せた。長政は三成を見つけると下馬して歩み寄った。

「勝敗は兵家の常。さぞご無念でござろう」

朝鮮の役では讒言《ざんげん》を受け、改易の危機にまで晒された黒田長政は、三成を憎み、襲撃事件でも主導的立場をとったにも拘わらず、自身の羽織を脱ぐと、三成の肩にかけてやった。

「太閤殿下の御恩を忘れ、徳川の犬になり下がりおって」

と罵倒《ばとう》の一つもしてやりたかったかもしれないが、三成は思わぬ厚遇に言葉を失い、ただ黙礼をするしかなかった。

三成は長政のみならず、秀吉の軍師を務めた長政の父の如水とも仲が悪く、高禄《こうろく》を与えず、豊前に追いやったと言われている。その如水は国許で兵を挙げ、加藤清正と手を組んで西軍の城を片っ端から攻略し、十月半ばには島津領を除く九州をほぼ席巻することになる。

ある意味、三成は黒田親子に敗れたといっても過言ではない。戦う前は調略で、戦場では武力で、戦後は羽織一枚で。

人質政策によって、最愛の正室玉夫人を死に追いやられた長岡忠興。同じく心労で夫人を失った加藤嘉明は武将の器を下げぬためか、無視するように通り過ぎた。三成も罪の意識を感じていたかもしれないが、詫《わ》びることはなかった。

ただ、一人だけは違った。小早川秀秋が現れると、悟りを開いていたような三成の顔が鬼の形相《ぎょうそう》となった。

「金吾か！ 汝《うぬ》は太閤殿下の御縁者でありながら殿下の御恩を忘れ、欲にかまけて、返り忠せしこと恥とは思わぬのか。犬は三日の恩を一生忘れぬと申すが、汝は犬にも劣る人非人《にんぴにん》じゃ！」

叱責というよりも嚇怒《かくど》の侮蔑《ぶべつ》であった。

「返り忠？ 思い違いも甚《はなは》だしい。伏見を攻めたのは汝に質を取られ、鳥居が約定を違《たが》えたから。関ヶ原で大谷勢を攻めたのは、最初から内府殿と盟約を結んでいたからじゃ。汝は我が朝鮮の働きを歪《ゆが》めて伝え、儂から所領を取り上げようとした。左様な輩と与するわけがなかろう」

　思いのほか小早川秀秋は冷静に反論した。

「恥知らずが、よくも左様なことが申せたもの。汝は太閤殿下の天下を盗み取ろうとする輩に騙され、豊臣家を見捨てたのじゃ。古今東西、汝ほど卑怯《ひきょう》な輩はおるまい」

「戯《たわ》けが。そちが兵を挙げたゆえ、かような大戦《おおいくさ》になったのじゃ。誰も戦など望んでいなかった。ゆえに、毛利は言うに及ばず、同じ奉行も戦ってはおるまい。戦をすれば豊臣の力が弱まると判《わか》っているからじゃ。豊臣を傾けるとすれば、それは汝が妄《みだ》りに兵を挙げたからに他なし。欲にかまけてじゃと？　汝こそ幼き秀頼を利用して天下に号令する気であったのだろう。左様な邪《よこしま》な浅知恵に天罰が落とされたのじゃ。殿下にそう詫びるがよい」

　忿恚《ふんい》を吐き出した小早川秀秋は、馬を進めた。

　二人の会話は家康と於奈津にも届けられた。

「いつも冷静な治部殿が取り乱したのは、敗北の悔しさや、金吾殿への怒りもありましょうが、真実を突かれた後ろめたさを打ち消すためだったのかもしれませんね」

　於奈津は、家康が記した書状の花押《かおう》を団扇《うちわ》で扇《あお》ぎ、乾かしながら言う。

「どうかのう」

家康は何度も書状を読み直して確認している。

「黙っておれば、治部殿も大物になれたでしょうが、器の小ささを露呈してしまいましたか？」

「そうではなかろう」

於奈津の言葉に、家康は不機嫌になった。

「大人が童に勝利しても、二百数十万石の太守が、僅《わず》か十九万余石の武将に勝利しても天下が近づくわけではない。強大な敵を打ち破ったことにしなければなりませんか」

「判っておるならば、いちいち申すな」

とにかく大宣伝が必要だ、とでも言いたげな家康である。

「西軍の兵のほうが多かったと触れさせておりますが、それでは年寄筆頭のお屋形様に人望がないことになってしまいませんか。それよりも、治部殿なりに手を尽くして多くの兵を集めたが、お屋形様には及ばなかった、としたほうがよいかと存じますが」

「されば、なにゆえ南宮山の兵は動かなかったのじゃ」

「お屋形様の武威に近づけず、でいいのでは。恐れられているお屋形様が寛容な態度をお示しなされれば、警戒なさっている方々も従うのではないでしょうか」

「軍師殿の言うとおりに致そう」

家康も思うところがあるようだった。

各書状に目を通したのち、家康は三成を引見した。縄を解き、床几《しょうぎ》に座らせ総大将として丁重に扱った。

「いかなる名将も、かようなことは昔からある。恥ではあるまい」

寛大に家康は告げた。

「躊躇《ちゅうちょ》する備前中納言、安芸中納言を強いて誘ったのは某《それがし》であるが、ただ天運の知らしめるところでござる。はや首を刎ねられよ」

三成は蔑《さげす》むようなことを口にはしなかった。

これにて引見は終った。

「敵の大将と会うことが叶《かな》い、武将として遇されたことで満足されたのでしょうか」

於奈津は家康に言う。

「まだまだじゃな。大将にしか判らぬこともある」

「いかなることにございますか」

「勝敗は時の運。されど、負ける戦をしてはならぬ。絶対にの」

家康は於奈津の質問には答えず、自戒するように告げた。

「治部少輔は、さすが大将の器。壇の浦で捕らえられた平宗盛《たいらのむねもり》などとは大いに異なる」

家康は家臣たちに聞かせた。勿論《もちろん》、世間に広めるためである。

二十七日、家康は満を持して大坂城に入城した。家康は不安がる淀ノ方らと顔を合わせ、秀頼に罪は及ばないことを告げて安堵《あんど》させた。

於奈津は久しぶりに甲斐姫を訪ねた。

「御勝利、御目出度うございます。また成田のこと、忝のうございます」

甲斐姫はしおらしく祝いの言葉を述べた。成田家は大したことはしていないものの、結城秀康らと、上杉家の南下に備えていたので、家康から感状を得ていた。おそらく、恩賞はないかもしれないが、本領安堵は確実である。

「姫様に言われると、皮肉のように聞こえます」

「そうですか。豊臣家の女とすれば、受け入れ難いこともありますが、事ここに至って皮肉を申しても詮無《せんな》きこと。そう聞こえたとすれば、於奈津殿に後ろめたいところがあるからでは？」

あいかわらず鋭い指摘をする甲斐姫である。

「わたしですか？　わたしは徳川の女ですから」

言うと二人は笑顔を作った。互いの心中は察している。

「上田では左衛門佐殿が御勝利なされました」

於奈津は甲斐姫の切れ長の瞳《ひとみ》を覗《のぞ》き込むように言う。

「なにゆえ、わたしに？　徳川の女が、敵の勝利を喜ぶようなことを口にしていいのですか」

真田信繁のことを話すと、甲斐姫は優越感に浸ったような顔をする。

「嘗《かつ》ては干戈《かんか》を交えた仲とお聞きしたもので。徳川の女は喜んでなどはおりませぬ」

そんな顔をしたのか、と於奈津は反省する。

「左様ですか。内府殿は真田家をいかになされるおつもりですか」

「それは内大臣の思案次第。やはり気になりますか」

「形の上では豊臣のために戦われた家ですので。気にしているのは於奈津殿のほうでは？」

逆に甲斐姫は肚裡《とり》を探るように聞く。

「確かに。できうることとなれば、戦う場を見とうございました。関ヶ原の前に」

「戦に参じられたのですか？　天下分け目の合戦に？」

信じられない、といった驚愕の目で甲斐姫は於奈津を見る。

「姫様のように弓や薙刀《なぎなた》を手にしたわけではありません。内大臣の横にいただけにございます」

「是非、聞かせてたもれ。いかにして内府殿が勝利したのか」

「されば……」

於奈津は、事のあらましを説明した。

「……左様ですか。金吾殿が。全《すべ》ては殿下のご判断の誤りが豊臣を傾けるのやもしれぬ」

「傾けるとは、いくらなんでも」

「もはや内府殿に逆らう者などおりますまい。いずれ秀頼様も跪《ひざまず》く日が来るやもしれぬ。乱世は実力の世界ゆえ、それも仕方なきこと。それで豊臣が残るならば良いのですが」

甲斐姫は豊臣家の女として、先々を危惧《きぐ》していた。

翌日、伏見の八幡に逃れていた阿茶局と於勝が大坂城の西ノ丸に入った。

「御無事でなによりにございます」

仕える歳月の長さが序列の基準となるので、於奈津のほうから挨拶をした。

「於奈津殿のほうこそ、お屋形様の身替わりにならずに、ようございました」

於勝は嫉妬に満ちた目を向ける。

「実は危のうございましたことも何度か」

自分の存在価値を認めさせようと、於奈津は危険が迫った時のことを二人に話した。

「まあ、戦場にまで」

もはや於勝の目は、やきもちだけではなく、驚きに満ちていた。

「さすが於奈津殿。こののちも、万が一の時は頼みますぞ」

戦陣経験がある阿茶局は、於奈津の役目を理解しているので、労《ねぎら》いの言葉をかける。

「いえ、次はわたしも参陣します」

於奈津に対抗心を燃やし、於勝が宣言する。

「目の前で首が刎ねられるところをご覧になりたいならば、ご一緒致しましょう」

「於奈津殿が平気ならば、わたしにもできます」

於勝が言い張るので、於奈津はあえて否定しない。言い合えるのは平和な証拠である。

捕らえられた三成は、十月一日には京の街中を引き廻され、刑場の六条河原に向かった。その途中、三成は喉《のど》の渇きを訴え、護送の武士に水か白湯《さゆ》を所望した。

「移動の途中ゆえ湯水はないが、干し柿《がき》があるので、これを含めば唾《つば》が出て喉も潤《うるお》うであろう」

護送の武士は答え、三成に干し柿を与えようとした。

「干し柿は痰《たん》の毒ゆえ、いらぬ」

「今から首を刎ねられる者が、毒断ちもなかろう」

三成が拒否すると、護送の武士は嗤笑《ししょう》した。

「所詮《しょせん》、汝のような者には判るまい。大義を思う者は首を刎ねられる寸前まで一命を惜しむもの。生ある限りは志を遂げようとするものじゃ」

三成の強い持論に護送の武士は閉口した。

刑場に引き出され、刑が執行される寸前、黒衣の僧侶《そうりょ》が現れ、読経《どきょう》を始めた。

「儂《わし》は法華宗ゆえ、念仏は無用」

最期《さいご》の最期まで三成は自分を貫き通し、従容《しょうよう》たる態度で死を受け入れた。享年《きょうねん》四十一。

三成と共に小西行長、安国寺恵瓊も斬首された。

長束正家は水口城に戻って籠城《ろうじょう》していると、亀井茲矩《かめいこれのり》や池田長吉《ながよし》に本領安堵を約束されて、城から出たところ欺《あざむ》かれ捕縛された。

九月晦日《みそか》、長束正家は弟の直吉と共に切腹させられた。正家は奇《く》しくも土山で家康から与えられた来国光《らいくにみつ》の脇差《わきざし》で腹を切ったという。首は都の三条大橋で晒された。

総大将の毛利輝元は本領安堵を約束されたが、弾劾状《だんがいじょう》に署名し、諸書を発行し、四国や伊勢を攻めたことが露見したので一旦は改易。吉川廣家が泣きついて、廣家が与えられた周防《すおう》、長門《ながと》の二ヵ国を輝元に与え直すということで処分が決まった。毛利家は六ヵ国を削減された。石高は二十九万八千四百八十余石。当初の八ヵ国百二十万五千石からすれば約四分の一ほどに減ったことになる。

十月十五日、家康は東軍に参陣した諸大名への加増を発表した。

尾張清洲二十四万石の福島正則は安芸広島及び備後鞆《とも》四十九万八千石。これをはじめとし、殆《ほと》んどの武将が一・五倍から二倍近くに所領が増えた。

西軍に参じた武将は殆どが改易となった。最終的には九十家の改易と四家の減封となり、石高にして六百数十万石。全国の三割余が東軍に加増されたことになる。改易による牢人《ろうにん》の数は二十万人を超えるという。

西軍に与《くみ》して処分等が決まっていないのは、島津龍伯（関ヶ原参陣は弟の惟新）、上杉景勝、佐竹義宣、その弟の蘆名《あしな》盛重《もりしげ》、岩城貞隆、多賀谷《たがや》宣家《のぶいえ》、それから相馬義胤である。

於奈津が気にかけた真田昌幸、信繁親子は、真田信幸の助命懇願があり、命ばかりは助けられ、高野山の麓の九度山《くどやま》に追放された。

甲斐姫が危惧した豊臣家は六十五万石の一大名に転落した。織田信高《のぶたか》や岸田《きしだ》忠氏《ただうじ》ら秀頼麾下の黄母衣《きほろ》衆が西軍に参じ、また、豊臣家として西軍に兵糧を送った。これに家康は言及すると、誰も反論する者はいなかった。

「お屋形様は天下人になられたのでございますね」

一連の論功行賞が終わり、於奈津は大坂城の西ノ丸の一室で家康に言う。

「なにゆえか」

「治部殿ら敵方の処罰、恩賞の配分ならびに所領の増減を決められました。特に豊臣家の所領を減らすということで確実になりました。豊臣家が天下の主《あるじ》ならば、家臣のお屋形様の言うことを聞かねばならぬ謂《いわ》れはないからです」

「皆がそう思ってくれればよいが、未だ儂を年寄筆頭だと申している者がいる。困ったものじゃ。いかがしたら、不満を抱く者どもが儂を天下人だと認めようか」

淀ノ方をはじめ、福島正則など豊臣恩顧の武将を家康は指す。

「されば、太閤様のように関白におなりになられるか、将軍様になるしかないかと存じます」

「さすが於奈津じゃ。そなたが男であれば一国一城の主になれたであろうのう」

「女子ではなれませぬか」

恩賞で、城一つぐらいくれませんか、と於奈津は問う。

「家臣がおらねばの」

あいかわらず家康は吝嗇《りんしょく》だった。嘗て秀吉は淀ノ方に淀城を贈っている。それもこれも秀忠が遅滞したお陰で、福島正則ら豊臣恩顧の大名に恩賞を弾み、遠くに追いやらねばならなかったからである。この論功が二百六十余年後に仇《あだ》となって返るとは、家康も予想できなかったかもしれない。

「殿方は血を流さねば一国一城の主になれませぬが、女子はその主を籠絡しさえすれば城主になることもできましょう」

「あれか」

家康の部屋からは大坂城の天守閣が見える。家康はちらりと目をやりながら言う。

「それも一つ。大事になさることとです。女子を蔑《ないがし》ろにすると恐ろしいですよ」

「そうじゃの。こたびは、そなたの働きにも報いねばならぬの」

「働きなどとは」

という於奈津であるが、悪い気はしなかった。

「確かそなたには兄がいたの。武士になるつもりはないか？　当家は猪《いのしし》武者は数多《あまた》おるが、そなたのように打てば響くような武士は少ない。そなたを男にしたような家臣が欲しいものじゃ」

「お褒めに与《あず》かり恐悦至極に存じます。わたしなどよりも、兄たちは気が利《き》いておりますゆえ、必ずやお屋形様、いえ上様のお役に立つかと存じます」

心中では、待ってました、と歓喜の声を上げたいぐらいであった。

女影武者の功により、御奈津の四人の兄は家康に仕えるようになった。

長男の長谷川波衛門重吉は佐渡と長崎の奉行に抜擢《ばってき》される。次男の佐兵衛藤広、四男の藤正も長崎奉行・堺奉行を兼ね、三男の忠兵衛藤継も摂津の代官、多田銀山の奉行を務めるようになる。

四兄弟とも於奈津の恩恵を受けたとはいえ、それだけで重要な佐渡、長崎、堺、摂津、多田という幕府の財政に必要な土地を任されるはずはない。お家没落後、伊勢で商人をしていたことが、財政に明るくしていた所以《ゆえん》にほかならない。

「乳切屋《ちきりや》のほうはいかがしておる？」

思い出したように家康は問う。

「こたびの争いで店は焼けてしまいましたが、叔父の一族は無事にございます」

安濃津城には富田信高らが籠《こも》って奮戦するが、毛利秀元らに攻略された。この時、信高の正室は薙刀を振って戦い、夫を助けた話はつとに有名である。城下は敵が隠れる場所を置かせないため、開戦前に城方が焼き払うのは乱世の常であった。

「左様か。されば呼び寄せよ」

命令に従い、於奈津は叔父の乳切屋新四郎に連絡をとり、家康の前に召し出させた。

「御尊顔を拝し、恐悦至極に存じます。また、こたびの御戦勝、御目出度うございます」

乳切屋新四郎は畳に額を擦りつけて挨拶をした。

「重畳至極。店のことは聞いておる。災難であったな」

「手前のような下々の者に、お気遣い忝《かたじけ》のうございます」

「そちも以前は武士であったそうじゃな」

家康は於奈津から聞いたことを改めて問う。

「はい。手前の祖は鎌倉の頃……」

工藤祐経《くどうすけつね》の三男の祐長《すけなが》が伊勢の長野城に入り、その息子の祐政《すけまさ》が長野氏を興《おこ》した。

長谷川氏の旧姓は進藤氏で、進藤氏は長野氏の一族としてともども北畠氏に仕えていたが、織田信長の伊勢侵攻により、かろうじて命を繋《つな》ぐほどに衰退して今に至る。長野家は信長の弟の信包が継いだが、本能寺の変後、織田姓に戻したので、長野名は一《いっ》旦《たん》消えたことを乳切屋新四郎は伝えた。

「左様か。名家の断絶は残念であろう。されば、そちが長野の名跡を継ぐがよい。商人もよかろうが、せっかく主姓を再興させるのじゃ、そちも武士に戻るがよい。遠き昔の伊賀越えの手配りも見事なものであった。そちには近江の山中の管理を任せよう」

山中は比叡山の麓の坂本から北都の白川に至る重要な関所である。

「有り難き仕合わせに存じます」

乳切屋新四郎は涙をこぼして平伏した。新四郎は長野内蔵允存秀《くらのすけありひで》と改め、一千石の旗本となり、山中の代官を務めるようになった。のちには伊勢山田の奉行にもなる。

そのお陰でか、於奈津の母の千穂は長野存秀の後妻となった。

「上様、わたしからもお礼を申し上げます」

お家の再興が叶い、於奈津も感無量であった。

関ヶ原の戦いから三年後の慶長八年（一六〇三）二月十二日、家康は再建した伏見城で征夷《せいい》大将軍の宣旨《せんじ》を受けた。一般的にいう江戸幕府の始まりである。ほかには従一位《じゅいちい》・右大臣、源氏長者《げんじちょうじゃ》、淳和奨学両院別当《じゅんなしょうがくりょういんべっとう》、牛車《ぎっしゃ》の礼遇、兵仗《ひょうじょう》の礼遇と盛り沢山。同時一括による六種八通の厚遇は「日本国王」と称した足利義満《よしみつ》をも上廻るものである。

「御目出度うございます」

家康と共に上洛《じょうらく》していた於奈津は祝辞を述べた。

「重畳。そなたのお陰でもある」

これ以上ないほどの満面の笑みで家康は言う。至福の瞬間でもあろう。

「やはり秀頼様はご挨拶にまいられぬようで」

暫《しば》しの会話ののち、於奈津はもらす。豊臣家は秀頼の名代《みょうだい》として片桐且元が来ただけであった。

「周囲の者が悪いのであろう。世の流れが判らぬ者は戯けじゃ。面倒にならねばいいがのう」

喜びの中、家康は危惧する。

家康の将軍宣下は、徳川と豊臣の二元政治の始まりとなった。

第五章　大坂冬之陣

一

慶長十一年（一六〇六）、江戸城三ノ丸に、独立した屋敷が完成した。

「わたしごときに、まこと、立派な屋敷を」

於奈津は檜《ひのき》の香る新たな屋敷を与えられ、歓喜に震え、恐縮もした。城内に屋敷を与えられる者は本多正信などの重臣しかおらず、側室は稀《まれ》であった。

「そなたの功績に比べれば、少ないやもしれぬな」

「勿体《もったい》のうございますが、それより、わたしを江戸に追いやられるおつもりですか」

前年、家康は駿府城《すんぷじょう》を普請《ふしん》し直し、江戸から移り住む予定でいた。家康は同年に将軍職を秀忠に譲り、自身は大御所として、依然として権力を振っていた。

於奈津は嫉妬《しっと》に満ちた目を家康に向ける。関ヶ原の戦い以降、家康は於梅《おうめ》という若い側室を迎えていた。のちに於六《おろく》も。

「そなたらしくもない。そなたには大事な役目を任せていよう。ほかに誰ができようか」

家康は既に駿府の金庫番を於奈津に任せていた。本多正信は江戸で将軍秀忠を補佐し、代わりに息子の正純が家康の側《そば》に仕えているが、正純でさえ於奈津の許可がなければ金庫を開けることができない。朱印までも任せられている。算術に明るい四人の兄たちが奉行として活躍していることもあるが、それほど於奈津は家康から絶大な信頼を得ていたことになる。

「左様なことなれば構いませぬが」

於奈津は胸を撫《な》でおろす。側室の幸せは子を得て、その成長を楽しみにするものであるが、残念ながらまだ子に恵まれてはいなかった。於奈津はこの年二十六歳になる。

「なにゆえ、わたしの部屋にお泊まりになられぬのですか」

以前、於奈津は家康に尋ねたことがある。昼は当たり前のように顔を合わせ、膨大な書類に目を通し、右筆《ゆうひつ》のようなことも手伝っている。於奈津は家康の吏僚《りりょう》のようでもあった。

「そなたには、今少し大きな目で世を見てもらいたい。そなたは余と同じ目で見られるはずじゃ」

家康には、そう煙に巻かれた。

（子を生《な》せない、いや、大御所様が生そうとしない）

於奈津はこれが不満だった。

「もしかしたら、大御所様は、於奈津殿が子を産むことを恐れていらっしゃるのでは？」

近頃少し丸くなった於勝が言ったことがある。

「恐れて？　なにを？」

「於奈津殿は多才にて政《まつりごと》にも深く係わっている。その於奈津殿が産んだ子が男子なれば、秀忠様を脅《おびや》かす存在になる。大御所様は徳川の序列を守ろうとなさっている気がします」

「考えすぎです」

於奈津は否定した。関ヶ原合戦で勝利したものの、幕府は盤石ではない。秀忠が流《は》行《や》り病で命を失うこともある。慶長十一年時、家康には七人の男子がいるが、次男の結城秀康と四男の松平忠吉は病で臥《ふ》せっていた。常に備えは必要であるはずだ。

（されど、確かに思いあたる節もなくはない）

家康が於奈津の部屋に泊まるのは、年に数えるほど。於奈津は聞いてみたことがある。

「わたしが子を産んではいけないのですか」

「そなたらしくもない。誰に吹き込まれたか知らぬが、つまらぬ邪推はするものではない。されば、今宵はそなたの部屋に泊まろう」

申し出れば家康は部屋に来てくれる。それでも子を孕《はら》むことはなかった。対して於奈津の競争相手であった於勝は、この年に懐妊し、日に日に腹が大きくなっていたので、家康の胤《たね》が尽きたわけではないことが判《わか》る。

（わたしは大御所様と相性が悪いのか）

半ば諦《あきら》めている於奈津は吏僚の仕事に没頭して、気を紛らわすばかりであった。

慶長十二年（一六〇七）元旦《がんたん》。於勝は無事に出産を果たした。三十歳での初産《ういざん》である。

女子《おなご》であることが告げられ、於奈津は、なんとなく安堵《あんど》した。

（於勝殿が男子を産まなかったことを喜んでいる。なんて嫌な女だろう）

嫉妬が絡《から》み、於奈津は自己嫌悪《けんお》に陥った。

於勝が産んだ娘は市《いち》姫と名づけられた。独眼龍と渾名《あだな》される伊達政宗は、これを聞きつけるや、すぐに嫡男《ちゃくなん》の虎菊丸《とらぎくまる》（のちの忠宗《ただむね》）の正室に欲しいと嘆願し、家康に承諾させた。

既に政宗は長女の五郎八《いろは》姫を、家康六男の忠輝に嫁がせている。政宗は天下取りへの野望を捨てきれないことから、謀叛《むほん》の噂《うわさ》が絶えず、より徳川家との関係を深めて家の安定を図り、あわよくば政に絡み、内部から崩していこうと思案しているのかもしれない。

「伊達殿は目敏《めざと》いこと。大御所様は、それを承知でお受けなされたのですね」

三ノ丸の於奈津屋敷で家康に問う。

「婚儀であの曲者《くせもの》を押さえ込めるならば、易《やす》いもの。争わぬようにするのも政じゃ」

意味深げに家康は言う。

「大坂と仙台を同時に敵に廻したくないということですか」

伊達政宗は、秀吉に二度も楯突《たてつ》いて所領を減らした。家康に対しては、関ヶ原合戦のおりに命令に背いて、勝手に上杉領の白石城を攻略し、命令を守らぬどころか裏切るように南部領で一揆《いっき》を支援して嚙《か》み付いた。不正行為が露見したので、家康は四十九万五千余石の加増、いわゆる百万石の御墨付を反故《ほご》にし、僅《わず》か二万石程度の加増で論功行賞を終了した。政宗は、まだこれを根に持っていた。

将軍職が親から子へ世襲することを慣例化するようになっても、大坂と江戸の二元政治は未《いま》だ続き、加藤清正らは秀頼を慕い、年賀の挨拶《あいさつ》は先に大坂を選んでいる。家康をはじめ幕府の面々はこれを由々《ゆゆ》しき事態だと思っていた。

「於千《おせん》は秀頼の御台所《みだいどころ》じゃ」

家康が将軍宣下《せんげ》を受けた年、秀忠は娘の千姫を秀頼に嫁がせていた。

「されど、秀頼様は秀忠様の将軍宣下にも挨拶にまいられておりませぬ。大御所様はご立腹なされ、大坂に兵を向けるのも、そう遠くないという噂が立っております」

「於千の悲しむ顔を見るつもりはない。されど、秀頼には早う判《はよ》らせぬとならぬな」

家康は早く秀頼に臣下の礼をとらせたくて仕方ないようであった。

数日後、於奈津は於勝の許《もと》に足を運んだ。

「無事のご出産、御目出度《おめでと》うございます」

於奈津は赤子用の反物《たんもの》を数多揃《あまたそろ》え、祝いの品とした。

「わざわざのお運び、痛み入ります」

母になったせいか、なんとなく於勝は優しくなったような気がする。あるいは、女の一仕事を終えた優越感か、余裕があるようにも見えた。

隣では乳母が市姫を抱えてあやしている。小さな小さな赤子は眠っているようにも見えた。

（やはり、子はいい。わたしもできうるならば欲しい）

少々敗北感のようなものを覚え、於奈津は於勝の部屋を後にした。

三月十一日、於奈津は家康や於梅らとともに駿府城に移住した。駿府城は嘗《かつ》て今川館《やかた》があった地で、家康が人質生活を送ったところでもある。家康は屈辱の地に六重七階の華麗な天守閣を築き、三重の堀で堅固に囲んだ平城《ひらじろ》とした。三ノ丸の普請は続けられているが、早く江戸で秀忠を独立させたいためか、待ち切れずに入城した。以降、死去するまでの隠居城となった。

市姫を得て喜んでいた於勝であるが、慶長十五年（一六一〇）二月十二日、残念ながら市姫は僅か四歳にして病死してしまった。

（市姫も不憫《ふびん》だが、子に先立たれた母もまた不憫）

駿府にいる於奈津は、於勝が嘆く姿を見ないですみ、ほっとしている。顔を合わせたら、なんと声をかけていいか判らない。今はただ、仏間で手を合わせるばかりであった。

家康は落胆する於勝を気の毒に思い、十一男の鶴千代（のちの頼房《よりふさ》）、結城秀康の次男の虎松（のちの松平忠昌《ただまさ》）、外孫で池田輝政の娘の振姫《ふり》らの養母とし、心が塞《ふさ》がぬように努めた。

駿府に移り住んだ家康は、新たに名古屋城を諸大名に築かせる天下普請を行いながら、秀頼との会見を要求し続け、慶長十六年（一六一一）三月、遂《つい》に実現することになった。

家康は三月二十七日に後陽成天皇の第三子政仁《ことひと》親王（のちの後水尾《ごみずのお》天皇）への譲位《じょうい》の大礼を執行するために上洛《じょうらく》するので、義理の孫の秀頼は祖父に会いに来るという名目で、臣下の礼をとるためではないとした。

それでも淀ノ方は家康に秀頼が暗殺されると拒否したが、家康は淀ノ方の叔父の織田有楽斎や加藤清正を使って説得させ、なんとか履行することに漕《こ》ぎ着けた。

三月十七日、家康は上洛して二条城に入った。於奈津も同行している。譲位も会見も一大事業である。洛中には西国の大名が詰めかけており、人が溢《あふ》れていた。

「秀頼は来ると思うか」

二条城の一室で家康が問う。生来の小心が出たのか、不安そうである。

「応じる旨《むね》を伝えながら、約定を破れば大変なことになります。周囲が担《かつ》いでもまいりましょう」

於奈津は宥《なだ》めるように言う。

実際、決まってからも淀ノ方は断る理由を捜し、白井龍伯に占いをさせて阻止しようとしている。占いは「凶」と出ながらも、家老の片桐且元は「大吉」だと偽って会見を推進させた。

家康は無言のまま頷《うなず》いた。約束を反故にされれば、戦《いくさ》に踏み切る口実を得ることにもなるので、於奈津は安易にものを言えなかった。

二十八日の早朝、秀頼に先駆けて高台院が二条城を訪れた。高台院は北政所（お禰《ね》）の院号。高台院は立会人として会見に同席する予定である。平素は東山の高台寺で、秀吉の菩提《ぼだい》をひっそりと弔っていた。

「これは、ようお越し戴《いただ》きました」

於奈津は家康に代わって大手門で待ち、丁重に出迎えた。於奈津は醍醐の花見、関ケ原合戦ののちも高台院と顔を合わせているので、これで三度目となる。

「わざわざの出迎え、痛み入ります」

輿《こし》から下りた高台院は、一側室の於奈津に対して、低姿勢で答えた。

私は秀吉の正室、なぜ家康が挨拶にこない、などと高飛車なもの言いはしない。世の流れを理解していた。これが淀ノ方であれば、些細《ささい》な面子《メンツ》にこだわったかもしれない。

於奈津は高台院の接待役でもあるので、細心の気配りをしながら一室に案内した。

部屋に入った高台院は落ち着いている。さすが秀吉とともに乱世の荒波を乗り越え、天下を掌握しただけのことはある。立会人というのは名目で、いざという時の人質であっても堂々としていた。

「なにかご迷惑（不自由）なことはありませぬか」

「毎日、生きているだけで幸せです。迷惑なことはありません」

髪を下ろしているだけあって、欲がないようであった。

「こたびの会見、高台院様にはお骨折り戴き、主《あるじ》に代わってお礼申し上げます」

高台院は家康からの「依頼」という命令を受け、何度も大坂に下向した。

「無事に終わることを祈っております」

家康が秀頼を暗殺するという噂は巷《ちまた》に広がっているので、危惧《きぐ》するのはやむをえなかった。

「ご安心なさいますよう。打ち解けあえるものと存じます」

家康は暗殺などは絶対にしない、と於奈津は確信している。そのようなことをすれば、信頼を失い、固まりつつある幕藩体制が崩れかねない。和解は希望でもあった。

「こたびの会見ですが……」

言いかけたところへ家康が現れた。高台院は居住まいを正して上座を空ける。

「ようまいられました」

家康は上座に腰を下ろしながら声をかける。

「高台院様は何年経《た》ってもお変わりない。若さの秘訣《ひけつ》を教えてくだされ」

高台院の生年は天文十一年（一五四二）から同十八年（一五四九）まで諸説あって定かでない。先ならば七十歳、後ならば六十三歳となる。

「欲を捨てれば、なにごとにも囚《とら》われなくなります。心軽やかに過ごすことでしょうか」

豊臣家を葬《ほうむ》りたいと考えている、あなたには無理でしょう、と高台院は遠廻しに言っているように、於奈津には聞こえた。

「左様な思案になれることを望んでおります」

一仕事終えたならば、といった心境に違いない。

四半刻《しはんとき》の半分（約十五分）ほども雑談をした家康は、部屋を出ていった。

「家康殿が来る前、なにか言いかけましたが」

高台院は於奈津を気遣った。

「あっ、申し訳ございませぬ。忘れてしまいました」

家康に気を削《そ》がれた感があり、於奈津は改めて質問する心が失《う》せた。あるいは、家康に止《や》めろと言われたようにも思えた。

「もし、わたしが秀頼を産んでいたら、会見を許したか。許すもなにも、家康殿が大坂城の下座で平伏していたことでしょう。また、わたしに子があれば、それが女子《おなご》であっても世の形勢は変わっていたでしょう。まあ、全《すべ》て想像の中のこと。静かに見守りましょう」

高台院は於奈津の肚裡《とり》を読んでいた。

「これは、ご無礼を致しました」

もし、高台院に男子があれば、関ヶ原合戦はなく、秀次も健在であり、豊臣政権は存続していたに違いない。児戯に等しい質問をしようとしたものだと、羞恥《しゅうち》を感じ、於奈津は謝した。

高台院は遂に子を産むことができなかった。未だ子を生せていない於奈津は、高台院に親近感を持っている。天下人の正室と側室の差はあれ、どのような精神状態でいたのか、聞いてみたいところであるが、今はそんな雰囲気ではないので控えた。

辰《たつ》ノ刻（午前八時頃）、秀頼一行は二条城に到着した。家康は玄関で出迎えた。

秀頼は秀吉の子であることを鼻にかけたりせず、家康に礼儀を尽くして部屋にも後から入り、上座に家康を座らせている。

家康は上座から南を向いて座し、秀頼は下座で北向き。家康の背後、秀頼の左右には徳川家の家臣が腰を下ろし、秀頼の背後には加藤清正と浅野幸長《よしなが》が控えた。七十歳の家康、十九歳の秀頼である。

半刻ほど話が進んだところへ於奈津と高台院も加わった。

初めて秀頼を見た於奈津は、その威圧感に驚いた。若い巨漢の力士が座しているかと思うほどである。秀頼は身の丈六尺五寸（約百九十七センチ）、体重四十三貫（約百六十一キロ）の大男になっていた。

於奈津らが部屋に入ると、膳《ぜん》の代わりに吸い物が運ばれた。

御酌は徳川家臣の秋元泰朝《あきもとやすとも》が行った。『徳川實紀』には「御加《おか》（役）は、なつの局《つぼね》つかふまつる」と記されている。於奈津は家康と秀頼に膳を差し出した。

「まずは、わたしが」

目の前で毒味をしなければ、秀頼は絶対に口をつけないであろうと、於奈津は椀《わん》を手にとった。

「無用じゃ」

家康は手で制し、椀を取ると啜《すす》りだした。秀頼は毒殺を恐れて手を出そうともしない。

その後、進物の交換が行われた。

別室では徳川家臣の平岩親吉《ひらいわちかよし》、本多正純が相伴《しょうばん》を務める饗宴《きょうえん》がもたれ、親吉の間《ま》には加藤清正、浅野幸長、池田輝政が、正純の間には藤堂高虎、片桐且元、大野治長が招かれたが、清正は饗宴の席には参加せず、終始、秀頼の側を離れなかった。

家康から加藤清正と浅野幸長に刀が贈られた。

加藤清正が太刀の目釘《めくぎ》を見ているので、家康と刺し違えるのではないかと、於奈津は身構えた。最初の一撃を守れば、あとは周囲の徳川家臣がなんとかしてくれる。於奈津は緊張する。

髯《ひげ》に覆《おお》われた面持ちの加藤清正は刺すような眼差《まなざ》しを太刀に向けている。

秋元泰朝やほかの小姓たちも、すぐ飛びかかれるように備えた。

（もしかしたら、大御所様は、加藤殿らに斬《き》りかからせるために刀を渡したのでは？どさくさにまぎれて秀頼様も亡《な》きものにせんと）

於奈津は加藤清正を警戒して直視しているので、家康がどんな表情をしているのか判らない。大きくなった秀頼の存在を知れば、謀《はかりごと》を企てたとしても不思議ではないと思う。

静寂と緊迫感の中、家康が口を開いた。

「豊国大明神《とよくにだいみょうじん》（秀吉）の遺言では、秀頼殿が十五歳になったおりに天下を渡す約束であったが、関ヶ原で余《よ》を退治しようと誓紙を破ったゆえ、約定を反故にしても仕方なかろう」

秀頼の意志ではなかろうが、豊臣家は関ヶ原合戦時、織田信高、岸田忠氏ら秀頼の黄母衣《きほろ》衆二千を派遣。信高らは三成が兵を置いた笹尾山の南隣に陣を布《し》いていた。家康は続ける。

「とは申せ、太閤への恩は忘れがたく、いかなる用件でも承《うけたまわ》るが、こののちは大坂に詰める万石以上の大名は、隔年で駿府詰めを申しつける。徒《いたずら》に日延べを致せば、よからぬことになろう」

ついに家康は秀頼に対して直《じか》に圧力をかけた。

「さて、お袋様もお待ちでございましょう」

家康を斬るのは無理と判断したのか、加藤清正は秀頼に答えさせぬように遮った。出立を促すと、秀頼は応じて、のっそりと腰を上げた。初見から一刻（約二時間）ほど経った頃である。

秀頼が立ち上がると鴨居《かもい》に頭がぶつかりそうである。隣の加藤清正も大柄で六尺三寸（約百九十一センチ）あるが、これを見下ろすほど大きい。五尺二寸四分（約百五十九センチ）の家康は標準的な身長であるが、二人からは子供のように見えるに違いない。

二人を見上げた家康は威圧されてか、「待て、返答は？」と言うことはできなかった。

仕方なく家康は玄関まで見送り、九男の義直と十男の頼宣を途中まで付き添わせた。

秀頼が帰途に就いたのち、部屋に戻った於奈津は家康に告げた。

「どうせ担《かつ》ぐのであれば、関ヶ原の時でございましたな」

「できなかったゆえ、当家は公儀（幕府）になれた」

自分のほうが上だとでも言いたげな家康ではあるが、危機感は持っていた。

「秀頼は大坂城内で婦女子に囲まれて育ち、ひ弱で凡愚との噂であったが、とんでもない話じゃ。彼奴《きゃつ》は賢く、人望もあり、人の下で満足する男ではない、なんとかせねばの」

於奈津が高台院と話している間、家康はそう本多正信に語ったという。

「企ては……」

と言いかけて、やはり言うべきではないと於奈津は口を閉ざした。

「邪推は止めよ。左様なことをする必要はない。みな余には遠く及ばぬ」

家康は暗殺を否定した。謀殺しないことは真実かもしれないが、秀頼を邪魔な存在であると思っていることは確かなようである。

会見ののち、本多正信と三人で顔を合わせた。

「大義名分が立つように致します。邪魔する者はそう長くないように見受けられました」

この会見のために、わざわざ江戸から上洛した本多正信が言う。正信は「君臣、水魚の交わり」と言われるだけあって、家康の肚裡を読んでいる。

「よもや」

仕物《しもの》（暗殺）にかけるのか、と於奈津は問いかけた。

「勘違いなされては困ります。天下の大御所様が、卑怯《ひきょう》な下知《げじ》を出されるわけはありませぬ。主計頭《かずえのかみ》（清正）も左京大夫（幸長）も病に冒されているようにございます」

異常なほど健康に気遣う家康は頷いた。家康は薬師《くすし》と言っても過言ではないほど薬に精通し、家臣たちの病の見立てもしてやっている。なにか判るのかもしれない。

「左様ですか」

暗殺の命令は出さないようであるが、戦のほうは判らない。家康の危機意識から察すれば、秀頼を見たからこそ、自分が死ぬ前に亡き者にしたいと決めたことを、於奈津は確信した。

この時、福島正則は大坂城を守っていて、万が一、秀頼が謀殺された時、秀頼の庶子の国松《くにまつ》を担いで幕府と戦う準備をしていた。正則にそう思わせるのは、朝鮮でも恐れられた加藤清正が存命しているからだという。清正が起《た》てば、全国に散らばる豊臣恩顧の大名が大坂に集結する。二条城で殺害されても同じ。これでは家康も、簡単には手を出せなかった。

四月二日、家康は秀頼上洛の返礼として、改めて義直と頼宣を派遣して太刀、馬、銀など秀頼や淀ノ方に進献。加藤清正にも頼宣から滋養がつく薬を贈らせた。頼宣は清正の娘の八十姫《やその》と婚約を結んでいた。

家康からの薬を呑んだかどうか定かではないが、加藤清正は帰国途中の船上で発病し、肥後の熊本に着いた時には起きることも叶《かな》わず、六月二十四日、この世を去った。

「まさか」

家康にとっては、あまりにも都合がいい。於奈津は怪訝《けげん》に思う。四月には浅野長政も急死している。疑われても仕方なかった。

「主を疑うものではない。主計頭は顔色が悪かったであろう。刀を与えた時、息が臭《にお》った。おそらく彼奴は胃を不治の病に冒されていたのであろう。体に気を配るのは武士の務め。当家が公儀になれたのも、余が体に気を配っていたからにほかならぬ。好きだからと酒を浴びるほど呑んでいれば、胃が痛むのは当然。それと、心（精神）への圧を受けると胃の病が悪くなるそうな。これこそ矢玉を使わぬ攻めと言ったら、そなたはなんと思う」

「狡《ずる》いお方。されど、大御所様が仰《おお》せになられることも一理あります」

確かに、嫌なことが続いたり、叱責《しっせき》を繰り返されたり、力量以上の仕事を押し付けられたりすると、胃がきりきり痛むことがある。清正は熊本に移封して間もなく朝鮮に出兵、帰国すると九州における関ヶ原の戦いに参じて国許の仕置は手付かずだった。本来、領国の整備に勤《いそ》しまねばならぬのに、家康は忠義心を利用して大坂に気を配らせた。天下普請も加わって、家計は火の車にも拘《かか》わらず、清正は熊本と大坂を行き来して苦悩していたようである。鬱屈《うっくつ》した心を酒で誤魔化していたのかもしれない。

家康が「余には遠く及ばぬ」といったのは、健康維持も含まれていたようである。

「よう申した。戦いはまだ続く。徳川の世を磐石《ばんじゃく》にするまでの。それが我が務めであり、そなたに約束した天下泰平である」

加藤清正の死で、家康は本気で豊臣家への攻撃を画策し始めたようである。

「於奈津様は、相当大御所様に信用されておりますな。ほかの女子《おなご》には申されませぬぞ」

本多正信が怪しい目をして囁《ささや》いた。

「佐渡殿も」

策謀好きな本多正信を好きにはなれないが、於奈津は戦友のような認識を持っていた。

二

「目障《めざわ》りなものを取り除く良き行《てだて》はないかのう」

慶長十九年(一六一四)、駿府の居間で茶器を眺めながら家康は言う。誰が聞いても豊臣家のことだと判る。

これまで家康は、秀吉が蓄財した金銀を消費させるため、比叡山延暦寺《えんりゃくじ》の横川《よかわ》中堂や伏見醍醐寺の三宝院、上京相国寺の法堂、北野天満宮や大坂四天王寺、東山方広寺《ほうこうじ》の大仏ならびに釣鐘などなどの造営、新修築を行わせたが、豊臣家の財が尽きることはなかった。

既に戦国の世を生き抜いてきた黒田如水、浅野長政、浅野幸長、加藤清正、池田輝政、前田利長など豊臣恩顧の武将が次々と死去している。

その一方、幕府ではなく秀頼を主君と仰ぐ福島正則、加藤嘉明、脇坂安治、平野長泰、片桐且元ら賤《しず》ヶ岳七本鑓《たけしちほんやり》のうち五人は健在で、黒田長政、長岡忠興、毛利輝元、上杉景勝など豊臣家と親しい大名も存続している。さらに曲者の伊達政宗は家康の死を待って行動を起こそうとしていた。

このまま秀頼を残して自身が死ねば、温厚な秀忠では、海千山千の武将たちを差配して幕府を維持していくのは難しいのではないか。家康は不安を持っていた。ならば、どんな手を使っても命あるうちに豊臣家を滅ぼしたいという思いを強くしていた。

家康も既に七十三歳。年を追うごとに、於奈津も家康の願いをひしひしと感じていた。

「難癖つけるのは佐渡殿の役目ではないのですか」

於奈津も三十四歳になっていた。

「彼奴も歳《とし》ゆえ、頭の巡りが鈍くなってきたらしい」

「嫌です。なにか言えば、わたしが豊家《ほうけ》を陥《おとしい》れることになるやもしれませんので」

甲斐姫や秀頼の顔が浮かび、於奈津は首を横に振った。

「そうか。そなたに拒まれれば、ほかの者にやらせるしかないのう」

家康は渋柿《しぶがき》でも齧《かじ》ったような顔で告げた。

この年四月十六日、東山にある方広寺大仏殿の釣鐘が完成した。八月三日、豊臣家は大仏の開眼供養《かいげんくよう》を行うつもりでいたところ、幕府は秀吉の命日にあたる十八日にしろという異議を唱えた。

さらに家康は釣鐘に刻まれた「国家安康《こっかあんこう》」、「君臣豊楽《くんしんほうらく》」の文字を見つけ、外交僧で寺社奉行を務める金地院崇伝《こんちいんすうでん》、儒学者の林羅山《はやしらざん》らに、なにかうまい口実を作れと命令。崇伝らは家康の名を分断し、豊臣を君として子孫殷昌《しそんいんしょう》を楽しむ願いを込めて呪詛《じゅそ》、調伏《ちょうぶく》を祈禱《きとう》するものだと、いいがかりをつけることに成功した。いわゆる、「方広寺鐘銘事件」である。

豊臣家は何度も弁明の使者を派遣するが、家康は聞く耳を持っていない。

九月七日、幕府は江戸に在する西国の諸大名に対し、幕府に背かないという起請文《きしょうもん》を差し出させた。本気で大坂城を攻める気である。豊臣家としても、もはや猶予《ゆうよ》はなかった。

何度、申し開きをしても受け入れられないので、豊臣家も交渉を諦めた。決戦を覚悟し、武具や兵糧《ひょうろう》を揃え、牢人《ろうにん》を召し抱えはじめた。

「秀頼奴《め》、許し難し。豊臣を討つ」

北叟笑《ほくそえ》んだ家康は十月一日、諸大名に大坂討伐を命じた。

(ついに大御所様は大坂を攻められる。わたしが拒んだせいで。されど、和解させられたであろうか。大御所様はずっと豊臣家を滅ぼす気でいた。わたしごときが、これを止められるはずがない。甲斐姫に説いてもらったとしたら。いや、淀ノ方が承知すまい。いや、やれることをやっておれば、あるいは……)

於奈津が罪悪感に苛《さいな》まれていると、家康が声をかける。

「そなたのせいではないゆえ安堵致せ。全ては豊家のせいじゃ。回避できる行《てだて》は十分にあったはずじゃ」

家康は他人事《ひとごと》のように言う。家康は戦を避けるために、豊臣家が大坂城を出ること、淀ノ方を人質として江戸に置くこと、抱えた牢人を召し放すことを要求したが、拒まれている。

(おそらくわたしが淀ノ方の立場でも、受け入れることはないはず)

家康が「豊家のせい」と言った言葉が全てを象徴している。大坂城の主は表向き秀頼であるが、依然として淀ノ方が実権を握っていた。未だ家康を秀吉の家臣として見ていることが、争いの原因であった。

「そう言って戴けると気が休まります」

「気は構わぬが、体は困る。そなたは我が勝利の菩薩。大坂には同陣してもらう」

「畏《かしこ》まりました」

単なる側室ではない。自分の役目は理解している。快くはないが、於奈津は即座に応じた。

(結果を見届けなければ。できうるならば和を結ぶ意見をしたいもの)

家康に戦を勧める側近、大名は多々いるが、身内で止める者は皆無である。可能なのは於奈津一人かもしれない。ただ、幕府が不利になることだけはしたくなかった。

「これが最後の出陣になりますか」

「そうあって欲しいものじゃ」

家康は奥歯にものが挟《はさ》まったような言い方をした。

(最後ではないということ。されば、こたびは決する戦いをされぬ気か。また調略を? この期《ご》に及んで)

どのような戦いをするのか、於奈津には理解できなかった。

十月上旬、十一男の頼房とともに於勝が駿府城を訪れた。

「於奈津殿、お久しぶりです」

家康に挨拶したのち、於勝は於奈津と顔を合わせた。於勝は笑みを向けて、先に声をかけた。

（いっそうお美しくなられて）

容姿の良さを買われて家康の側室になった於勝は、この年三十七歳になるが、老《ふ》けた印象はない。娘を亡くして衝撃を受けたであろうが、憂《うれ》いが美貌《びぼう》を増したのかもしれない。母になったことで柔らかい印象を持った。養母になっていることも関係しているのかもしれない。

「ご無沙汰《ぶさた》しております」

遅れて於奈津は挨拶を返した。

「於奈津殿はまた大御所様と大坂にまいられるのですか」

三十半ばになっても、まだ女影武者をしているのか、そう質問されている気がする。

「左様にございます」

母になれぬ於奈津は、わたしは常に家康様と一緒、そう胸を張って自尊心を保つしかない。

「大変にございますな。駿府は、わたしと頼房殿にお任せあれ」

まず、家康の居城が攻められるようなことはないが、於勝は自信に満ちている。義理の母子でも、ささやかな幸せが、力強さに変わっているのかもしれない。

「大御所様の身はわたしが守りますのでご安心を」

女影武者として於奈津は対抗するばかりであった。

十一日、家康は十二歳の頼房と於勝に留守居を任せ、駿府城を出立した。

「ご用心のため、大御所様の具足を着けさせて戴きます」

出発にあたり於奈津は進言した。

「大事ない。こたび具足は無用じゃ」

余裕の体《てい》で家康は言う。あまり闘争心が感じられなかった。

「されば、せめて周囲の警固を厳重に」

軽く敵を捻《ひね》りたいのかもしれないので、於奈津は食い下がりはしなかった。

家康も高齢、馬ではなく輿に乗っている。まるで遊山《ゆさん》のようである。於奈津も倣《なら》った。

一行は途中で鷹狩《たかが》りなどをしながら、二十三日に上洛すると板倉勝重《いたくらかつしげ》、藤堂高虎、片桐且元らが出迎えた。

これまで江戸と大坂の調停役をしていた豊臣家の家老・片桐且元は、内応したと疑われて命を狙《ねら》われるはめになり、大坂城を退去していた。

二条城に入り、家康は改めて大坂のことを尋ねた。

「大坂城には豊臣の直臣を含め、十万の兵が籠《こも》っております。兵を采配《さいはい》するのは大野修理亮《しゅりのすけ》（治長）にて、まずは片桐殿の茨木城を落とし、都を占領。我らの軍勢が整わぬうちに、宇治、勢多を押さえようと画策しているようにございます」

京都所司代《しょしだい》の板倉勝重が答えた。家康は大坂城に軍学者の小幡勘兵衛《おばたかんべえ》景憲《かげのり》や、織田有楽斎長益を諜者《ちょうじゃ》として送り込んでいた。

「左様か。城にはいかような者が入っているか」

「まずは真田左衛門佐《さえもんのすけ》（信繁）」

信繁の名を聞き、於奈津はときめいた。

「なに、真田？　それは親父《おやじ》のほうか」

家康は険しい顔で問う。真田昌幸は家康にとって、天敵であった。

「息子のほうにございます」

「左様か。されば案じることはない」

真田信繁は昌幸と戦陣を駆けたであろうが、指揮官としての実績はなかった。父親の昌幸は配流《はいる》されていた高野山の麓《ふもと》の九度山で三年前に病死している。

同じく次男の真田信繁も九度山におり、紀伊の藩主・浅野長晟《ながあきら》は九度山周辺の名主や村役人に信繁を監視させていたが、信繁は名主らを招いて饗応し、泥酔《でいすい》させたのちに、嫡子の幸昌《ゆきまさ》（大助《だいすけ》）と家臣を引き連れて九度山を抜けた。名主たちは酔い潰《つぶ》れたふりをして、日頃親しくしていた信繁の出立を見逃したとも伝わっている。

「軽く考えてはなりませぬ。徳川は二度、痛い目を見ておるではありませぬか」

於奈津は家康を諫《いさ》めた。

「これは手厳しい。於奈津の叱責に従おう」

家康が額を押さえると、周囲にいた者はどっと笑う。

（まったく警戒していない。かように弛緩《しかん》していて大丈夫なのか）

徳川家は信濃の上田城ですら、攻略できずに二度も敗走させられている。このたびは城造りの名人と言われた秀吉が、全力を尽くして築いた難攻不落の城を攻めるのである。余裕を見せている場合ではない。於奈津は不安感を覚えた。

真田信繁のほかにも毛利吉政《よしまさ》（勝永《かつなが》）、長宗我部盛親、後藤基次《ごとうもとつぐ》、明石全登、塙直之《ばんなおゆき》など……名だたる武将たちが十日までの間に入城を果たした。

「元大名であった者もおるが、今では牢人の身よな」

現大名は一人もいない。家康は胸を撫で下ろした。

さすが家康だと、於奈津は思わされる。家康は賤ヶ岳七本鑓の生き残りである福島正則、加藤嘉明、脇坂安治、平野長泰、さらに黒田長政ら豊臣恩顧の大名は江戸の留守居とした。長政は関ヶ原合戦において、裏に表に活躍し、徳川譜代の家臣以上に働いたにも拘わらず、である。さらに家康は姪《めい》にもあたる保科正直《ほしなまさなお》の娘の栄姫《えい》を養女として長政に嫁がせてもいた。長政には正則らの監視という役目を命じたが、信用していなかったのが事実。石橋を叩《たた》いても渡らない男と言われる所以《ゆえん》である。

家康は大坂の様子を窺《うかが》いながら、秀忠の到着を待っていた。

「秀頼様親子をどうなさるおつもりですか」

二条城の庭を眺めながら、於奈津は問う。

「降伏してくれれば、それなりに遇しよう。されど、抗《あらが》い続ければ、斬るも仕方ない。於千を悲しませたくはないがの」

家康の懸念《けねん》は秀頼に嫁いでいる孫娘の千姫のこと。ただ、絶対に助け出さねばならぬ、と言わぬところが戦国の世を制した武将らしい。嫡男の信康や正室の築山御前同様、苦渋の選択は覚悟しているのかもしれない。

十月二十五日、家康は藤堂高虎と片桐且元に大坂攻めの先鋒《せんぽう》を命じ、兵を進めさせた。高虎は秀吉死去以降、家康の信頼を受け、伊予の今治から伊賀の上野（伊勢の津を含む）へ国替されていた。

同じ日の未ノ刻《ひつじ》（午後二時頃）、雷鳴が轟《とどろ》いたような地鳴りが響き、大地が大きく突き上がった。途端に畳は浮き、床板は抜け、天井は崩れ、柱や梁《はり》は傾き、屋根瓦《やねがわら》は滝のように落ちた。床の間の花瓶が倒れ、掛け軸が落ちた。本丸御殿はかなりの損傷を受けた。

「早《は》よう外へ！」

心臓が止まりそうな驚きの中で於奈津は叫び、於末らの侍女とともに庭に飛び出した。

「誰か大御所様を」

恐怖を煽《あお》るかのような余震が続く中、於奈津は於末に命じた。

周囲では庭の灯籠《とうろう》が崩れ、植木は倒れ、池は地面が割れて水が干上がっていた。余震は続き、揺れるたびに女子の悲鳴や驚いた馬の嘶《いな》きが聞こえた。断続的に揺れているので、酩酊《めいてい》しているような錯覚を起こし、気分が悪くなりそうであった。

「おお、於奈津、無事か」

側近たちに支えられ、家康が姿を見せた。危機でもまだ足腰は矍鑠《かくしゃく》としていた。

「大御所様もご無事でなにより」

家康の顔を見て於奈津は安心した。

この日の地震は『時慶卿記《ときよしきょうき》』『言緒卿記《ときおきょうき》』『當代記《とうだいき》』『駿府記』『鹿苑日録《ろくおんにちろく》』などに

「大地震あり」と記された。都よりも大坂のほうが被害は大きく、『難波《なんば》戦記』には、「山が崩れ、驛馬《えきば》斃死《へいし》し、民家多く顛倒《てんとう》し、神社仏閣破壊に及びければ、これ徒事《ただごと》にあらず」と伝えられている。記述どおりならば大坂周辺の震度は六以上に達したであろう。

地震は畿内のみならず、南海から越後に至るまで広範囲で観測された。

「かような時です。大坂攻めは延期なされますか?」

於奈津が家康に問う。

「地震は地震。戦は戦じゃ。されど、大坂の者どもは萎《な》えておるやもしれぬ」

兵の参集を待つ家康であるが、矢玉を放たずに解決できれば、それにこしたことはない。翌二十六日、大野治純《はるずみ》から大坂方の織田有楽齋、大野治長に講和を勧めさせた。治純は治長の実弟で、この時は家康の家臣となっていた。

大坂方は、弱味を見せぬためもあり、先の要求は呑めぬと、和議を蹴《け》っている。

「敵の城も多数の損壊箇所があるようにございます。今が好機。すぐに集まるよう、催促《さいそく》させますか」

難攻不落の大坂城に綻《ほころ》びがあるならば、そこを突きたいのであろう。本多正純が尋ねた。

「倒壊したわけではあるまい。修築させよ。それだけ財が減る。兵も急がせることはない。我らが焦《あせ》っていると少しでも思わせてはならぬ。こたびは公儀の力を見せるのじゃ」

家康は小牧・長久手の陣では敵として、小田原の陣では味方として、秀吉の圧倒的な力を見せつけられた。このたびは秀吉の息子に、秀吉を上廻る力を見せたいようである。

（戦などしている場合ではない、と神仏の戒《いまし》めではないのか）

地震の傷跡を眺めながら、於奈津は先行きを危惧した。

寄手《よせて》の進軍を知った大坂方は、城の北東から北西に流れる淀川の堤防を破壊し、城の東を広範囲に亘《わた》って水に浸し、通行ならびに布陣の阻止にあたった。

地震があっても、両軍は着実に戦の準備をしていた。

三

幕府方は十日とかからずに破壊された淀川堤の修復を終えた。

十一月の中旬になっても大坂方は、城の修築と陣の構築に勤しんでいる。

同月十日、秀忠が伏見城に到着したので、十五日、家康は大和路を進んで大坂に向かった。同じ日、将軍秀忠は伏見城を発《た》ち、河内路を通って大坂に進軍した。少しずつ大坂城が見えてきた。漆黒の巨城を目にするのは十三年ぶりである。

（よもや大坂に仕寄る軍にわたしが参じることになろうとは）

まったく予想だにしなかったことである。

（さて、真田殿の出城《でじろ》、いかようなものか見てさしあげよう）

真田信繁が大坂城の唯一《ゆいいつ》の弱点ともいえる城の南東に出城、通称・真田丸を築いたという報《しら》せは家康に届けられていた。於奈津は家康とともに矢玉の届かぬ本陣に在することになるが、機会があれば見る気でいた。

十八日、家康は大坂城天守閣から二里（約八キロ）ほど南の住吉《すみよし》に本陣を置き、半里（約二キロ）ほど北の茶臼山《ちゃうすやま》に登った。於奈津も。

「これが真田丸にございますか」

茶臼山から真田丸がよく見えた。南北百二十三間（約二百二十四メートル）、東西七十九間（約百四十四メートル）で、三方面に空堀を掘り、塀を一重かけ、塀の外、空堀の外と中に柵《さく》を三重に立て、櫓《やぐら》を七ヵ所築き、馬出し口を東西に設け、その外にも二重に柵列を築いていた。塀の外には幅七尺（約二・一メートル）の武者走りも作り、兵の移動を円滑にしていた。

「小賢《こざか》しや、真田の小僧奴」

家康は吐き捨てる。

「大御所様から見れば、全兵が小僧やもしれませぬが、小僧は機敏ゆえ、ゆめゆめご油断なされませぬよう」

小僧とはいえ既に真田信繁も四十五（四十八とも）歳になっていた。

「判《わか》っておる。こたびは大人の戦を見せてやろう」

於奈津に対してか、真田信繁に対してか、あるいは秀頼に対してか定かではないが、家康にすれば人生の集大成の戦にしようとしていることだけは明らかであった。

秀忠は住吉から半里少々東の平野《ひらの》に陣を布いた。

家康は諸将を茶臼山に集め、評議を開いた。正規の軍議なので、於奈津は気を利《き》かせて席を外した。

「大坂城は外郭を破っても、内城を抜くのは容易ではない。それゆえ城への通行を遮断し、塁壁を諸所に築くことが大事である」

家康は二刻（約四時間）に亘って持久戦を主張し、諸将は即座に持ち場に散った。

秀吉が築いた大坂城を二十万余の軍勢が十重《とえ》二十重《はたえ》に包囲した。諸将は下知どおりに土塁を築き、柵を設けて蟻《あり》一匹逃さないように守りを固めた。

「意気込んでおられたので、猪《いのしし》のように城に向かうかと思いきや、兵糧攻めになさるようで」

城に対する寄手の向かい方を見て、於奈津は指摘する。関ヶ原の時とはまったく違っていた。

「そなたの目には兵糧攻めに映るか。左様じゃな。まあ、見ておれ」

なにやら家康には策があるようで、頰を緩ませた。

茶臼山の家康本陣の前には伊達政宗、藤堂高虎、松平忠直《ただなお》、井伊直孝《なおたか》が陣を布いているので、城兵が出撃してきても、まず家康に刃をつけることは困難であろう。

岡山の秀忠本陣の前には榊原康勝《やすかつ》、松倉重政《まつくらしげまさ》、前田利常《としつね》らが陣を布き、真田丸に鉾《ほこ》先《さき》を向けていた。

（随分と人も様変わりをしている）

松平忠直の父は結城秀康、井伊直孝の父は直政、榊原康勝の父は康政、前田利常の父は利家。嘗《かつ》て戦陣で指揮していた武将たちは鬼籍の人となっている。

（時は流れている）

改めて於奈津は実感した。

戦のほうは、時折、遠間から鉄砲を放ち合う程度の小競《こぜ》り合いは行われているが、互いに玉が届くような距離ではないので緊張感のようなものはそれほどなかった。

動きがあったのは十九日のこと。城の南西に木津川口砦《きづかわぐちとりで》があり、守将の明石全登が本丸に入ったことを知った寄手の蜂須賀至鎮らが同砦を攻略した。これにより大坂冬之陣の戦端が開かれたことになる。

「さすが我が婿《むこ》じゃ」

報せを受けた家康は喜んだ。家康は家臣の小笠原秀政の娘・氏姫を養女とし、蜂須賀至鎮に嫁がせている。

木津川口砦を落としたことで、幕府方の船が難なく木津川を航行できるようになったことは戦略上、大きなことである。背後を脅《おびや》かされることもなくなった。

二十六日、城の北東の鴫野《しぎの》で豊家七手組ならびに大野治長、竹田永翁《たけだえいおう》らが上杉景勝勢と戦って敗退した。

同日、上杉陣の北に位置する今福《いまふく》で木村重成《しげなり》や後藤基次らが佐竹義宣、上杉勢と戦い、敗走した。

二十九日、城西の博労淵《ばくろうぶち》砦を守る薄田兼相《すすきだかねすけ》が神崎《かんざき》の遊女屋に上がっていることを蜂須賀至鎮、池田忠雄《ただかつ》、石川忠総《ただふさ》らが知り、同砦を陥落させた。

同じ日、幕府方の九鬼守隆《くきもりたか》、向井忠勝《むかいただかつ》らの水軍が、城の北西の野田・福島の戦いで大坂方の大野治胤《はるたね》率いる水軍を破った。

「連戦連勝じゃな」

吉報ばかりが届くので、家康は恵比須《えびす》顔であった。

「優位ではございますが、城内への影響はあまりないのではないですか」

於奈津は周囲の家臣たちのように、太鼓持ちのようなことを口にはしない。

「総攻めしろと申すか」

「いえ、ご油断めされるな、ということにございます。大御所様のお嫌いな方が、まだ本気で戦っておらぬので」

「大事ない。真田奴の戦ぶりはよう判っておる。引き付けて叩く戦の常道。誘いに乗るなと下知を出しておる。じっくりと仕寄り、砦を崩して城内に敗走させてやるわ」

自信ありげに家康は言う。武田信玄の薫陶《くんとう》を受けているのは、亡き真田昌幸だけではない。本能寺の変ののち、家康は多数の武田旧臣を召し抱えている。信玄は金掘り人足を使い、城郭を破壊することを得意とし、家康は家臣にその策を命じていた。まだ、距離があるので達していないが、用意が整い次第に掩護《えんご》を始めさせるつもりであった。

「左様なことなれば構いませぬが」

秘策があるのならば、於奈津が口を出す必要はなかった。

一方、味方の劣勢を聞く真田丸の信繁は連日、前方の篠山《ささやま》辺りまで兵を出し、前田利常に鉄砲を放って挑発していた。家康から軽はずみな行動を慎むように命じられている利常であるが、二十一歳の若き当主は血気が盛ん。百十九万余石の大名の自尊心もあり、秀忠の娘の珠姫《たま》を正室に迎えていることからも、武威を示したくてしかたなかった。

十二月四日の未明、まずは目障りな真田兵を排除するため、本多政重《まさしげ》、山崎閑齋《やまざきかんさい》らにこっそり篠山に襲撃をかけさせた。政重は本多正信の次男で、前田家に仕えていた。本多政重らは夜陰に乗じて篠山に攻め上がったものの、蛻《もぬけ》の殻《から》だった。真田勢は前田勢の動きを摑《つか》んでおり、既に下山し、少し北の味原池《あじはらのいけ》の辺りに退いていた。

「このまま、なにもせずに後方に退くのは武士の恥」

本多政重が言うと、山崎閑齋が反論する。

「許されているのは篠山の攻撃にて、これ以上の前進は下知に背くことになる」

二人が躊躇《ちゅうちょ》しているところに、別働隊の横山長知《ながちか》らが味原池を越えていることが伝えられた。

「彼奴ら、抜け駆けをしおったか。進め！」

激怒した本多政重が兵を進めると、山崎閑斎も抑えられず、真田丸に向かった。

夜明け前には前田勢は真田丸の真際《まぎわ》まで迫った。

「先鋒は我らのはず。抜け駆けは軍法違反。死罪を覚悟していような」

本多政重が怒号すると横山長知が返す。

「儂《わし》らは左の先鋒。味原池の物見であったが、貴殿らが兵を進めたゆえまいったのじゃ。貴殿らこそ軍法違反じゃ」

左右の先鋒が互いに叱責し合っていると、辺りが明るくなった。

「汝《うぬ》らは鳥獣を狩るつもりか。篠山の鳥獣は驚いて逃げてしまった。鳥獣を追う暇があれば、この砦を攻めてみよ。前田勢は鳥獣しか相手にできぬ腰抜けか」

真田兵が嘲笑《ちょうしょう》すると前田勢は憤激《ふんげき》し、楯も竹束も持たずに攻撃を開始した。

「放て！」

待ってましたと、真田信繁が下知を飛ばすと、真田丸を守っていた真田、長宗我部勢の鉄砲衆が引き金を絞り、轟音《ごうおん》を響かせた。筒先から火を噴くたびに、前田勢は堀に落ち、骸《むくろ》になった。

「なにをしておるか。早う引き戻せ」

命令を無視して深入りしたことに前田利常は激昂《げっこう》し、即座に退却命令を出すが、簡単に戦闘は終わらない。撤兵させるには殿軍《しんがり》が必要で、誤れば追撃を受けて総崩れとなる。前田勢は深みにはまって犠牲は増えるばかり。

前田勢のみならず、松倉、榊原、井伊、松平、藤堂勢までが参じ、死傷者が続出した。

無謀な突撃を繰り返す前線の報せを聞いた家康は、怒りにまかせて采で座す床几《しょうぎ》を叩く。

「戯《たわ》けどもめ。早う退かせよ」

漸《ようや》く家康の命令が届けられ、午後、寄手は撤退を開始した。

「敵は退いた。追い討ちをかけよ！」

真田信繁嫡子《ちゃくし》の幸昌や伊木《いぎ》遠雄《とおかつ》らが追撃を行い、散々に幕府勢を討ち取った。『東大寺雑事記《ぞうじき》』によれば一万五千の幕府勢が討たれたという。

真田丸の大勝利で豊臣方は大いに沸くが、幕府方は沈鬱《ちんうつ》な空気に包まれていた。

「慮外者《りょがいもの》どもめ。命令を無視した輩《やから》は全員、磔《はりつけ》にしてやりたいわ」

家康の怒りは治まらない。真田には上田で二度敗走させられている。局地戦とはいえ、これで三度目となる。家康にとって真田家は不倶戴天《ふぐたいてん》の敵であった。

（やはり左衛門佐殿はほかの武将とは一味違う）

不謹慎かもしれないが、於奈津は自分の目が正しかったことに満足していた。

「味方が敗れたのじゃ。嬉《うれ》しそうにするな」

「大将が、左様に苛立《いらだ》っていては、皆が縮みましょう。今少し寛大になられませ」

見兼ねて於奈津は宥《なだ》めた。

「そう申すならば、なにか良き策はあるのか」

「初志《しょし》貫徹《かんてつ》。ぶれぬ心こそ勝利の秘訣《ひけつ》ではないのですか」

「さもありなん」

於奈津の言葉で、家康は幾らか落ち着きを取り戻したようである。

家康は金掘り人足たちに、城への坑道を造ることを急ぐように命じた。

翌五日、伊達政宗の使者が本陣を訪れ、家康に大鉄砲の貸与を願い出た。

「よかろう」

城の一角でも崩せればもうけもの。家康は快く応じた。

大鉄砲は鉄砲と大筒の間ぐらいの大きさで四町半（約五百メートル）ほど玉が飛ぶ。

伊達勢は前進し、大鉄砲を放った。炸裂弾《さくれつだん》ではないので効果は低いかもしれないが、

雷鳴のような発射音が轟くので、敵を威嚇《いかく》するには十分であった。

「ほう、効いておるか」

敵を驚かせることができたと聞き、家康は口の端《は》を上げた。

家康は硬軟を使い分け、威嚇しながらも講和の使者を城内に送った。その中には真田信繁の叔父にあたる真田隠岐守信尹《おきのかみのぶただ》もいた。信尹は信繁に対し、信濃半国で、と調略の手を伸ばした。

伊達勢は日々前進し、先陣は十四日には外濠《そとぼり》から八間（約十四・五メートル）まで接近し、さらに十七日には五間（約九メートル）まで肉薄する。

この日、後水尾天皇から、武家伝奏で大納言の広橋兼勝《ひろはしかねかつ》と同じく武家伝奏の三条西実条《さんじょうにしさねえだ》の勅使《ちょくし》が家康本陣を訪れ、和睦《わぼく》の斡旋《あっせん》を申し出てきた。

「余は諸軍の指揮をするために大坂で在陣しておるゆえ、朝廷を煩《わずら》わせるつもりはない。万が一にも和睦が不調となれば、天子様の命《めい》を軽んじさせてしまうことになる。まったくもって由々しきことじゃ」

家康は丁重に断った。

（太閤様と朝廷の間柄は、大御所様との関係よりも深い。御上《おかみ》（天皇）を頼れば、豊家優位に進められかねない。やはり大御所様は豊家を滅ぼすつもりに違いない）

和睦は家康主導が前提。朝廷の仲介を退けたので、於奈津は確信した。

朝廷の介入は、和睦推進派の大野治長あたりが働きかけたのかもしれない。

真田信繁の策に乗せられた感はあるが、力攻めは失敗。朝廷も動きだしたので背に腹は代えられない。家康は北と北西の二ヵ所にカルバリン砲を配置し、問答無用の砲撃を開始した。

当時、炸裂弾を遠距離に飛ばす能力はないので、もっぱら石や鉛玉であった。それでも、一発放つたびに発する爆裂音は凄《すさ》まじい。雷鳴が轟くような音が谺《こだま》し、城内の女子《おなご》を不安にさせた。

昼夜を問わずに射撃は続けられ、砲撃の音が止《や》むと、今度は南を除く本丸に近い三方面から順番に鬨《とき》が上がる。これではとても眠れたものではない。通常の鉄砲で城壁を崩すことはできないが、城兵に常に攻撃に晒《さら》されているという重圧を与えるには効果がある。

「城内の女子衆が不憫《ふびん》です」

鬨を聞きながら於奈津はもらす。食事時にも砲撃音が耳に入るので、迷惑であった。

「それで和睦できればよかろう」

家康は意に介さず、干物を口にした。

そのうちに威嚇射撃していたカルバリン砲の一発が、本丸の奥御殿に命中した。近くには淀ノ方もおり、その侍女たち七、八人が死傷した。血塗《ちまみ》れの屍《しかばね》を目の当《ま》たりにした淀ノ方は半狂乱になり、主戦から一転して和睦を主張し、城からの使者が本陣を訪れた。

「豊臣は和睦したいと申してまいりました」

使者と面会した本多正純が家康に報せた。

「和睦とな。いかな申し出か」

「先に和睦を申し出たのは当家なので、まずは当家の望みを聞きたい、と申しております」

「あの女子はまだ主人面《づら》をするか。まあ、よい。応じよ」

口調は不快そうであるが、表情は思いのほか嬉しそうな家康だった。

家康は会談をさせるため、伏見城から阿茶局を呼び寄せた。阿茶局はこの年六十歳になる。

「畏れながら、なにゆえわたしではないのですか」

小牧・長久手の戦いで在陣した阿茶局は実質的な正室。江戸で秀忠を補佐する実力者であることは承知しているが、於奈津は在陣しているにも拘わらず、選ばれない。交渉のような面倒なことは嫌いであるが、自尊心を踏みにじられたので、不審に思って尋ねた。

「そなたの出番は今少し先じゃ」

家康は頰を上げた。

「まあ」

面倒なことを押し付けられそうであった。

四

十八日、一度目の和睦会談が行われた。幕府方からは本多正純と家康側室の阿茶局。豊臣方は大蔵卿局《おおくらきょうのつぼね》と常高院《じょうこういん》。

大蔵卿局は大野治長の母。常高院は淀ノ方の妹であり、秀忠の正室・於江《おごう》の姉でもある。

場所は大坂攻めに参じた京極忠高《ただたか》の陣。忠高は秀忠の四女の初姫を正室に迎えている。忠高は庶子で、養母は常高院であった。

初日は互いに意見を言い合ったが、隔たりがあって纏《まと》まらない。

会談が行われている最中にも、家康は大蔵卿局らに見せつけるかのように砲撃を続けた。

翌十九日、二度目の会談が行われる。

「こたびは、そなたにも出てもらう」

家康は悪戯《いたずら》っぽい目を於奈津に向けた。

会談に先だって、家康は本多正純、阿茶局、於奈津に言う。

「詳しくは正純に申し伝えておるゆえ、正純に任せよ。問題は惣濠《そうぼり》を埋めること。外堀ではない。こたびの当所《あてど》は惣濠を埋めることの一点に尽きる。いかな手を使っても構わぬ。惣濠を埋めることで首を縦に振らせよ」

「畏れながら、惣濠を埋めれば城の体をなさぬこと、女子でも判るかと存じます」

於奈津は首を傾《かし》げた。

「それゆえ、いかな手を使ってもと申したであろう。惣濠を埋め、公儀（幕府）に対抗しうることができぬと悟れば、争いはなくなろう。ゆえに、我が身が危うくなっても、そなたを会談に参じさせるのじゃ。必ずや纏めてくるようにの」

妙な念押しをされ、於奈津は本陣を追い出された。

「なにか良き策はございますか」

於奈津は阿茶局に問う。

「於奈津殿はいつも大御所様の窮地をお救いなさる。恃《たの》みにしておりますぞ」

阿茶局は他人事のように言い、目尻《めじり》を下げた。

（左様なこと、酩酊でもさせねば、素面《しらふ》の人では応じまい）

良い案など浮かばない。於奈津は考えながら輿《こし》に乗り込み、京極忠高の陣に向かった。

京極忠高の陣は淀川を北に渡った今里《いまざと》にある。矢玉が届かぬ静かな地であった。

陣に入ると三人の尼が床几に座していた。

（あれは）

末座に腰を下ろしていたのは、於奈津が見慣れた顔である。

「甲斐姫様、ご無沙汰しております」

於奈津は甲斐姫の正面に座し、声をかけた。

「於奈津殿⁈」

まさか於奈津が来るとは思っていなかったのか、甲斐姫は驚いた表情をした。

「髪を下ろされたのですか」

尼頭巾《あまずきん》をかぶっていても甲斐姫の美しさは変わらない。

「よもや、わたしを知る人がまいるとは」

ばれたか、と甲斐姫は笑みを作り、尼頭巾を取った。途端に長い黒髪が広がった。

「ご無事でなにより。かようなことを申すのもなんですが、紅毛《こうもう》（イギリスなど）の大筒で手負われた方がいると聞き、案じておりました」

「淀ノ方なれば、ぬけぬけと、と申されるでしょう。わたしの部屋は存じているように北の郭《くるわ》の端なので、寄手も意味がないと狙《ねら》わなかったようですね」

相変わらず甲斐姫は堂々としている。

（昨日、甲斐姫は同席しなかったと聞く。甲斐姫が会談の席に就くのは、戦を知る女子だから。おそらく、惣濠のことを耳にすれば間違いなく拒まれる。されば大御所様の意は通らぬ）

会談の席に美しき難敵が出現した。於奈津らには厄介である。

（包囲からおよそ一月《ひとつき》。既に諸将の兵糧は尽きかけている。さらに、この寒さ、長く在陣するわけにはいかない。大御所様も短い日数で片をつけるつもりで出陣なされた）

家康は諸将に、兵糧は一月分でいいと触れていた。

（惣濠の件は本多殿も阿茶局様も承知のこと。大蔵卿局と常高院様は戦や政《まつりごと》には、さほど詳しくはないはず。厄介なのは甲斐姫。わたしにできることは、甲斐姫を会談

の席から外すこと。もしかしたら、大御所様は、かようなことを見越して、わたしを参じさせたのやもしれぬ）

於奈津は決心した。

「甲斐姫様、積もる話もございます。別の席で話をしませぬか」

「わたしは和睦のために来ました。話は終わってからにしましょう」

なにか画策しているかもしれぬと、当然、甲斐姫は警戒する。

「昨日、豊臣家から提案なされた三つの用件。大御所様は応じられました。ゆえに、さして畏まることもないかと存じます」

「まことですか？」

甲斐姫よりも大蔵卿局が食い付いた。

「はい。左様です。本多殿」

大蔵卿局に答えた於奈津は本多正純に声をかけた。

「まことにございます。大御所様からの書き付けにございます」

本多正純は家康の書状を披露した。

一、大坂城は本丸のみを残し、二ノ丸、三ノ丸および惣構を破却すること。

一、淀ノ方は人質にならなくてもよい。
一、淀ノ方の代わりに、大野修理亮(治長)と織田有楽斎が人質を出すこと。
「おお、国替えもない。お袋(淀ノ方)様も質にならずともよいとは、神仏に祈りが通じました」

大蔵卿局は歓喜する。

「お待ち下さい。本丸のみでは城とは申せますまい」

甲斐姫は険しい表情で喰らいつく。

「甲斐殿、どうしてもと言うので同席を許しましたが、妨げられては困ります」

大蔵卿局は国替えと淀ノ方の人質がなくなり、和睦を結べることで満足している。

甲斐姫が異議を唱え、和議が決裂することを嫌った。

「ここは、わたしたちにお任せください」

常高院も大蔵卿局の意見に賛成する。

「お二方も、かように申されております。席を外しましょう」

間髪を容《い》れずに於奈津は誘う。

「左様ですか。ゆめゆめ騙《だま》されませぬよう」

発言権を持たぬ出席者だったようで、甲斐姫は不快感をあらわに立ち上がった。すかさず於奈津も席を立ち、甲斐姫の後を追った。

於奈津は京極家の陣の近くに席を設けてもらった。面と向かい合うのは、なんとなく気が引けたので、淀川のほうを眺める形で隣り合って腰を下ろした。

「於奈津殿には、してやられましたね」

「わたしは、なにも」

甲斐姫は於奈津の言葉を遮るように言う。

「隠さなくても判ります。惣構のこと。本丸のみになれば、もはや大きな館《やかた》も同じ。徳川殿は遠慮なく豊臣に刃を向けてまいりましょう。その時は……」

さすがに滅びるとは言えないようである。

「左衛門佐殿がいるではないですか。こたびも戦功第一でございましょう」

「一人では限りがあります」

大坂城内の確執、嫉妬《しっと》、差別、恨みなど、さまざまなことを思い浮かべるように甲斐姫は告げる。

「そうかもしれませんが、どことなく嬉しそうですね。愛《いと》しい人のお働きは」

「なにを申すかと思えば、埒《らち》もない。ただ、味方の働きを喜ばぬ者はおりません。於奈津殿は敵の働きを喜ぶのですか」

甲斐姫は、なんとなく於奈津の心中を察しているようであった。

「喜びはしませんが、興味はあります。なんといっても、将軍家を三度追い払ったのですから」

言うと甲斐姫は声を出して笑う。於奈津も釣られた。

「甲斐様もご苦労なされておるようにございますな」

淀ノ方は秀頼の母なので別格。秀吉の側室で唯一大坂城に残るのは甲斐姫のみ。多くの摩擦があることは予想に難くない。

「どこかの老狸《ろうだぬき》が、最後の力を振り絞っておりますゆえ。なにゆえ於奈津殿は血を欲する者に従っておるのです？　自身も血を見るのがお好きなのですか？　戦陣にまで立たれて」

「老狸は泰平の世を築きたいと仰《おお》せでございます」

甲斐姫の言葉は的を射ているので、於奈津は家康と言わなかった。

「二十余万の兵を出陣させて？　まあ、徳川の泰平でしょうが」

「望みと実のところは違います。甲斐様の仰せは一理あります。されど、戦は回避できたはず。今の織田家のようになれば、よかったのではないですか。無能な方に魔性の城は似合いません」

「秀頼様は無能ではありませんよ」

教育係を賜わったこともあるせいか、甲斐姫は於奈津の顔を見てすぐに否定する。

「存じております。二条城でお会い致しました。賢いお方です。戦以外は。一度でも具足を身に纏い、陣頭に出られたことはないのでは？　さすれば兵はどれほど勇んだでしょうか」

「太閤殿下唯一の忘れ形見。万が一にも流れ玉が当たってはならぬお方です」

「大御所様もご兄弟はおりませぬ。死ねない存在でしたが、若き日は陣頭を駆けたと聞いております」

「そうですね。女子（淀ノ方）と男子（家康）の違いです」

長男の鶴松を失っているので、秀頼に対する淀ノ方の溺愛《できあい》ぶりは、つとに有名である。

「判っておりながら、できぬのですか」

「力不足のようです」

「心中、お察し致します」

秀頼の実母という地位は、絶大な力を持っているようであった。あるいは秀頼よりも。

「あのお方は二度、落城の憂《う》き目に遭っております。それゆえ、決して落ちぬ城の主《あるじ》に嫁ぐことを選びました。惣構を失えば難攻不落は世迷《よま》いごと。それでも城を出ることはありますまい」

「甲斐様は」

「行く当てのない身。残るしかありません。再び会えることを楽しみにしております」

言うと甲斐姫は立ち上がった。

「わたしも。くれぐれも逸《はやま》った真似《まね》はなさいませぬよう」

「ご心配には及びません。わたしにはやるべきことがありますゆえ」

哀《かな》しい笑顔を向けた甲斐姫は、於奈津の許《もと》を離れていった。

（やるべきこと。秀頼様を逃亡させること、あるいは介錯《かいしゃく》。はて）

それぐらいしか於奈津には思い浮かばなかった。

於奈津は、子を産めなかった天下人の側室として、甲斐姫の中に自分を見ていた。

（このまま子を産まなければ、将来、生きる場所を失ってしまうのか）

泰平の世になればなおさら。争い事があれば敵に対して一つになれる。居場所もある。

甲斐姫を見ながら、於奈津は身につまされた。

茶臼山の本陣に戻ると、家康は手をとって喜んだ。

「さすが於奈津じゃ。よう甲斐姫を連れ出してくれた。お陰で和睦は整った。惣濠も埋める。こたびもそなたの手柄ぞ」

若者が愛しい女子に対するようであった。

「まことに？　されど、わたしはなにもしておりませぬ。ただ、世間話をしただけです。功があったとすれば、わたしを会談の場に行かせた大御所様でございます」

「やっと判ったか。お陰で会談は書状のとおりで合意した」

但《ただ》し、本多正純は口頭で惣濠を埋めることを認めさせた。正純は「惣濠」と言いながら、何度も絵図の外堀を指差し、大蔵卿局らを頷《うなず》かせたという。

「やはり大御所様は狡《ずる》いお方にございます」

「『孫子』の書には〈兵は詭道《きどう》なり〉と記されておる。戦は騙し合いじゃ。将は多くの家臣、その一族郎党、領民を抱えておるのじゃ。騙されては多くの命を失う。将は騙されてはならぬのじゃ」

自分を肯定するように家康は力説した。

「仰せになられたことは判ります。されど、狡い」

「そなたに、そう褒めてもらえれば、泰平の世は近づこう。して、豊家はいかがすると?」

「褒めてはおりませぬ。泰平は望みます。豊家は大坂から出ることはないようにございます」

「左様か。人は幸せを選ぶこともできるが、不幸を選ぶこともできる。豊家は自らの判断で選ぶのじゃ。誰のせいでもない。我らは幸せを摑みに行くばかりじゃ」

豊臣家を滅ぼすという家康の意志は微塵《みじん》もぶれていなかった。

十二月二十日に起請文《きしょうもん》が交わされ、大野治長と織田有楽斎は人質を差し出した。

二十三日、惣構の破却工事が始められた。これにより、大坂冬之陣は終結したことになる。

(これで戦が終わり、豊家が徳川家に逆らう力を失えば、丸く収まる)

於奈津はそう自身を納得させた。

実際、寄手の侵入を許さなかった大坂城内がどうであったか。『當代記』には「城中に兵糧《ひょうろう》はたくさんあった。その他について欠けた物はない。その中にあって、鉄炮《てっぽう》薬《やく》(火薬)は乏しかった」とある。

この当時、前田領にある越中の五箇山《ごかやま》で僅《わず》かに硝石《しょうせき》の製造が行われていたが、九割九分は外国からの輸入品であり、高価なもの。交易を行う湊《みなと》を幕府が押さえていたので、豊臣家も入手が困難。これまで使用したものは秀吉時代の備蓄品であった。

二十四日、大野治長と織田有楽齋が茶臼山を訪れ、家康と対面した。

「貴殿らも、いろいろと苦労するのう」

家康は二人に労《ねぎら》いの言葉をかけ、大野治長に改まる。

「修理亮（治長）は、これまで若輩者かと思うていたが、こたびは自ら先陣に立って戦った。その武勇は言うに及ばず、秀頼への忠節は浅からず。せっかくじゃ、勇将の肩衣《かたぎぬ》を貰《もら》い、将軍への忠義を修理亮に肖《あやか》って支えよ」

家康から促され、本多正純は大野治長から肩衣を貰って身に着けた。

「身に余る誉《ほま》れ」

家康の阿諛《あゆ》に大野治長は感涙を零《こぼ》しながら帰城した。

「軽い腹芸ですか」

和睦推進派の大野治長が、本多正純に肩衣を譲ったと知られれば、大坂城内で内通を疑われるであろう。於奈津は家中を攪乱《かくらん》するための画策だと見ている。

「考え過ぎじゃ。勇将には遠いやもしれぬが、秀頼への忠節は真実《まこと》であろう。褒める時は大袈裟《おおげさ》すぎるぐらいがよいと、余に教えたのは太閤じゃ。大坂の者は褒められ慣れしていよう」

満更でもなさそうな顔で家康は答えた。

大野治長の行動はすぐに城内に広まり、諸将は公儀に転んだと疑惑の目で見るようになった。以降、誰も治長の言うことを聞かなくなり、宿老としての求心力を失ったという。

その晩のこと。

「火事じゃ。火を消せ」

「敵の放火やもしれぬ。大御所様をお守り致せ」

茶臼山に火の手があがり、俄《にわか》に陣は騒然とした。

「ご安心下さい。ここからは少し離れております」

於奈津は周囲を見廻しながら家康に言う。家康が風雨を凌《しの》ぐ仮小屋からは十間ほど離れていた。『駿府記』には「今晩、茶臼山の小姓衆の小屋五、六間が焼失」と記されている。

「火は小屋の外から上がったようにて、どうも、不審火のようにございます」

侍女の於末が戻って告げた。

「敵の諜者《ちょうじゃ》の仕業か？　和睦に反対する者か」

落ち着いた表情で家康は言う。

「当家の者でなければよろしいですが」

「なにが言いたい？」

夜陰に起こされたので、家康は機嫌が悪い。

「せっかく和睦を結んだのに、大御所様の御命が狙われたとあらば、由々しきこと。再び大坂に仕寄る口実ができまする」

「そこまで阿漕《あこぎ》ではないが、事実とあらば捨ておけぬ」

家康は、このことを諸将に伝え、警戒させた。

堀の埋め立ては昼夜を問わずに励ませたこともあり、十二月二十五日の巳《み》ノ刻（午前十時頃）には南の惣構はすっかり破却された。真田丸も消滅した。

これより少し早い辰《たつ》ノ刻（午前八時頃）、家康は真田丸の消滅を目で確認すると、報告を待たずに茶臼山を発った。

（真田丸が消えた。また、大坂に戻ってくるのでしょうな。甲斐様も無事ならばよいが）

輿から惣濠の埋め立て作業を眺めながら、於奈津は心を配った。

家康一行が二条城に戻ったのは申《さる》ノ刻（午後四時頃）のことであった。

第六章　大坂夏之陣

一

　慶長二十年（一六一五）一月三日、家康は二条城を発《た》ち、遊山《ゆさん》気分で各所に泊まり、駿府に戻ったのは二月十四日のことであった。

「御戦勝、御目出度《おめでと》うございます。ならびに御無事の御帰還、お祝い申し上げます」

　留守居の頼房と於勝が揃《そろ》って挨拶《あいさつ》をする。

「そちたちも、役目大儀」

　頼房の成長に家康は満足そうである。

　一息吐《つ》いたのち、於奈津は於勝と顔を合わせた。

「聞いております。また、大働きなされたそうで」

　同陣したことを羨《うらや》ましそうに於勝は言う。

「いえ、ただ、わたしは話し相手をしたに過ぎず。豊家と談判したのは阿茶局様です」

「甲斐様を押さえたことが勝因と伝わっております」

「甲斐様も愚痴を言いたかったようにございます」

於奈津は憤懣《ふんまん》を抱えた甲斐姫の顔を思い出した。

「次と申していいものか。わたしもご一緒したいもの」

徳川家の誰もが、再度、大坂を攻めるという認識であった。

「於勝殿は御子を産めるお方。同陣は難しいかもしれません。戦陣に行く女子《おなご》は、子を産めぬわたしや、阿茶局様でしょう。あっ、かようなことを申せば、阿茶局様にお叱《しか》りを受けるかもしれませんが」

言って二人は笑みを作った。

「お諦《あきら》めなさいませぬよう。於奈津殿はまだお若い。嘘《うそ》偽りなく、まこと羨ましいと思います」

「於勝殿は随分とお変わりになられました。お美しさは変わりありませんが」

「於奈津殿はお上手になられましたな。わたしが変わったとすれば、やはり子を持ち、失ったからにございましょう。市《いち》が死んだ時は、血の涙が出たものです。母になって感じたことは、自分のことよりも子のこと。大御所様のことより、子を思うことです」

しみじみと於勝は告げる。

「やはりそうですか。耳では聞きますが、身に感じることはできません」

「於奈津殿は誰よりも大御所様と一緒にいる刻《とき》が多い。諦めぬよう」

於勝から応援を受け、於奈津は希望を持つことにした。

一方、大坂城の堀の埋め立て作業は順調に進み、ついには内堀にまで達した。

「内堀まで埋めるのは約定と違う。修理亮（大野治長）奴《め》、徳川に鼻薬を嗅《か》がされたのか！」

大坂城に籠《こも》る兵の怒りは、交渉を行った大野治長に向けられ、命をも狙《ねら》うようになった。

切迫した大野治長は、本多正純に面会を求めたが、正純は仮病を理由に会おうとしない。仕方なく治長は松平忠明ら幕府の普請《ふしん》奉行に訴えた。

「約束は外堀でござろう。早急に普請を止められよ」

「我らは惣濠《そうぼり》と聞いてござる。惣濠とは全《すべ》ての堀のこと。和睦《わぼく》が結ばれ、戦《いくさ》がなくなったゆえ、堀は必要ござるまい。これで泰平の世になりましょう」

松平忠明は取り合わず、急速な勢いで惣濠を埋め、一月十九日にはほぼ終了。真田丸はおろか二ノ丸、三ノ丸も破却され、堀もなく、本丸だけの見苦しい姿になった。

家臣任せの秀頼も、裸城にされたことはさすがに不安に思い、伊東長次《いとうながつぐ》（長実《ながざね》）と青木一重《あおきかずしげ》を家康の許《もと》に派遣し、内堀まで埋めたことを訴えさせた。

「奉行が惣濠と外堀を聞き間違えたのであろう。まったく困ったものじゃ。惣濠のことは心得た。元通り普請するよう申しつけよう」

鷹揚《おうよう》に家康は答え、伊東長次らを帰国させた。

「戻す気など毛頭ないのに、狡《ずる》いお方です」

やりとりを聞いた於奈津は言う。

「そなたの罵《のの》りは褒め言葉も同じ。暑くなる前に全て終わらせたいものじゃ」

既に家康は再攻撃の日付けを思案しているようであった。

大坂に戻った伊東長次らは秀頼に報《しら》せるが、一向に堀の掘り返しは始まらない。大野治長は待ちきれず、再び松平忠明らに、堀の掘り返しを要求した。

「堀の埋め立ては和平の証《あかし》。にも拘《かか》わらず、貴家はいつまで牢人《ろうにん》を召し抱えているのか。せっかく結ばれた和平を、つまらぬことで壊される気でござるか。伊達殿でさえ、城の普請をしても天守閣を築かぬのでござるぞ。早々に牢人を召し放すがよかろう」

厳しく松平忠明は言い放った。天守閣は城の象徴で戦櫓《いくさやぐら》の役目を兼ね備えている。

聞き方によっては、天守閣があるだけましであろう、堀が必要ならば天守閣を壊せ、ともとれた。

松平忠明の言葉は淀ノ方に伝えられた。

「左様なことなれば、牢人を城から出せばよい」

カルバリン砲の一撃が脳裏に焼き付いているのか、淀ノ方は躊躇《ちゅうちょ》なく言ってのけたという。

淀ノ方はそれでいいかもしれないが、牢人衆は城を追い出されれば、風雨も凌《しの》げず、喰うにも困る。牢人衆は幕府への怒りのみならず、豊臣家への憤懣も過熱させていった。

大坂に放った忍びによって、家康には逐一報せが届けられている。

「大御所様は大坂方から兵を挙げさせるおつもりのようですね」

報せを聞いた於奈津が言う。

「困ったものだ。せっかく和睦を結んだというのに」

他人事《ひとごと》のように家康は言う。既に多くの諜者《ちょうじゃ》を放ち、すぐさま幕府軍が大坂を攻めると触れさせている。家康にすれば、暴発は時間の問題だと思っているようである。

流言を聞き、裸城になってみて、改めて恐怖を覚えた大坂方は堀の掘り返しを開始した。

三月五日、京都所司代の板倉勝重は即座に家康に報告した。

報せを聞いた家康は、大坂方に真偽を質《ただ》すと、大野治長は弁明の使者を派遣。

二十四日、豊臣家の米倉権兵衛《よねくらごんべえ》が駿府に到着して申し開きを行うが、家康は聞く耳を持たない。家康は権兵衛に対し、秀頼が大坂城を退去して大和か伊勢に国替えするか、新規召し抱えの牢人全てを城外に追放しろと、厳しい二者択一を迫った。

「秀頼は、いかな返答をすると思う?」

家康は於奈津に問う。

「戦をする気ならば、返答を先延ばしにして堀を掘り返すでしょう。勿論《もちろん》、大御所様はご承知の上なので、半月経《た》って、いずれの要求にも応《こた》えなければ陣触れするものかと存じます」

溜息《ためいき》を吐きながら於奈津は答えた。

「さすが於奈津じゃ。秀頼の最大の弱点は決断できぬこと。賢くとも、左様な機会を得られなかったことが不運やもしれぬ。これまでは、なにもしなくとも周囲が全て行い、首を縦に振っていれば廻ったが、学ばされておらねば、いざという時には判断できぬ。元来、世が騒ぎ始めた時に主となって導くのが当主であり、大将である。武家は治に居て乱を忘れてはならぬ。常に備えておらねばならぬが、女子に囲まれていては養うことは難しかろう。豊家《ほうけ》は育て方を過《あやま》ったようじゃの」

秀吉のように自分は甘やかさなかった、と家康は吐き捨てる。遠廻しに関ヶ原における秀忠の失態も想定の内、とでも言い訳しているようにも聞こえた。

「お陰で大坂に兵を差し向けられる、ですか?」

「良き皮肉じゃの。悪《あ》しき例として世に刻まれよう」

家康は攻める気満々であった。

四月一日、豊臣家の返答を待たず、江戸の将軍秀忠は武川衆に出陣を命じた。

二日、豊臣家の青木一重と二位局《にいのつぼね》、大蔵卿局、正栄尼《しょうえいに》ら三人の女人衆が駿府に到着。

正栄尼は秀頼の鑓《やり》の師範・渡辺糺《わたなべただす》の母である。

家康は青木一重とは会わず、女人衆と顔を合わせた。

「秀頼殿の申すことは承知致した。近く上洛《じょうらく》致すので、それまでには書状を認《したた》めて渡そう。先に上られよ」

優しく家康が告げると、三人の女人衆は上洛の途に就いた。青木一重も倣《なら》う。

「またも騙《だま》されるのですか。あるいは女子にも〈兵は詭道《きどう》なり〉と仰《おお》せになられますか」

追い返された女人衆を哀れに思い、於奈津は言及する。

「あれも敵の女子じゃ。今真実《まこと》のことを語れば、敵の用意も僅《わず》かながら整う。敵味方を問わず、犠牲は少ないほうがいい。太閤の亡霊と、これを慕う者がいなくなれば、泰平の世が訪れる。そのためのこと。そなたも覚悟を決めよ」

反論することを許さぬ腹の底に響くような家康の声だった。

（太閤の亡霊か。太閤様は死して十七年。未《いま》だ左様なことを口にしているところを見ると、その亡霊に一番悩まされているのは大御所様なのかもしれぬ）

小心であるがゆえに、徹底して排除したいという家康の心中を於奈津は察した。

四月四日、家康は駿府を出立した。表向きは名古屋城に在する九男・義直の婚儀に列席するためであるが、事実上の出陣である。

同じ日、将軍秀忠が全国に大坂攻めを命じている。

このたびの出陣について、家康は黒田長政、加藤嘉明ら豊臣恩顧の大名にも参陣を認めた。同じ賤ヶ岳七本鑓でも未だ秀頼を主と仰いでいる福島正則、平野長泰は従軍を許可しなかった。

「いかほどの首塚を築かねばならぬかの」

首塚とは兜首《かぶとくび》三十三をもって一つとしている。家康は余裕の体《てい》の出発であった。

五日、家康が掛川に到着すると、大野治長の使者が訪れた。

「必ず牢人は召し放し、堀は埋め戻しますゆえ……」

「問答無用」

使者は陳謝するが家康は許さなかった。

「その儀においては、是非もなき仕方のないことじゃ」

同席した常高院も謝罪するが、家康は取り合わなかった。

十日、将軍秀忠は江戸城を出立した。十八日、家康は二条城に入城。秀忠は二十二日、二条城で家康と顔を合わせた。

「こたび、敵は城に籠ることができず、打って出るしかない。油断さえせねば後《おく》れを取ることはなかろう。公儀の力を示す好機ぞ」

家康は秀忠の尻《しり》を叩《たた》く。関ヶ原の汚名を雪《そそ》がせようと強い口調でもある。

「承知しております」

将軍職に就いてから十年になるが、家康にはまったく頭が上がらない。

「於千のことじゃが、助けるつもりでいるが、敵が放さぬこともある。その時は、可《か》哀想《わいそう》じゃが、涙を呑《の》んでくれ」

険しい表情で家康は言う。

「承知に、ございます」

堪《こら》えるように秀忠は頷《うなず》いた。

「承知では困ります。これは大御所様が始めた戦。女子を犠牲にするなどもってのほか。豊家への輿入《こしい》れも、男の勝手な都合ではないですか。千姫様になんの罪がございましょうか」

同じ女として、於奈津は抗議した。

「出過ぎたことを申すな。公方《くぼう》様は実の娘を失うやもしれぬのじゃ。その苦しさは判《わか》るまい」

妻子を斬《き》らせている家康なので、言葉には重みがある。

「確かに、これまで御子を授かることはできませんでしたが、身内を失う哀《かな》しさは判るつもりです」

負けずに於奈津は言い返す。

「於千を思うそなたの気持は嬉《うれ》しいが、元来、武家の娘は死を覚悟して嫁ぐもの。時として質になることもあるが、政略とはいえ、嫁いだからには両家の橋渡しが第一の役目。残念ながら、於千はこれを果たすことができなかった。それゆえ身が危うくなっているのじゃ。左様心得よ」

秀忠は遠慮がちに言う。

「大御所様は、最初から豊家を滅ぼすおつもりでございましょう。女子は男の道具ではありません。これまで狡いことばかりしてきたのです。豊家を滅ぼすならば、いかな汚い手を使っても千姫様を必ずお助けなさいませ！」

いつになく厳しい口調で於奈津は迫った。

「あ、あい判った」

女子の圧《お》しに弱いのか、家康は素直に応じた。

（これで千姫様はなんとか助け出されるやもしれぬが、淀ノ方様や甲斐姫様は）

さすがに敵の女子を助けてくれとは、いくら於奈津でも言えなかった。

（なんとか生きながらえて欲しいもの）

同じ女として本気で思う。女ならば、城を抜け出せれば、尼になって生きることは可能。男たちは欲望のままに殺し合いをするので、仕方ないものと割り切るしかなかった。

二十四日、再び青木一重と常高院や大蔵卿局ら三人の女人衆が家康に面会を求めた。家康は一重に会わず、常高院らに三ヵ条の書き付けを持たせて大坂に帰城させた。内容は先の国替え、牢人の解雇に加え、淀ノ方の人質を加えた三ヵ条を全て飲めということであった。豊臣家が受け入れられるわけがないことは、十分に把握しての書状なので、ある意味、最後通牒《つうちょう》であり、宣戦布告状でもあった。

二条城に残った青木一重には所司代の板倉勝重が対面した。既に戦の準備を進める勝重なので、取りなすつもりは毛頭ない。失意のまま一重は席を立ち上がった。

「このまま大坂に戻れば、貴殿の弟（可直《よしなお》）を誅殺《ちゅうさつ》することになる。思案し直すがよかろう」

厳しい言葉かもしれないが、板倉勝重なりの恩情でもあった。

青木一重は今川旧臣で、主家滅亡後、家康に仕えていたが出奔。丹羽家、豊臣家と主《あるじ》を変え、摂津、備中、伊予で一万二千石を与えられていた。弟の可直は、ずっと徳川家の禄《ろく》を食《は》んでいる。

苦悩した青木一重は大坂には帰城せず、都で剃髪《ていはつ》し、そのまま隠棲《いんせい》した。

家康からの書状を見た秀頼は、改めて徹底抗戦を宣言した。

二

四月二十五日、家康は二条城で諸将の部署を定めた。

大和口。
第一番手、水野勝成、堀直寄《なおより》、本多利長《としなが》、桑山一直《くわやまかずなお》ら三千二百九十余人。
第二番手、本多忠政《ただまさ》、古田重治《しげはる》、稲葉紀通《のりみち》、菅沼定芳《すがぬまさだよし》ら五千余人。
第三番手、松平忠明、徳永昌重《まさしげ》、一柳直盛、西尾嘉教《よしのり》ら四千余人。
第四番手、伊達政宗一万。
第五番手、松平忠輝、村上忠勝《ただかつ》、溝口宣勝《みぞぐちのぶかつ》ら一万二千余人。
河内口。
藤堂高虎、榊原康勝、本多忠朝、井伊直孝、松平忠直、前田利常ら五万四千九百余人。
本軍。
酒井忠世《ただよ》、土井利勝《どいとしかつ》、本多正純、立花宗茂ら八千百五十余人。
徳川秀忠二万余人。徳川家康一万五千余人。
後備。
徳川義直、徳川頼宣二万二千七百余人。
総勢十五万五千四十余人。
「特別な策など必要ない。大坂城の東と南から迫り、鎧袖一触《がいしゅういっしょく》するつもりじゃ。余《よ》と

「公方様は二十八日に出陣する」

家康は鷹揚に告げた。

評議ののち、藤堂高虎、井伊直孝らは早速、河内方面に向かった。

一方、豊臣勢は大和郡山、堺、岸和田《きしわだ》、紀伊の和歌山を押さえ、南から攻めて来るであろう幕府軍を西から牽制《けんせい》する戦略を立てた。

二十六日、大野治房率いる二千の兵が大和に進み、幕府軍に与《くみ》する筒井正次《まさつぐ》の郡山城を攻略した。

大坂夏之陣の開戦である。

勢いに乗る大野治房勢は奈良に向かったところ、幕府軍の水野勝成勢の接近を知り、河内に兵を返した。これを知った大和の五条二見《ごじょうふたみ》城の松倉重政は追撃を行い、逃げ遅れた大野兵三、四人を討ち取った。

二十八日、大野治胤が無警戒の堺を焼き討ちにし、岸和田城に迫った。

松倉重政の追撃を最少の被害で抑えた大野治房、塙直之、岡部則綱《おかべのりつな》ら三千の兵が浅野長晟《ながあきら》の和歌山城を目指したところ、途中の樫井《かしい》で浅野勢五千と遭遇。治房らは市街戦に引きこまれて則綱は敗走、直之と淡輪重政《たんのわしげまさ》は討ち取られ、豊臣勢は退却を余儀なくされた。

豊臣勢は積極策を採ったものの、幕府軍の侵攻を知り、大野治房、治胤兄弟も帰城しなければならず、思案どおりの戦果は上がらなかった。

「もう梅雨なのでしょうか。まだ、紫陽花《あじさい》は咲いておりませぬが」

二条城の縁側から庭先を眺め、於奈津は言う。外は雨が滴《したた》り落ちていた。

二十八日に出陣を決めていた家康であるが、連日の雨で出立を延期することにした。この日はグレゴリオ暦では五月二十五日にあたり、梅雨入りには少し早かった。

「敵にとっては恵みの雨であろう。余の出馬が遅れているゆえの」

家康は残念そうである。

「敵は大御所様が出馬する前に、片づけようと思案しているかもしれませんよ」

於奈津が返すと、家康の顔は不快そうになった。

五月一日になると雲一つない青空が広がった。気温も一気に上がり、汗ばむほどである。

「漸《よう》く晴れましたね」

萌《も》えた緑に雨あがりの露が残り、陽射《ひざ》しが当たって輝いて見える。とても豊臣勢との決戦が近づいているとは思えない空気であった。

「出陣の催促をしているか」

家康は尻を叩かれたように受け取ったのかもしれない。

「左様なことを申したつもりはありませぬ。都は平穏だと思いまして」

「守る兵が数多《あまた》おるゆえの。泰平の世はただでは手に入らぬ。されど、この戦が終われば、そうそう兵を集めねばならぬことはなくなろう。泰平の世を手に入れる戦いじゃ」

家康の理屈は半分判る気がする。もう半分は、権力者の勝手なこじつけだと思う。

「豊家は犠牲ですか」

「御上から政《まつりごと》を任された公儀（幕府）に従わぬ者は、古今東西、朝敵と申す。嘗《かつ》て太閤も御上から政を任されたゆえ、余は不承不承従った。よって争いはなくなった。今の豊家に、この理屈が判る者がおらぬ。さればこそ争いになった。消えゆく者の哀れな末路じゃ」

「承知しました。されど、堀を失い、城郭を失い、旧臣からの忠義も失った豊家。失うものがなにもなくなった無欲の者は、思いのほか手強《てごわ》いと申します。ゆめゆめご油断召されませぬよう」

「判っておる」

於奈津の助言のせいかどうか定かではないが、家康は晴れてもなかなか都を発とうとしなかった。藤堂高虎や本多忠政らの使者と、引っ切り無しに、やりとりをしていた。

出陣を躊躇《ためら》う理由の一つは豊臣勢のほうから先に仕掛けてきたこと。二つ目は予想外に牢人が残っていたこと。三つ目は真田信繁の動き。

「真田家には三度《みたび》も痛い目に遭っておりますね。真田は、いつどこで急襲してくるか判らぬゆえ、何処《いずこ》にいるのか把握できねば、安心して腰を上げられませんね」

「真田を気にしているのは、そなたではないのか」

不快そうに家康は言う。

「妬《や》いてらっしゃるのですか」

「牢人にか？　戯《たわ》けたことを。さすれば、そなたのお気に入りを、そなたの目の前で叩き潰《つぶ》してやろう」

「楽しみにしております」

事実になれば、衝撃を覚えることであろう。但《ただ》し、煩《わずら》わなくてもすむ反面、大事なものを失うことにもなる。家康の側室でありながら、敵に恋心のようなものを抱く感覚を於奈津自身もおかしいと認識している。言葉も交わしたことのない男に。

（されど、泰平が齎《もたら》され、これ以上、戦で死人が出なくなるならば）

致し方ない。於奈津は真田信繁を好きというよりも、狂言を演じる役者に憧《あこが》れている感覚に近いのかもしれない。無禄の男が、強大な家康に挑む姿を判官贔屓《ほうがんびいき》しているように。

真田信繁が大坂城内にいることを知った家康は、五月五日の早朝、出立することを命じた。

辰《たつ》ノ下刻《げこく》（午前九時頃）、出発に際し、家康は触れを出した。

「堀なき大坂を落とすのに、金、銀、荷駄はいらぬ。腰兵糧《こしびょうろう》三日分もあれば十分じゃ」

赤子の手を捻《ひね》るようなものだと言いたげな家康は、自身も糧米《りょうまい》五升、干鯛《ひだい》一枚ならびに糒樽《ほしいいだる》、味噌《みそ》、鰹節《かつおぶし》、香ノ物少々といった軽量の支度であった。

「あのような小倅《こせがれ》相手に軍装は必要ない」

家康は鎧《よろい》、兜は家臣に持たせ、茶の羽織に浅葱《あさぎ》の湯帷子《ゆかたびら》を身に着け、編笠《あみがさ》、草鞋《わらじ》穿きといった出《い》で立ちである。

「されば、わたしが具足を身に着けます」

於奈津が進言するが、家康は首を横に振る。

「必要あるまい。我らが到着した時には、全て終わっているやもしれぬ」

家康は過ぐる天正十年（一五八二）に行われた織田信長の武田攻めを模倣しているのかもしれない。信長は三方面から攻めさせ、自身は具足に袖《そで》も通さず、着陣した時には嫡子《ちゃくし》の信忠や家臣たちが強敵の武田勝頼を討っていた。同じように秀頼を討ちたいのかもしれない。

「わたしの身を守るためです」

「左様なことなれば」

於奈津の強引さに家康は応じた。

実際、家康が具足を着けたがらなかったのは、太って腹が出たので、鎧を装着して騎乗できなかったからである。

「さすが大御所様じゃ」

大胆な家康の態度を見て、下々の者たちは余裕のあらわれと安心を増していた。

（かように油断していて大丈夫なのか）

於奈津は心配しながら鉄砲を弾《はじ》き返す南蛮鎧を身に着け、栗毛《くりげ》の駿馬《しゅんめ》に騎乗した。

肥えた家康は輿に乗り込んだ。

「出せ」

遊山にでも行くような軽い調子で家康は命じた。

それでも先頭には惣白の旌旗《せいき》が七本、『金無地開扇《きんむじかいせん》』の大馬印、『白のくり半月』の小馬印、白地に黒の『厭離穢土欣求浄土《おんりえどごんぐじょうど》』の本陣旗を立て、一万五千余の旗本は意気揚々と二条城を出立した。

（これが最後の戦。大御所様の影武者を見事に務めねば）

家康の天下泰平という言葉を信じ、於奈津は兜こそかぶらぬが、黒髪を靡《なび》かせ、颯爽《さっそう》と馬を進めさせた。

関ヶ原、大坂冬之陣に次いで三度目となるので、恐怖というものは殆《ほとん》ど感じない。多くの旗本に囲まれた家康の本陣にいるという安心感があるからかもしれない。

家康一行が河内の星田《ほしだ》に着陣したのは申《さる》ノ刻（午後四時頃）。家康は小高い丘上の小松神社を宿所とし、先に出陣した諸将からの報せを待った。

秀忠も伏見城を発つと河内の砂《すな》村に布陣した。

緒戦で良い戦果を上げられなかった豊臣軍は、幕府軍が西進、南進してくることを摑《つか》んだ。

「敵が（河内の）平野《ひらの》に出てきたところを急襲するべし。敵の先鋒《せんぽう》を破れば、公儀の者どもは多勢にて壊乱となろう。さすれば我らに優位に働くこと間違いない。まずはこの一戦に全てを賭《か》けて勝利致そう」

豊臣軍は鬨《とき》を上げ、同じ日の昼間、大坂城から出撃していった。

後藤基次、毛利吉政、真田信繁らは大坂城から一里半（約六キロ）ほど南東の平野に着陣した。

「こののちは道明寺《どうみょうじ》で落ち合い、国分《こくぶ》辺りで大和のほうから来る敵を挟み撃ちに致そう」

その夜、三人は挟撃策《きょうげきさく》を立てた。道明寺は平野から二里半（約十キロ）ほど南東、国分は同地から半里（約二キロ）ほど東に位置している。

六日の子《ね》ノ刻（午前零時頃）、後藤基次は二千八百の兵を率いて平野を発ち、夜明け前に道明寺に達した。この日は霧が濃く、月も出ず、視界は不良。後藤勢だけ逸《はぐ》れてしまった。

物見を出したところ、半里先の国分には二万の幕府軍が確認できた。

「おそらく幕府方も我らの存在を摑んだに違いない。このまま退けば追い討ちを受けて全滅は必至。されば、先制して敵を破り、味方の到着を待つが最良」

覚悟を決めた後藤基次は石川を押し渡って小松山に布陣すると、一気に駆け降りて松倉重政勢二百に突撃した。

後藤基次は松倉勢を突き崩すも、水野勝成、堀直寄らの三千六百が救援。午《うま》ノ刻

（正午頃）には、伊達政宗ら一万八千が到着した。　数百ともいえる鉄砲が唸り、後藤基次は撃たれて討死した。

後藤勢が総崩れになった時に豊臣勢の薄田兼相、山川賢信《やまかわかねのぶ》らが到着。この二将の兵は共に三百ずつ。勢いに乗る伊達勢に圧《お》された。

味方が圧倒されている時、真田勢の三千が誉田陵《こんだりょう》の西に到着した。さらに毛利吉政、福島正守《まさもり》、北川宣勝《きたがわのぶかつ》、大谷吉久ら数千の兵も着陣した。真田勢以降の軍勢は濃霧に阻《はば》まれて兵を進められなかった。

薄田兼相が討死する中、真田信繁は多勢の伊達勢を相手に一進一退の攻防を繰り広げていた。未ノ刻《ひつじ》（午後二時頃）になり、秀頼からの撤退命令が届き、信繁は殿軍《しんがり》となって退却した。

報せは逐一、家康に届けられた。

「さすが伊達は一味違うの」

満足そうに家康は告げる。

「ご油断召されますな。真田はまだ討たれておりませぬぞ」

喜ぶ家康を於奈津は諌《いさ》める。家康は心配しすぎだ、という面持ちである。

（本当に一味違うのは真田左衛門佐。寡勢《かぜい》で六倍にも及ぶ伊達勢らと戦い、伊達は真

田を討てなかった。やはり大御所様の最後の敵は真田になるのかもしれない）

女の勘である。あるいは希望か。

同じ日、大坂城から二里余り南東の若江《わかえ》で木村重成、山口弘定《やまぐちひろさだ》ら六千と、井伊直孝、榊原康勝勢九千四百余が激突。木村勢は一旦《いったん》押し返すものの、兵数の差で圧され、ついに重成は討死。木村勢は四散した。

同じく道明寺から二里ほど北の八尾《やお》で長宗我部盛親、増田盛次ら五千三百と藤堂高虎五千が交戦。長宗我部勢は藤堂勢を圧倒していたが、秀頼からの撤退命令が届き、これに従った。

報せは、ひっきりなしに星田に届けられた。

「重畳。明日は豊家に引導を渡すとしよう」

戦勝報告が重なり、家康は恵比須《えびす》顔であった。

「畏《おそ》れながら、今川様は絶対に敗れるはずのない戦いで命を落とし、御家は僅かに血を繋《つな》ぐだけになった、と以前、大御所様からお聞かせ戴《いただ》きました」

使者が下がったところで於奈津は進言した。

肥えて馬に乗れなくなった今川義元。多勢で尾張に攻め込み、戦勝続きで油断していたところを織田信長に討たれた。いわゆる田楽狭間《でんがくはざま》、桶狭間《おけはざま》の戦いである。

「そなたの心配は有り難いが。豊家に信長公はおらぬ。真田の小倅は伊達に善戦するのが精一杯じゃ」

「伊達殿らは一万八千だったと聞いております。対して真田は三千。伊達殿は真田を討てたのに討たなかったとしたらいかがなさいますか」

「なに！」

笑みを湛《たた》えていた家康の顔がこわばった。

「大事ない。伊達の陣には、我が六男の忠輝がおる。明日はこの勢いで大坂城を抜く」

家康は不安を否定するように告げた。

その後、家康は星田から二里と三十町（約十一キロ）ほど南に位置する枚岡《ひらおか》に陣を移した。家康は同地の庄屋・中村四郎右衛門正教宅を宿所とした。

早速、家康は諸将を枚岡に呼んだ。

「明日、将軍の先手は藤堂、井伊とし、岡山口の先手は前田筑前守（利常）と致せ」

岡山口は奈良街道から大坂に向かう道筋である。

「天王寺口は本多出雲守（忠朝）とするように。紀州口は伊達陸奥守（政宗）」

ほかの武将たちの配置も決めたが、家康は不快に思っていることもあった。

「木村勢がそのほうの備えに近づいたはずなのに、なにゆえ追い討ちをかけぬ？　敵に通じておるのか」

家康は信濃・松本城主の小笠原秀政に厳しく問う。

「正面は深田ゆえ、足をとられて仕掛けに遅れましてございます。かようにお疑いなされるならば、明日は討ち死に致す覚悟にございます」

悔しさをあらわに小笠原秀政は答えた。

さらに家康は孫の松平忠直にも問う。

「本日、井伊、藤堂が苦戦していたにも拘わらず、そちは昼寝をしていたのか。かようなことでは明日もまた傍観することになる。さすれば松平の名は失墜しようぞ」

「これはしたり。我らは三手ゆえ順を守っていたにすぎず。二手の前田筑前守がお咎《とが》めを受けぬのに、我らだけが叱責《しっせき》を受けては天下の誹《そし》りを受けまする。かくなる上は、明日は抜け駆けをしてでも敵に取り付き、戦場に屍《しかばね》を晒《さら》して汚名を雪いで御覧に入れます」

松平忠直は憤激して祖父家康に答えた。

家康は尻を叩いた手前、あえて言い返したりはしなかった。

「明日の陣所は、禄一万石ごとに正面一間（約一・八メートル）とせよ。各兵は右肩に合印《あいじるし》をつけ、合い言葉は采《さい》か山かと問えば、采と答えさせること」

　この日は禄高の少ない武将はあまり働かなかったので、家康は命じ、評議を終えた。

「畏れながら、少々言い過ぎではありますまいか。あそこまで追い込んでしまうと、まこと討ち死にしてしまうのではないですか」

　諸将が陣から下がったのちに於奈津は問う。

「大事ない。そなたも冬の戦いに参じたであろう。天王寺辺りは思いのほか狭く、前に出たくとも簡単には出られぬ。それに、彼奴《きゃつ》らの尻を叩けば、そなたが惹《ひ》かれる真田の前進を阻止してくれるであろう。真田奴は叶《かな》わぬながらも余の首を狙ってくるであろう。これと刺し違えるならば、存分に加増し、その子孫も公儀に取り立ててやるつもりじゃ」

　家康は家康なりに真田信繁を評価しているようであった。

「左様なことなれば。御無礼を申しました」

　これならば、家康まで刃が届くことはないであろう、と於奈津は納得した。

三

幕府軍は前日の六日のうちに布陣を終えていた。

大坂城南の天王寺口の陣備は本多忠朝を先鋒に浅野長重、秋田実季《あきたさねすえ》、真田信吉《のぶよし》、松平忠直、諏訪忠澄《すわただすみ》、保科正光《まさみつ》、小笠原秀政ら。

大坂城南西の紀州口は伊達政宗、溝口宣勝、村上義明、松平忠輝ら。

大坂城南東の岡山口の陣備は前田利常、本多康俊《やすとし》、本多康紀《やすのり》、藤堂高虎、片桐且元、長岡忠興、井伊直孝ら。

天王寺口の総大将は家康で、岡山口は秀忠である。

大坂方の天王寺口は茶臼山に真田信繁、その東に毛利吉政、その東に浅井長房《あざいながふさ》、竹田永翁《えいおう》、木村宗明《むねあき》ら。

大坂方の岡山口は北川宣勝、山川賢信、御宿政友《みしゅくまさとも》、二宮長範《にのみやながのり》、岡部則綱、大野治房ら。

船場に明石全登。

真田信繁の戦術は明石全登勢を陽動とし、自身をはじめ、ほかの諸将が戦っている間に遊軍の明石勢を迂回《うかい》させ、家康の本陣を突くものである。

家康もまだ暗い寅《とら》ノ刻（午前四時頃）に枚岡を発ち、巳《み》ノ刻（午前十時頃）、同地から二里半（約十キロ）ほど南西の平野に本陣を移した。大坂城の本丸から一里半（約六キロ）ほど南東に位置している。勿論、最前線の本多忠朝らの姿はまったく見えなかった。

相変わらず家康は具足を着けず、袴《はかま》を下括《したくく》りにし、茶の陣羽織を羽織るだけの姿であった。於奈津は兜こそ冠《かぶ》らぬものの、南蛮鎧を装着していた。これがまたかなり重い。

「余裕ですか。それとも真田を恐れてのことですか。関ヶ原の時とは大違いですね」

軽装ではあるが、前線から随分と離れている地にいるので、於奈津が尋ねた。

「まあ、そのうち勝利するところを見に行くつもりじゃ。真田奴は茶臼山におるというが、我らがその山に登った頃、大坂城は火に包まれているやもしれぬな」

心配は微塵《みじん》もないと言いたげな家康である。

（まあ、いざという時は、わたしの鎧が大御所様の楯《たて》になる）

何年経っても、家康の身替わりであることは、片時も忘れていなかった。

総攻撃の命令は先鋒に出している。あとは頃合を見て懸かるだけである。

陽も高く、蒸し暑くなった五月七日の午ノ刻（正午頃）、本多忠朝勢が毛利吉政勢に向かって前進し、一町（約百九メートル）ほどのところで一斉射撃を開始した。

天王寺口の戦いの始まりである。

大坂方は幕府軍を引き付けて戦うつもりであるが、夥《おびただ》しい鉄砲の攻撃を受けると、前線の鉄砲衆は我慢できずに引き金を絞り、筒先から火を噴かせた。これに毛利勢の東隣に陣を布《し》く竹田永翁勢も加わった。

「止《や》めよ。まだ早い」

毛利吉政も竹田永翁も停止させようとするが、攻撃をしなければ敵の玉に当たるかもしれないので、射撃を止めることはできない。兵が命令どおりに動かないのは、牢人の寄せ集めなので、主従関係が構築されていない弊害だった。

「本多の武威を示すはこの日をおいてほかにない。前進して放て！」

本多忠朝は敵の鉄砲を恐れずに最前線に立ち、指揮棒を振り下ろした。忠朝は徳川四天王・本多忠勝の次男で、関ヶ原でも島津勢に突撃し、初陣《ういじん》にも拘わらず首二つをあげた。大坂の陣には期待されて参じたが、冬之陣で持ち場に不満を訴え、家康に疎《うと》んじられたので、危険を顧みずに前に出ていた。

主に釣られて家臣たちも前進し、鉄砲を放ち、勢いのまま鑓衆も敵に迫った。本多忠朝も負けずに敵中に騎馬で突き入り、敵を斬り伏せる。

牢人の集団ではあるが、元は大名の家臣ばかり。関ヶ原合戦に参じた者が殆どなので戦闘には慣れている。入り乱れた中で竹田の鉄砲衆は本多忠朝を撃ち、落馬させた。

本多忠朝は立ち上がって奮戦するも、出血が多くて長くは戦えず、遂《つい》に討ち取られてしまった。

「なんと出雲守が！」

前日、先陣の指名をしたのは家康自身である。報せを受けて衝撃を受けたのであろう。暫《しば》らくそのあとの言葉が出なかった。

「大御所様、輿の用意はできております」

総大将が後方で遊んでいるからだ、とはさすがに言えない。苦しい時ほど、大きな存在感を明らかにし、味方を鼓舞するのが大将の役目。関ヶ原ではそうしてきたはず。

於奈津は促した。

「兵を前に進める」

未ノ刻（午後二時頃）、家康は床几《しょうぎ》を立ち、輿に乗り込んだ。

（わたしは間違っていないはず。関ヶ原の大御所様に倣っただけ）

敵に近づけば危険度が増すことは事実。家康の身を危うくすることになるが、家康の望みは勝利である。関ヶ原から十五年。あの時に比べ瞬時の判断は多少鈍っているかもしれないので、於奈津は関ヶ原の家康を思い起した。家康も前進を決めたはずである。

前線では本多勢の進軍に誘発され、ほかの幕府軍も兵を進め、各地で鉄砲を放ち、剣戟《けんげき》を響かせた。圧倒的に兵数で勝る幕府軍であるが、後がない豊臣勢の奮戦で逆に圧されているところが多々あった。

「ここでよかろう」

平野を発《た》った家康は今川、駒川を越え、同地から二十七町半（約三キロ）ほど西の長居《ながい》で兵を止めた。真田信繁が在する茶臼山の真南で同山から一里ほど離れている。

茶臼山から家康本陣の間には敵味方を問わず、多数の兵が犇《ひし》めいている。色とりどりの旗指物《はたさしもの》が風に靡き、激しい攻防の中で東西南北、四方八方に動いているのがよく見えた。

「思っている以上に苦戦しておりますようで」

戦況を見て、於奈津は指摘する。

「なに、我らの姿を見れば味方の士気も上がろうて」

床几に座し、小姓に大扇子で扇《あお》がせている家康は、幕府軍の勝利を微塵も疑っていなかった。

一方、家康の馬印を目にした豊臣軍は、獲物を見つけた肉食獣のように、目前の敵に喰らいつき、早く蹴散《けち》らして総大将に迫ろうと、血眼《ちまなこ》になって前進してきた。

真田信繁も同じ。信繁は全身真紅に染めた三千の兵を三段に分け、北進する敵を打ち破る。

前日、家康に叱責を受けた松平忠直は、汚名返上と躍起《やっき》になっていた。忠直が命を捨てる覚悟で自ら馬を進めるので、家臣たちも遮二無二突き進み、一旦は真田勢を押し返した。

家康の馬印を見つけた真田信繁は、一段、二段の兵を犠牲にして松平勢をこじ開けた。

「我に続け！　狙《ねら》うは家康の首一つ！」

鹿角《しかづの》の兜は勇者の証。これを冠った真田信繁は、駿馬を駆って家康を狙う。真田兵は七百ほどに減っていたが、生き残る者たちも信繁に続いて家康本陣を目指した。

「申し上げます。真田勢が迫っております」

陣衛の兵が家康の前に跪《ひざまず》き、報《しら》せた。

「なんと！　真田が我が陣に仕寄ってまいるのか。ほかの兵はいかがした？」

三倍の兵を擁して野戦に臨んでいるのに、家康には信じ難いことであった。

「大御所様、逃れられませ。上野介《こうずけのすけ》殿、あとを頼みます」

すぐに家康が指示を出さないので、於奈津が代わりに下知《げじ》した。

「そうであった。上野介、頼むぞ」

家康は本陣を本多正純に任せ、東に後退した。周囲に従う者は三百ほどである。

「これは、なにかの間違いであろう。野戦で余は退《ひ》いておるのか？　こうしてはいられぬ。於奈津、戻るぞ。誰か馬を。余が真田奴《め》を討ち取ってくれる」

逃げる最中、家康は輿を止めさせて命じた。

「畏れながら、金ヶ崎で信長様は躊躇なく逃れられたので天下様と呼ばれました。大御所様も三方原で逃れましたゆえ、征夷《せいい》大将軍になられ、今があります。こたびも、ご判断を誤られませぬよう。誤れば今川治部大輔《じぶのたいふ》（義元）の二の舞ですよ」

今さらなにを狼狽《うろた》えているのか、と叱責したいところであるが、於奈津は堪えて諫《いさ》めた。

「早《はよ》う輿を東へ」

輿を持つ家臣たちに命じ、於奈津は家康を逃れさせる。

片や真田信繁。

「見えたぞ、家康の本陣」

家康の馬印を見て真田信繁は歓喜した。家康さえ討てば大坂方の勝利である。

「家康覚悟。我は真田左衛門佐信繁じゃ！」

名乗りを上げた真田信繁が陣幕を切って中に入ると、既に蛻《もぬけ》の殻《から》であった。本多正純も、危ないと察して仮陣から逃れていた。

「くそっ！」

真田信繁は『金無地開扇』を斬り捨てて次に向かう。

本多正純はさすがにただの家臣ではない。家康の身替わりを数人用意し、周辺に急造の本陣を幾つか作らせた。

「我は真田左衛門佐信繁。家康覚悟！」

真田信繁も複数の影武者を用意し、各本陣に斬り込ませた。真田十勇士と呼ばれる面々かもしれない。信繁本人は馬上で太刀を振り、短筒で敵を撃って家康を探す。

「家康、どこじゃ。男なれば出てまいれ」

阿修羅の形相《ぎょうそう》で探した。

十町ほども退いたのに、真田信繁の声が聞こえたような気がする。家康にすれば、地獄の鬼の叫び声に聞こえるのかもしれない。

二十町ほども退き、家康は輿を止めて一息吐《つ》かせた。

「陣を築け」

「今少し退いてからにしてはいかがですか」

安全のため於奈津は勧める。

「構わぬ。前将軍《さきの》が退くばかりでは面目を失う。公儀の面目を保つのじゃ」

家康が強く主張するので、改めて陣幕が張られた。

「我は真田左衛門佐信繁。家康覚悟！」

そこへ濃朱の騎馬武者が現れた。

「ひっ」

思わず、家康は悲鳴を上げ、慌《あわ》てて口を押さえた。

「敵は寡勢。皆で討ち取れ。間違っても陣幕を揺らすでない」

家康が冷静さを失っているので於奈津が声真似《こえまね》で下知を飛ばす。

警護する兵は鑓衾《やりぶすま》を作り、騎馬武者を討ち取った。

「おお、でかしたぞ。真田の小倅奴を討ったか」

家康は晴れたような笑顔で問う。

「鹿角の兜ではないので、左衛門佐の影武者のようにございます」

近習《きんじゅ》の小栗久次《おぐりひさつぐ》が答えた。

「おのれ真田奴、小賢《こざか》しや」

これ以上ないほど悔しい顔をして家康は吐き捨てた。

「我は真田左衛門佐信繁。家康覚悟！」

再び濃朱の騎馬武者が突撃し、家康の旗本に討ち取られた。

「真田奴、何人の影武者を用意しておるのじゃ」

家康は苛立《いらだ》っていた。

「我は真田左衛門佐信繁。家康覚悟！」

またも、声が聞こえたが、このたびはそれだけではなかった。乾いた鉄砲の音がした。

鮮やかな朱鎧に身を包んだ騎馬武者は鹿角の兜を冠っていた。それだけではなく、馬上から短筒を放ち、家康の旗本を撃ち抜き、一人を太刀で斬り捨てた。

まさか幕府に加担する数万の兵を蹴散らして、敵が攻めてくるなど家康本隊の兵には思いもよらぬこと。士卒は慌てふためき、道を空けた。

「真田左衛門佐じゃ」

陣の外で声がした。

陣には於奈津のほか、小栗久次が一人いるだけである。

「於奈津、余は腹を斬る。敵に首を渡しては末代までの恥。我が首を隠せ」

顔を引き攣《つ》らせた家康は、腰の脇差《わきざし》に手をかけた。

「情けないことを申されますな。あれほど狡《ずる》いことをしておきながら、切腹もないでしょう。最期《さいご》まで狡くなさいませ。ここはわたしに任せてお退きください」

於奈津は厳しく叱咤《しった》し、家康から陣羽織を剝《は》ぎ取ると、小栗久次に家康を連れ出させた。

（わたしは家康の影武者。真田左衛門佐と刺し違える）

誰もいなくなった陣で於奈津は覚悟を決め、陣羽織を身に着けて床几に腰を下ろした。

「家康！」

そこへ赤い騎馬武者が現れた。それは最初から赤いのか、あるいは幕府方の返り血を浴びて朱に染まったか判らぬほど汚れていた。頭には鹿角の兜をかぶっていた。

（真田左衛門佐！）

見た途端に胸が高鳴った。醍醐の花見以来、十七年の時を経ての再会である。

（あの時はまだ若い武将であったが、随分と歳《とし》を重ねたもの。お互い様か）

老《ふ》けた真田信繁の顔を見て、於奈津は笑みを作った。

（おそらく、わたしのことなど覚えていないでしょう）

惹かれた男と、このような形で顔を合わせるとは夢にも思わなかった。

「家康……ではなく女か⁉　なにが可笑《おか》しい」

「わたしを見た、あなた様の顔。狐《きつね》に抓《つま》れたような顔をしておられます」

「左様か。狸奴《たぬき》。女子《おなご》を犠牲にして逃げるとはの」

「さすが家康とはお思いになりませんか。あなた様にできますか」

挑むように於奈津は問う。初めての会話が戦場というのも、因果の不思議な巡り合わせのようなものを感じた。

「無理であろう」

「そこがあなた様の限界。これを越えたくば、わたしの首を取ればいい。家康の首を取ったと叫べば、公儀の軍はさらに乱れ、豊家《ほうけ》は持ち直すやもしれませぬ」

なぜ、そのようなことを口にしたのか、於奈津自身も不可解だった。

「戦場で女子の首を取ったとあっては、末代までの笑い者。女子に我が足を止めさせた家康は姑息《こそく》な輩《やから》ながら、儂《わし》よりも何枚も上手《うわて》やもしれぬ。それが、そちの策であってもの」

「わたしが判りますか」

「名は知らぬが、家康には女の影武者がいると太閤殿下から聞いたことがある。甲斐殿にも。生きて家康に会えたなら、申すがよい。良き側室を持ったとな。無論、その前に討ち取るが」

真田信繁は於奈津に笑みを向けて家康を追って陣を出た。

「わたしの名は奈津。前征夷大将軍・徳川家康の女影武者じゃ」

於奈津は真田信繁の背に大声で名乗った。おそらく於奈津のことなどは眼中になかろうが、信繁の人生のどこかに刻みつけたいという気持があったのかもしれない。

(大御所様、刻《とき》は稼ぎましたぞ。真田左衛門佐……おそらく今生の別れ)

勿論《もちろん》、家康には逃れてほしいが、真田信繁に討ってほしいという判官贔屓の心もあった。

家康は駆け付けた家臣に守られて、三里(約十二キロ)も後退したので、真田信繁は追いつけなかった。

家康は八尾の植松《うえまつ》で本陣を立て直したので、於奈津は同地に迎え入れられた。

「ご無事でなにより」

主君の顔を見て、於奈津は安堵《あんど》すると同時に、残念な気も少しした。

「おお、於奈津。そなたは我が命の恩人じゃ。感謝しても感謝しきれぬ」

家康は泣きださんばかりに表情を崩し、於奈津の手をとって労《ねぎら》った。

「真田奴は、そなたの前に現れたそうじゃの」

「はい。わたしが女子だと判ると、すぐに大御所様を追って行きました」

別に疚《やま》しい心はない。陣の周囲には家康の旗本が何人か戻ってきたので、於奈津と信繁の会話を耳にした者がいるであろう。いずれ家康の耳に入るかもしれない。

真田信繁との会話を伝えてもいいが、死を覚悟で家康を追う勇士との貴重な時間を、人に教えたくない。少なくとも自ら伝えたくない。自分だけの思い出にしておきたいという気持である。

「左様か。それにしても危なかったのう。余は運がいい。これも実力。余を逃してくれる者を側に置いていたのじゃ。これこそ、最も良き采配じゃ」

喧噪《けんそう》は治まったせいか、家康は深くは追及せず、自らの行動を肯定することに力を注いでいた。

（わたしがここにいて、あの人がおらぬということは、まだどこかを彷徨《さまよ》っているのか、あるいは逃れたか、どこかに隠れて大御所様を狙っておるのか、はたまた力尽きたのか）

まだ真田信繁の首は届けられていない。信繁が生きていれば、家康の不安は消えないかもしれない。家康に仕える身からすれば不謹慎かもしれないが、逃げてほしいと願った。

一旦、崩れた幕府軍であるが、藤堂高虎、井伊直孝らの活躍で盛り返し、豊臣軍は敗走した。

「茶臼山を押さえました」

報せが届けられたのは申ノ下刻（午後五時頃）であった。

「左様か、されば茶臼山に陣を移す」

家康は大工頭の中井正清《なかいまさきよ》を先発させて陣所を築かせた。

同じ頃、大坂城から火の手が上がった。半刻ほど前、城内に敗報が届けられると、台所頭が幕府軍に通じて火を放ち、これが風に乗って猛火となり、申ノ下刻には二ノ丸が落ちた。

城内では郡良列《こおりよしつら》、津川親行《つがわちかゆき》、渡辺糺《ただす》らが自刃《じじん》、大野治房・治胤兄弟、仙石宗也斎《せんごくしゅうやさい》らは逃亡した。

秀頼は皆と自刃しようとしたが、大野治長に止められ、千姫に命乞《いのちご》いをさせることで了承させられ、千姫を城外に出し、自らは淀ノ方らとともに本丸北の山里郭に移動した。

（大坂城が燃えている）

僅《わず》かながらも一度は西ノ丸に住んだことがある。辺りが茜色《あかねいろ》に染まる頃、移動途中の輿《こし》の中から濛々《もうもう》と立ち籠《こ》める黒煙を眺め、於奈津は万感の思いにかられた。

寄手《よせて》は蟻《あり》が這《は》い出る隙間《すきま》もないほど十重二十重に燃え残る本丸を包囲した。

四

日没頃、家康は茶臼山に陣を移すと、夕餉《ゆうげ》が用意され、於奈津も一緒に口にした。

その後、首実検が行われ、さまざまな首が届けられた。

（えっ！）

於奈津は愕然《がくぜん》とした。越前松平家の家臣・西尾《にしお》仁左衛門《じんざえもん》久作《きゅうさく》が真田信繁と思《おぼ》しき首を持参した。信繁の首は目が閉じられている。無念をあらわに憤怒《ふんぬ》の形相をしているかと思いきや、静かな表情であった。

「確かに左衛門佐じゃ。いかにして討ったか申せ」

家康は安堵した面持ちで問う。於奈津は身を乗り出すようにして西尾久作を見た。

「某《それがし》は十文字鑓を手に、相手が誰だとは存ぜず、ただ兜首《かぶとくび》を得んと死に物狂いで鑓を繰り出し、四半刻も渡り合ったところ、相手は戦に疲れ、手負いであったこともあり、遂に討ち果たし、あとで左衛門佐と聞き、驚いた次第にございます」

西尾久作は自慢げに進言した。

(嘘《うそ》だ。この人は嘘をついている)

時折、西尾久作の目が右斜め上を向く。用意した言葉を思い出している感じだ。

「あい判った。下がって沙汰《さた》を待て」

家康は労いの言葉もかけずに下がらせた。

「左衛門佐ほどの剛の者が、仁左衛門程度に討ちとられるはずがない。左衛門佐は前日から戦い続け、配下に下知して最後まで戦い、動けぬところを討たれたに違いない。仁左衛門奴、偽りを述べよって」

家康が不快げに吐き捨てた。

「もはや首は無用、あとは奉行に届けさせよ」

真田信繁以上の大物の首はないと判断してか、家康は命じた。

(敗れたゆえ、満足できまいが、万策尽きるまで戦われ、得心されたのかもしれぬ)

首を見た於奈津は、そう思うことにした。涙は出なかった。信繁と言葉を交わしたことで、於奈津の想《おも》いは叶い、全《すべ》ては思い出として封印されたのかもしれない。

昼から三刻も休みなしで戦い、獅子《しし》奮迅《ふんじん》の活躍をした真田信繁も疲労困憊《ひろうこんぱい》し、茶臼山のすぐ北の安井《やすい》（安居）神社近くに退いて休息していた。そこを西尾久作に討たれたという。

この結果を聞いた島津惟新は「真田日本一《ひのもといち》の兵《つわもの》、古《いにしえ》よりの物語にもこれなきよし」と語ったという。

家康に叱責された小笠原秀政は、敵中に突き入り、阿修羅のごとく戦うが、瀕死《ひんし》の重傷を負って後退し、傷が元で帰らぬ人となった。

同じく松平忠直も敵中で奮戦し、無数の傷を負ったところで、家臣たちに止められ退いた。それでも、どんな形であれ、家臣が真田信繁の首を取ったので満足の体で家康の前に出たものの、家康は労いの言葉をかけないので、不機嫌のまま茶臼山を下がった。

勝ち戦とはいえ、さすがに家康も七十四歳。疲れを見せた。

「今宵はこのあたりにしてはいかがですか」

戌《いぬ》ノ刻（午後八時頃）、於奈津が勧めた時、千姫が家康の許《もと》に現れた。

「おおっ、於千、無事であったか」

真田信繁の首を見た時よりも、家康は嬉《うれ》しそうな顔をした。於奈津には意外に感じられた。

千姫は、秀頼と淀ノ方の助命を嘆願するために本丸を出たところで、豊臣方の堀内《ほりうち》氏久《うじひさ》、南部《なんぶ》利藤《としふじ》・利倶《としひろ》が護衛し、幕府方の坂崎出羽守成正《さかざきでわのかみなりまさ》に引き渡された。

まずは家康のところであろうと、坂崎成正は茶臼山に千姫を連れてきた。

御市御寮人の娘である於江《おごう》の血を引くだけあって、千姫は美しく成長していた。ただ、実家と嫁ぎ先が争い、城内では針の筵《むしろ》に座らされていたのであろう。窶《やつ》れていた。

「御爺《おじじ》様、なにとぞ秀頼様と淀ノ方様の御命をお助けください」

千姫は健気《けなげ》に跪いて懇願した。

「おお、なんと優しい女子じゃ。膝《ひざ》を上げよ。あい判《わか》った。助けてやろう」

「真実《まこと》にございますか?!」

大きな目を見開いて千姫は言う。

「真実じゃ。されど、今、御上から政《まつりごと》を任されておるのは、そなたの父の秀忠じゃ。まずは将軍にこのことを頼むがよかろう。決して悪いようには致さぬはずじゃ」

家康は優しく諭して千姫を岡山の秀忠の許に向かわせた。

(なんと狡いお人か)

一度も出馬しなかったとはいえ、秀頼は豊臣軍の総大将。千姫がどんなに頼んでも、家康は絶対に許すはずがない。にも拘《かか》わらず、糠喜《ぬかよろこ》びをさせて秀忠の許に追い払った。

（これも政か）

自身が悪役になりたくないだけではなく、秀忠に厳しい命令を出させることで、将軍の力を高めようという魂胆だと於奈津は察した。

千姫が不憫《ふびん》。家康の側室として、なんとも心苦しくてならなかった。

岡山に到着した千姫は、秀忠に助命を哀訴した。

「なにゆえ、そなたは秀頼と共に死ななかったのじゃ」

秀忠は目の中に入れても痛くない愛娘《まなむすめ》にあえて冷たく言い放ち、頼みを拒絶した。

「されば大坂城に戻り、秀頼様と共に逝《ゆ》きます」

「今さら遅すぎる。そなたは死ぬ機会を逸した。連れて行け」

秀忠は半狂乱の千姫を輿に乗せ、伏見城に送らせた。大野治長の微《かす》かな望みも潰《つい》えた。

この日、家康の本陣が崩された時、伊達政宗は歓喜し、どさくさにまぎれて家康を討とうと南東に兵を向けたが、行く手を遮《さえぎ》るように味方の神保相茂《じんぼうすけしげ》が陣を布いていた。

相茂は大和の高市《たかいち》で七千石を得ている小勢力である。

伊達政宗は容赦なく神保勢を蹴散らして家康を目指したが、ついに追いつけなかった。神保勢は騎馬三十二人、雑兵二百九十二人を伊達勢に討ち取られ、生き残った者は七人だという。

家康は真田信繁のみならず、伊達政宗にも命を狙われており、神保相茂によって命を救われたことになる。

幕府は真田と伊達の挟撃策を疑い、この密謀を追及したところ、政宗は、「大御所様を助けに行くために必死でござった」と言い逃れをする曲者《くせもの》ぶりを発揮した。

疑惑は消えない。事実、その晩、真田信繁の遣いが伊達家の重臣・片倉重綱の陣を訪れ、死なせるには忍びないと信繁の娘の阿梅《おうめ》、次男の大八《だいはち》（守信《もりのぶ》）、六女・阿菖蒲《おしょうぶ》、八女と侍女として穴山小助《あなやまこすけ》の娘を託した。重綱は政宗に相談の上、阿梅らを引き受けている。政宗の野望は消えていなかった。

激動の一夜が明けた。

大坂城本丸の大炎上から一日経《た》った五月八日。山里郭で息を潜めるように一夜を明かした秀頼らは、千姫の助命嘆願が受け入れられることを、首を長くして待っていた。午《うま》ノ刻頃になって、突然、幕府軍の鉄砲衆が山里郭に一斉射撃を浴びせた。

「これが家康からの返答か」

察した秀頼は自刃し、毛利吉政が介錯《かいしゃく》をした。享年《きょうねん》二十三。

真田信繁は茶臼山に在している時、嫡子《ちゃくし》の幸昌に秀頼の出馬を懇願するため、本丸に向かわせたが、ついに秀頼は戦陣に立つことなく敗軍の総大将となった。幸昌も秀頼に殉じた。

淀ノ方の介錯は荻野道喜《おぎのどうき》（氏家行広《うじいえゆきひろ》）が行った。享年四十七。大野治長らも主に従って切腹し、積んであった火薬に火をかけて山里郭を爆発させ、遺骸《いがい》は跡形もなく消え去った。

於奈津は爆発の瞬間を茶臼山から遠望した。

豊臣家は滅び、真田信繁も死んだ。於奈津は虚無感にかられた。

（九州や奥羽《おうう》の端の小領でも、移封を受け入れ、今の織田家のごとく生き延びて大御所様の寿命が尽きるのを待てば、再起の機会はいくらでも得られたであろうに。つまらぬ誇りと急《せ》く心が御家を滅ぼすことになろうとは）

関ヶ原の戦いの時には感じられなかった、なんとも重い気持である。

（甲斐様は皆と一緒に逝かれたのかしら。あるいは逃れられたか）

傷心の千姫に聞くわけにもいかない。於奈津は甲斐姫が生き延びていることを期待した。

「終わったの。こたびの戦、そなたにはどう映った？」

家康がぼそりと問う。その姿は、この七ヵ月ほどで、急に老けたような気がする。

「戦に良いも悪いもありますまい。人の殺し合いです。されど、これで泰平の世が訪れるならば、死んでいった人たちは敵味方を問わず、得心してくれるのではないでしょうか」

さすがに、秀頼を頼むという秀吉の遺言を破り豊臣家を滅ぼした気分はどうか、とは問えない。

「左様じゃのう」

豊臣家を滅ぼした張本人は、なにかを呑《の》み込むように頷《うなず》いた。

家康と於奈津は、その日の夜、二条城に帰城した。

十日、山城国の八幡《やわた》科《しな》出《で》の谷村《たにむら》家に潜伏していた長宗我部盛親が捕らえられ、十五日、斬首《ざんしゅ》された。

秀頼の長男の国松と長女の御姫《おひめ》は都に在する常高院の許に無事送り届けられた。届けたのは三十半ばぐらいに見える女性らだったという。

ただ、噂《うわさ》はすぐに広まり、五月十一日に見つかってしまった。幼くとも男子の命脈を断つのは武家の倣《なら》い。二十三日、国松は六条河原で斬首された。国松については異説もあり、長宗我部盛親の五男の盛藤が替え玉になったとも言われている。実の国松は真田信繁、海野《うんの》六郎、大野治長の三男の弥九郎とともに抜け穴を通って海に出て島津領の大隅《おおすみ》に逃げた。討たれたのは信繁ではなく真田十勇士の望月六郎であったとも。

御姫も斬られるところ、千姫が命をかけた懇願をし、命ばかりは救われ、鎌倉の東《とう》慶寺《けいじ》に入れられることになった。御姫は髪を下ろし、天秀尼《てんしゅうに》として一生を過ごすことになる。

「ようございました」

いずれ機会があれば東慶寺を訪ねてみたいと於奈津は思った。

豊臣家を滅ぼした幕府は、一国一城令《いっこくいちじょうれい》を閏《うるう》六月十三日に発布した。戦国の世は終了したので、領国に城は一つで十分。あとは人が住める屋敷があればいいということである。これにより、武士の憧《あこが》れであった「一国一城の主《あるじ》」は夢物語になってしまった。

七月七日には武家諸法度《ぶけしょはっと》を制定し、城の修築等は全て幕府に届け出をしなければ改易にするなどの禁令を発し、武家を拘束《こうそく》した。この法度によって、取り潰《つぶ》しに遭う大名は江戸時代を通じて多数に及ぶ。十七日には禁中并公家諸法度《きんちゅうならびにくげしょはっと》で朝廷を管理し、さらに諸宗本山・本寺の法度を定めて寺社宗教を統制した。

同月十三日には元号が元和《げんな》と改元された。これは偃武《えんぶ》（平和）を天下に示し、戦がなくなり武器を蔵に仕舞うことを指している。

もはや幕府の力は絶大。逆らうことができない世の中になった。

残暑厳しい中の八月二十三日、家康と於奈津は駿府に帰城した。

駿府に戻ってからの家康は、九月に六男の松平忠輝に勘当を命じたぐらいで、そのほかは至って穏やか。鷹狩《たかが》りや茶を楽しんで過ごした。特に、孫のような年齢差の頼宣や頼房が遊びに来ると、まさに好々爺《こうこうや》となって鷹の扱い方を伝授した。家康を知らぬ人がその光景だけを見れば、血で血を洗う戦国の世を終わらせた人物とは思わぬであろう。

九月中旬、家康の許に珍客が来た。

「竹千代《たけちよ》様の乳母を務める於福《おふく》と申します。伊勢参りの途中、大御所様にご挨拶《あいさつ》に伺いました」

低姿勢で於福が於奈津に挨拶をした。於福は惟任光秀の重臣・齋藤利三《さいとうとしみつ》の娘で、本能寺の変後、親戚《しんせき》がいる四国の土佐に身を隠したのち、小早川秀秋の重臣・稲葉正成《いなばまさなり》に嫁いだ。その後、正成は浪々の身になったにも拘わらず浮気をしたので、於福は自ら正成を離縁し、募集の高札を見て竹千代の乳母となったという経緯がある。

「お待ちください」

於福がただならぬ表情なので、於奈津は察して家康に取り次いだ。

「実は……」

家康の前に罷《まか》り出た於福は、死を覚悟で直訴した。

秀忠、於江夫婦は嫡男の竹千代ではなく、利発な弟の国千代《くにちよ》を可愛《かわい》がり、三代将軍にしようとまで口にしていた。疎まれた竹千代は自殺を図り、於福が止めたのは大坂夏之陣の直前。戦が終わったので、於福は駿府行きを決意したという。

「死罪であること、覚悟していような」

最近では珍しく、家康は刺すような目を於福に向ける。

元来、訴えは秀忠の重臣か、正室於江の侍女にするべきことであるが、これを通り越して家康に進言することは、秩序の乱れと固く禁じられていた。

「いつなりとも」

於福は自らの命を惜しまなかった。

（乳母はお乳を差し上げるだけではなく、教育係でもある。他人の子を実の子のよう

に感じられるものなのか）

　於奈津は乳を呑ませたことがないので、理解しがたいものがあった。ただ、乳母の職は身を呈して仕えるものであり、戦場で命を投げ出す兵と同じであることを認識した。

「あい判った」

　於福の真心に打たれたのか、家康は呑み込むように頷いた。

　翌十月、家康は江戸城に登り、秀忠夫婦と竹千代、国千代を前にした。

「竹千代、菓子を取らす。これへまいれ」

　上座から優しく語りかけると、竹千代は嬉しそうに上座に登り、菓子に手をつけた。これを見ていた国千代も竹千代の隣に座し、菓子に手をつけようとした。

「下がれ国千代！　ここは、そちの座す場所ではない！」

　子供相手に家康は一喝。国千代はおののきながら、於江の背に隠れた。

　家康の一喝に驚いたのは秀忠も同じ。嫡流の秩序を乱す者は将軍でも許さぬという強い家康の意思であり、秀忠は久々に震え上がったという。

　これで竹千代の家督は決定した。

（さすが大御所様。多くを語らず、行いでお示しなされた）

老いても虎《とら》は虎。仕置きに、末席で見ていた於奈津は感動した。

孫の乳母の申し出を家康が受けることは異例中の異例なので、二人は特別な関係ではないかとも噂され、竹千代は家康の子ではないか、という説が誕生した。

(まあ、女子好きの大御所様のこと、あっても不思議ではないが)

とすれば長幼の序が崩れてしまう。変な詮索《せんさく》はしないことにした。

晩年の家康には、家康六人衆と言われる者が近侍し、重用された。本多正純、茶屋清次《きよつぐ》、後藤光次《みつつぐ》、亀屋《かめや》栄任《えいにん》、金地院崇伝、於奈津。時には、林羅山、三浦按針なども加えられたが、唯一《ゆいいつ》の女性の於奈津が欠けることはなかった。

歳をとっても家康は食欲旺盛《おうせい》で、肉や魚も良く食べた。天下を統一したあとは、新しい物も口にした。

元和二年(一六一六)一月二十一日、駿河の田中の寺を宿所とし、鷹狩りを終えて帰寺したのち、榧《かや》の油で揚げた鯛《たい》を食べた夜、体調が急変し、一時は呼吸困難に陥った。すぐに侍医の片山宗哲《かたやまそうてつ》が薬を呑ませたので、症状はなんとか落ち着いた。

「大御所様が⁈」

翌日、報せを聞いた於奈津は、すぐに輿を用意させ、田中の寺に駆け付けた。

「大御所様！」

部屋に入ると、家康は床についていたが、上半身を起こして書状に目を通していた。

「おお、於奈津か、心配させてすまぬの。大事ない。峠は越えた」

家康は普通に話せた。

「それはようございました。なんでも鯛の揚げ物が当たったとか。もう、良いお歳なんですから、お気をつけくださいまし」

「そうじゃの。老い先が短いと思うと、心残りをなくしておきたいと思っての。今際《いまわ》の際《きわ》で、あれを喰うておけば、と悔いたくはないゆえの」

「信長様も果たせなかった天下を纏《まと》めた大御所様が、下々のようなことを申されますな。まだまだ働いてもらわねば困ります」

病の床で、まだわたしは子を得ておりませぬ、とは言えなかった。

「まだ、楽隠居させてもらえぬとは、人の一生は重荷を負いて遠き道をゆくが如《ごと》し、か」

しみじみと家康は言う。

「急ぐべからず。不自由を常と思えば不足なし。心に望起こらば、困窮したる時を思い出すべし。堪忍《かんにん》は無事長久《ぶじちょうきゅう》の基《もとい》。怒りは敵《かたき》と思え。勝つ事ばかりを知りて負くる事を知らざれば、害其《そ》の身に至る。己を責めて人を責めるな。及ばざるは過ぎたるより勝《まさ》れり、でございましょう」

於奈津は、日頃、家康が口にしていることをなぞった。

心に欲望が起こった時は、困った時のことを思い出せ。堪忍することが、無事に長生きするための基本である。怒りは敵。勝つことばかりを考え、敗れることを考えぬとその害は自分の身に降り掛かるので注意すること。自分を責めて人を責めるな。足りないほうが、多過ぎてしまっているよりも優れている、ということである。

「そなたには敵《かな》わぬの」

家康は疲れたような顔で笑みを作った。

少し回復したので、家康が駿府城に戻ると、将軍秀忠をはじめ各地の諸将が見舞いに訪れた。側室の於奈津は対応に追われ、侍女かと思うほど働かざるをえなかった。時には自ら茶を出したりするほどである。将軍は秀忠ながら、改めて家康が天下の実力者であることを思い知らされた。

江戸の側室たちも見舞いに訪れた。

「於奈津殿、お久しゅうございます」

於勝もその一人。家康への挨拶ののち、於奈津と顔を合わせた。

「ほんに、於勝殿もお健やかそうでなにより」

柔らかく微笑《ほほえ》む於勝の美しさは年を重ねても変わらない。この年三十九歳になる。

「はい。頼房殿が、早駆けの帰りに花を摘んでくれたり、鷹狩りの帰りにお求めになった櫛《くし》などを届けてくれたり致します。まこと我が子のようで」

於勝の生き甲斐《がい》は頼房のようであった。

「それは、ようございました」

実の子でなくとも、家康の息子に慕われているのは、羨《うら》ましい限りである。

「於奈津殿は、幾つになっても変わられませんな。なにか秘訣《ひけつ》があるのですか」

「養母《はは》になられると、お上手になるのですか」

もし年齢よりも若く見られたなら、子を得られなかったからかもしれない。於奈津は若いと言われても、あまり嬉しくはなかった。

「わたしは昔から世辞などは申しませんよ」

「左様でした。昔は随分と虐《いじ》められたような気が致します」

「それは大御所様を奪い合う競争相手ゆえ致し方なきこと」

於勝が言うと、二人同時に声を立てて笑った。

「今ではすっかり、於奈津殿にとられてしまいましたな」

「とんでもない。ここには於梅殿も於六殿もおられます。わたしがお会いするのは、もっぱら昼間ばかりです」

真実なので悔しいが、三度、大戦《おおいくさ》に参じたという自尊心は誰にも負けない。

「於奈津殿は昔から才がありましたゆえ。聞きましたよ。日本一の兵と謳《うた》われた真田左衛門佐の太刀を躱《かわ》し、大御所様を守られたとか」

「左様なことはありませぬ。ただ、逃げ遅れ、陣に残り、怖くて震えていただけです。まったくどこで、どう尾鰭《おひれ》がつくか、人の噂は恐ろしいものですね」

気をつけないと、家康の武功に瑕《きず》がつく。於奈津は言動には改めて注意しようと思った。

「それにしても、昔はいがみ合っていたのに、こうして笑い合えるとは、不思議ですね」

「これから、お互いに先は長い。昔、と言うのはやめませんか」

「そうですね」

改めて二人は微笑んだ。お互いに年を経た証拠であろうが、どことなく寂しい気もした。

家康は立てる日もあれば、寝込む日もあるという状態が続いた。もはや鷹狩りをすることができなくなり、そればかりは悔しいと嘆いている。

桜が散り、葉桜が濃くなると、横になっている日が多くなった。調子のいい日は床で家臣たちと話すことが日常である。その側には殆《ほとん》ど於奈津が控えた。

勿論、二人きりになることもある。

「そなたはまだ若い。余が死んだのち、誰ぞに嫁ぎ直したらどうか」

横になりながら家康は言う。

既に若い側室の於梅は、本多正純に下げ渡されている。当時の習慣で主から家臣に下賜《かし》されることはよくあった。女性が物扱いされていたのも事実である。

「左様なことと考えたこともございませぬ」

於奈津の本音である。実際、同年代の武将に嫁げば、母親になれる可能性は高いかもしれないが、家康の側室という自尊心があるので、命令でも簡単には応じられなかった。

「そなたには悪いことをした。我が側室として、三度も戦陣に連れ出したゆえ、ほかの武将では腰が引けてしまうやもしれぬな。お陰で徳川の家は磐石《ばんじゃく》となった」

「なにを仰《おお》せです。男子であっても、なかなか天下取りの戦に参じることはできませぬ。それを三度もさせて戴いた御恩は言葉に尽くすことができませぬ。大御所様の側室にさせて戴《いただ》いたこと、今でも感謝致しております」

小市民的な幸せもいいが、戦場に立つ側室もいい。これも於奈津の本音であった。

「左様か。されば、余が死んだのちは秀忠を支えてくれ。平家は一代、源氏は三代で滅びた。徳川が左様な憂《う》き目にあってはならぬ。なんのために血を流してきたか判らぬゆえの」

「畏《かしこ》まりました。万が一の時は江戸で暮すことに致します。それゆえ、半刻でも長く駿府で過ごせるようにしてくださいい。わたしは暖かな駿府が気に入っております」

「そうしよう」

家康は朝鮮人参《にんじん》の粉を摘《つま》み、白湯《さゆ》で喉《のど》に流し込んだ。

病床で家康は、さまざまなことを遺言した。

「余が死したのちに兵を挙げる者あれば、一番の先手は藤堂和泉守（高虎）、二の先手は井伊掃部頭《かもんのかみ》（直孝）と致せ」

別の日には次のように言う。

「我が亡《な》きのちは、久能山《くのうざん》に納めよ。法会《ほうえ》は江戸の増上寺《ぞうじょうじ》で行い、位《い》牌《はい》は三河の大樹《だいじゅ》寺《じ》に置くがよい。一周忌を終えたのちに、下野の日光山に堂を営《いとな》んで祀《まつ》ってくれ」

また別の日には次のことを遺言した。

「我が亡きあとは、遺体に鎧《よろい》を着せ、西に向かって立てるように葬《ほうむ》れ。さすれば軍神となって徳川を守るであろう」

側近たちは、その都度書き留めた。

そんな家康も遂《つい》に起きることができなくなった。於奈津は側にいる。

「余はもう、死ぬのであろうな」

「皆誰でも。いずれ、わたしも」

この期《ご》に至り、於奈津はありきたりの慰めはしなかった。

「左様か。少々やりすぎたこともある。黄泉《むこう》に行ったら詫《わ》びねばの」

「大御所様らしくもない。元来、小心で狡いお方です。太閤様も治部殿も誤魔化しなさいませ。さすれば、さすが征夷大将軍と崇《あが》められましょう」

「そなたにそう褒めてもらうと、逝くのがそう辛《つら》くない気がする。まあ、先に行く。そなたは、ゆっくり、この世を楽しんでまいれ」

疲れたのか、家康は寝息をたてはじめた。そのうちに呼吸を止めた。

元和二年（一六一六）四月十七日、巳ノ刻（午前十時頃）、前《さきの》征夷大将軍従一位《じゅいちい》太政《だじょう》大臣徳川家康は駿府城内で於奈津に看取《みと》られて生涯を閉じた。享年七十五。

神号は東照大権現《とうしょうだいごんげん》、戒名は東照大権現安国院殿徳蓮社崇譽道和大居士《とうしょうだいごんげんあんこくいんでんとくれんしゃすうよどうわだいこじ》が贈られた。

（逝かれましたか。大往生ですね。あなた様は遂にわたしに子を授けてくれなかった狡い人ですが、約束どおり泰平の世を築かれました。感謝致します。また、お礼申し上げます。ご遺言どおり、わたしはゆっくりとまいります。あなた様の好きな鯛の揚げ物もたくさん食べますよ。しばらくは江戸の賑《にぎ》やかな町を堪能《たんのう》致します。あなた様が作られた泰平の江戸を）

於奈津は涙を流しながら、家康との日々を思い出していた。

終章　泰平の中で

一

四十九日が終わったのち、於奈津は家康の遺言に従い、江戸に移った。

於奈津は家康存命時、三ノ丸に独立した屋敷を与えられていたので、そこが生活の場となる。秀忠からはこれまでの功績を称《たた》えられ、武蔵の中野で五百石を下賜《かし》された。

家康の死去後、於奈津は落髪し、清雲院《せいうんいん》と号するようになったが、殆《ほとん》どの者が院号では呼ばず、今までどおり於奈津と呼んでいる。

六月の下旬になり、秀忠に呼ばれた。

「於奈津殿に尋ねたい。それは弟・忠輝のこと。亡《な》き大御所様はいかように申されていたか」

死してもなお秀忠にとって家康は恐ろしい存在であり、幕府の象徴でもあった。

「ご存じのとおり、大御所様は今際《いまわ》の際《きわ》に、公方《くぼう》（秀忠）様をはじめ、ご子息方を枕《ちん》頭《とう》にお呼びになられましたが、忠輝様ばかりは対面することを禁じられました」

蟄居《ちっきょ》中の忠輝は、家康の容態を聞き、命令を無視して駿府まで駆けつけたが、家康は顔を合わせることはしなかった。

「されど、大御所様は野風《のかぜ》の笛を忠輝様に贈られております。公儀（幕府）の法を遵《じゅん》守《しゅ》しながらも、親としての情は最後まで持ち合わせておられました」

野風の笛は、信長から秀吉、さらに家康と渡り歩いた天下人の笛とも呼ばれている。

家康は母の茶阿局（朝覚院）を通して忠輝に渡した。

「それゆえ、寛大なお取りはからいをお願い致します」

秀忠が於奈津に聞くからには、処罰を決めかねていたに違いない。於奈津としても、泰平の世に将軍から弟へ死罪を命じさせたくはなかった。

「忝《かたじけ》ない。十分に思慮致そう」

秀忠は納得したようである。

元和二年（一六一六）七月六日、松平忠輝は改易となり、伊勢の朝熊《あさま》に流罪《るざい》とされ、金剛證寺《こんごうしょうじ》に入った。改易の理由は、大坂夏之陣の遅参。忠輝軍の進軍中、秀忠直属の旗本を斬《き》り捨てたこと（但《ただ》し、戦中の追い越しは切り捨て御免なので忠輝の行動は合法）。朝廷に対して夏之陣の戦勝報告をする参内を拒否したことが表向きのことであるが、もっと奥深いことがある。

幕府にとって由々しきことは、キリスト教と極めて親しかったこと。妻の五郎八《いろは》姫はキリシタンだった。姫の父は天下取りの欲を捨てぬ伊達政宗。政宗と親しく、忠輝の附家老も務めた大久保長安《ながやす》は、佐渡の金で私服を肥やし、長安の死後に一族は死罪にされている。これらが複雑に絡《から》み合ってのことであった。

忠輝が助命され、於奈津は胸を撫《な》で下ろしたが、忠輝の母の茶阿局は、この世の終わりだと嘆いたという。

このように、於奈津は、なにかといえば秀忠に呼ばれ、意見を求められた。於奈津の返答は、亡き家康の言葉も同じ、と解釈されるようになっていた。

於奈津は、秀忠ばかりではなく、御台所《みだいどころ》の於江からも助言を求められた。

於江は信長の妹の御市御寮人と浅井長政の娘で、姉は淀ノ方と常高院。佐治《さじ》一成《かずなり》、羽柴秀勝《ひでかつ》に嫁いだのち、秀忠と再婚して二男五女を儲《もう》けた。織田の血を引く美女である。

「公方様は近頃、家臣とひそひそ、内緒話をしている様子。どこぞに女子《おなご》でもいるのではないですか? 亡き大御所様からなにか聞いておりませんか」

悋気《りんき》をあらわに於江は問う。於江の嫉妬《しっと》深さは有名で、秀忠は姉さん女房にまったく頭が上がらず、側室を持つことすらできなかった。

（やはり女の勘は恐ろしい）

心当たりはある。秀忠は江戸郊外で鷹狩《たかが》りを行い、板橋《いたばし》郷竹《たけ》村の大工の娘・静《しず》（志津）を身籠《みごも》らせた。静は神尾《かんお》栄嘉《さかよし》の娘という説もある。

静は慶長十六年（一六一一）五月七日、神田《かんだ》白銀《しろがね》の竹村次俊《たけむらつぎとし》宅にて男子を産んだ。幸松丸《こうしょうまる》と命名された男子は次俊宅にいたものの、見性院《けんしょういん》に養育されることになり、江戸城田安《た　やす》門《もん》内の比丘尼《びくに》邸に住んでいた。見性院は武田信玄の次女で、穴山梅雪斎《あなやまばいせっさい》の正室である。

秀忠は慶長十七年（一六一二）三月、駿府で鷹狩りをした際、こっそり家康に伝えている。

「左様なことは聞いておりませぬが、なにか気がついたらお伝え致します」

あえて波風を立てる気はしない。於奈津は受け流した。

すぐに接すると怪しまれるので、於奈津は半月ほどして秀忠と顔を合わせた。

「御目出度《おめでと》うございます。御台所様は幸松丸様のこと、気づきはじめておりますよ」

於奈津は笑顔で皮肉を口にした。

「まことか！　いかがしたらいい？」

強敵に追撃でもされたような表情で秀忠は問う。

「まあ、身から出た錆《さび》です。素直に謝られたらいかがですか」

「駄目だ。左様なことをすれば幸松丸は殺される。なんとかせねば。大御所様はいかがなされていたのか」

「大御所様には御台所がおられませんでした。新たな側室を迎えると、決まって小袖《こそで》や帯を皆に配っておられました。その都度、わたしは両頰をつねる程度で我慢致しましたが」

思い出して於奈津は笑みを浮かべた。家康は狸顔《たぬきがお》で、まめで可愛《かわい》げがあった。

「笑い事ではない。生死がかかる問題じゃ」

「されば、なにがあろうとも、知らぬ存ぜぬで押し通すしかありません。その上で、頃合を見つけ、江戸から遠ざけてはいかがですか。一度、どなたかのご養子に出されるとか。見性院様は武田の出ゆえ、武田の旧臣などいかがでしょう。信玄公存命時、ご領国に入って戻った諜者《ちょうじゃ》は一人もいないという噂《うわさ》を聞きました。隠すならば、武田の旧領が適しておりましょう」

「よう申した。さすが大御所様の影武者。その助言、有り難く戴《いただ》こう」

翌元和三年（一六一七）十一月、幸松丸は武田旧臣の保科正光の養子となり、静とともに信濃の高遠《たかとお》に移住した。正光は高遠で二万五千石を与えられている。幸松丸はのちに保科正之《まさゆき》となり、家光を補佐して副将軍とも呼ばれ、会津松平家の礎《いしずえ》を築くようになる。幸松丸の命を救ったことは、江戸幕府にとって非常に重要なことであった。

（於江様には申し訳ないが、血を見ぬことこそ人の道）

於奈津は自分のしたことが正しいと信じていた。


数年後の五月半ば、於奈津は許可をもらい鎌倉遊山《ゆさん》に赴いた。

鎌倉は三方を山に囲まれ南は海に面した地で、嘗《かつ》ては武家政権を築いた源頼朝、さらに北条一族が政庁としていた町である。江戸時代は寺社町として信仰を集め、参拝客で賑《にぎ》わっていた。

於奈津が訪れたのは、華やかな鶴岡《つるがおか》八幡宮ではなく、そこから十三町（約一・四キロ）ほど北西に位置する東慶寺である。同寺は八代目の執権《しっけん》・北条時宗《ときむね》の夫人・覚山《かくさん》尼《に》が開山し、男子禁制の尼寺として始まり、さらに女性が駆け込む縁切寺となった。

左右に水色の紫陽花《あじさい》が鮮やかに咲く階段を登り、年季の入った山門を潜ると小さな庭園が広がる。於奈津が寺内に入ると若い尼が出迎えた。

「ようお出で戴《い》きました」

十代半ばの爽《さわ》やかな笑顔を向けるのは、秀頼の娘の御姫。出家した天秀尼である。

「お健やかでなにより。随分と大きゅうなられて」

天秀尼に促され、於奈津は庵《いおり》の中に入った。質素な部屋である。

「あら」

既に先客がいた。尼頭巾《あまずきん》をかぶった細面の女性。切れ長の目で日焼けした肌。

「やはり、生きておられましたか」

於奈津は笑みを向け、正面に腰を下ろした。

「生来、しぶといようで。於奈津殿も健やかでなにより」

「あの包囲の中、ようも天秀尼様を連れ出して逃れられたもの。さすが甲斐様にございます」

「公儀の触れで仕方なく参じ、大坂に同情している方が目こぼしをしてくれたのです」

遠くを見るような目で甲斐姫は告げた。

「それにしても御無事でなにより。国松様のことはお悔やみ申しあげます」

「斬られたお子は不憫《ふびん》ですが」

甲斐姫は意味深げなことを言う。

「されば、あの噂は真実《まこと》なのですか」

真田信繁が影武者を使い、国松を連れて島津領の大隅に逃れたというもの。

「さあ、噂はあくまでも噂。それより、於奈津殿は大層お働きなされたようで。日本《ひのもと》一《いち》の兵《つわもの》に斬りつけて家康殿を逃したとか」

「それこそ、あらぬ噂にございます。わたしは伏見城におりました」

東照大権現《とうしょうだいごんげん》、神となった家康を陥《おとし》いれるようなことがあってはならない。

「そういうことにしておきましょう」

甲斐姫は判《わか》っているようで、愛らしく両頬を上げる。甲斐姫の実年齢は五十歳ぐらいであるが、三十半ばぐらいにしか見えなかった。

「甲斐様は、こちらに住まわれているのですか」

「秀頼様のお子と、太閤殿下の側室が一緒に住んでいれば、よからぬ噂が立ちますゆえ、ここには住んでおりません」

甲斐姫は暗い表情をする。この時、成田氏は家督争いを起こし、幕府も監視していた。

「左様ですか。そういえば、今は五月、秀頼様の命日でございましたね」

甲斐姫は頷《うなず》いた。

八日の命日では幕府の監視が厳しくなるので、これを避けるため甲斐姫は月半ばに来寺したのかもしれない。命日以外でも東慶寺は厳重に見張られている。万が一、どこかの男が潜り込み、天秀尼を妊娠させ、男子でも誕生させれば、世が騒がしくなる。これを避けるためである。

「わたしは清雲院と号しております。甲斐様は?」

「髪は下ろしましたが、まだ号しておりません。よき名がありませんから。号するとすれば、大豊院、秀豊院では波風が立ちましょうゆえ」

「ほほほっ、それはきつい」

思わず於奈津は声を上げた。甲斐姫は自尊心を保ち続けているようだった。

久々に旧友に会え、於奈津は夕刻近くまで語り合った。

元和九年（一六二三）七月二十七日、家光に将軍宣下《せんげ》があり、徳川三代目の征夷《せいい》大将軍となった。秀忠は大御所となって西ノ丸に退いた。

家康から秀忠の補佐を命じられていた於奈津は役目を終えたと、五百石と三ノ丸の屋敷を返上し、代わりに小石川御門内邸に移り住み、蔵米百石十人扶持《ぶち》を賜わることにした。

於奈津、四十三歳。あとは静かに余生を過ごすばかりと思っていたところ、家光がお忍びでやってきた。側近たちは部屋の外に控えた。

「これは上様」

突然の珍客に於奈津は慌《あわ》てた。城内では軽い挨拶《あいさつ》程度しかしていなかったからである。

「於奈津、久しいの。なにゆえ城を出た？　寂しくなるではないか」

このような言葉をかけられたのは初めてのことである。

「お気遣い忝のうございます。少々疲れましたので」

「そなたは権現様に一番気に入られた側室じゃ。ずっと側にいたのであろう。教えてくれ。余《よ》はまことに大御所（秀忠）の子なのか？　権現様の子という噂も聞くぞ。母は於福じゃと」

上座から身を乗り出すようにして家光は聞く。

「上様は大御所様の御子息でございます。わたしの知る限り、権現様の許《もと》に於福様がまいられたのは、上様の家督を進言なされた日ばかりです」

「左様か」

落胆した口調で家光は言う。家光は、家督を弟の忠長《ただなが》に継がせようとしていた秀忠を嫌っていた。家康の子でありたいという願いを持っているようだった。

「於奈津、余は忠長が憎い。斬りたいほどに」

「左様なことは口になさらぬほうがよいかと存じます。亡き秀吉様は、秀頼様がお生まれになると、身内を次々に斬られました。ゆえに、お家を支える人がおらず、豊臣家は滅びました。最後に支えるのは身内にございます。斬れば恨みが残るばかり。弟君を大切になされませ」

諭すが家光は不快そうにするばかりであった。

「そなたは余の周りとは違うことを申す。頼りになる。我が側にまいれ」

言うや家光は於奈津の肩に手をかけた。

瞬時に於奈津は家光の手を捻《ひね》り上げ、押さえつけた。

「この慮外者」

「痛たたた、放せ於奈津。余は将軍ぞ」

家光は畳に顔をつけながら命じる。

「将軍なれば、女子《おなご》一人ぐらい払い退《の》けられませ」

於奈津が怒鳴ると、松平信綱らが一斉に戸を開けて部屋に入ろうとする。

「控えおれ。ここは東照大権現家康公の側室の部屋じゃ！」

家康の名を出して一喝すると、松平信綱らはとどまった。

家光はむすっとしていたが、怒った素振りはなく、城に戻っていった。

「あい判った。されど諦《あきら》めぬぞ。また来る」

にございますぞ」

権現様をはじめ、みなが望んだ天下泰平の世、無事に次の将軍に渡すのが上様の役目

をすれば、罰が当たらないとも限りません。こたびのことは戯《ざ》れ言《ごと》としておきます。左様な時に悪さ

るやもしれませぬ。年内には御台所様のお輿入《こしい》れがございましょう。左様な時に悪さ

「さあどうでしょう。されど、権現様の側室に手を出そうなどという人には罰が当た

「まことか？」

様、みな罰《ばち》が当たったのでございましょう」

「わたしに手を出そうとした者は、みな滅びております。秀吉様、治部様、左衛門佐

一息吐《つ》いた於奈津は続ける。

ました。それゆえ、徳川の世が三代目となりました。このこと、肝に銘じられませ」

一度たりとも力ずくで手込めにしようとはなさいませんでした。必ず合意を求められ

「上様、よくお聞きなさいませ。亡き権現様は、それはもう大層女子が好きでしたが、

於奈津が手を放してやると、家光は肩を廻しながら胡坐《あぐら》をかいた。

「ご無礼を致しました」

この年の十二月、前関白・鷹司信房《たかつかさのぶふさ》の娘・孝子《たかこ》が江戸城に入り、寛永二年（一六二五）八月九日、家光との婚儀がとり行われた。家光は正室を迎えても、於奈津の許を訪れ、家康のことを尋ねた。

将軍家光のみならず幕臣も単独で足を運ぶことがあり、その都度、於奈津は誠実に応《こた》えた。頻繁に来客があるので、於奈津の屋敷はいつも賑やかだった。そこには於勝や甲斐姫の姿もあった。

家光は於奈津を得られぬ悔しさか、孝子の侍女に手をつけ、側室にして於夏と名乗らせている。

於奈津は五十歳の節目を迎えた寛永七年（一六三〇）、故郷の伊勢山田の妙見山に東照山・清雲院を創建し、尊誉玄的上人《そんよげんてきしょうにん》に開山を依頼して開基した。

開山を機に於梅を招き、住まわせることにした。同じ家康の側室であった於梅は本多正純に再嫁《さいか》したものの、正純は元和八年（一六二二）に秀忠暗殺を画策したとされる宇都宮城釣天井事件などの疑いで改易にされ、出羽の横手《よこて》で幽閉されるはめになった。これによって於梅は尼となり、駿府、都などを転々としていたので、於奈津は不憫に思って声をかけた。於梅は於奈津に感謝したという。

明暦元年（一六五五）、江戸幕府の内意により甥《おい》で和歌山藩士・長谷川五郎兵衛広《ひろ》直《なお》の孫の三郎左衛門藤該《ふじかね》を養子として一家を創立することにした。家光は慶安四年（一六五一）に死去しているので、既に四代将軍・徳川家綱《いえつな》の時代となっていた。

万治三年（一六六〇）、於奈津も八十歳になった。それでも来客は後を絶たない。家康の月命日に当たる三月十七日には元大老・酒井忠勝《ただかつ》が訪れた。

「婆殿《ばば》、お久しゅうござる」

「これは、公方様に次ぐ偉い方がお越しとは、また戦でもありましたか」

高齢になっても於奈津は呆《ほう》けることなく、矍鑠《かくしゃく》としていた。

寛永十四年（一六三七）十月に島原の乱が勃発《ぼっぱつ》し、幕府は鎮圧するのに十二万人以上の兵を動員し、八千人の死傷者を出し、四ヵ月ほどを要する事態があった。

「婆殿に会うのも戦やもしれませぬな」

「なにを申されるか。そこの敷物にでも座ってください」

「とんでもない」

酒井忠勝は畳の上に正座したまま、於奈津に向かいあった。

「されば、肩衣《かたぎぬ》でも外して楽になさいませ」

「お気遣い、忝のうございますが、某《それがし》はこのままで構いませぬ」

神君家康の側室に対し、酒井忠勝は背筋を伸ばし、姿勢を崩さなかった。

「東照大権現様に侍仕《じじ》していた側室の方々はみな亡くなられたのに、婆殿だけが長寿を保っておられる。決して疎《おろそ》かにはできませぬ。前々からお訪ねしたいと思っておりましたが、諸事情がござって、ついつい遅れてしまいました。今日は東照大権現様の御忌日《ぎょきじつ》に当たり、往事《おうじ》を思い起こし、懐《なつ》かしさのあまり御訪問したところ、安泰でおられるのを拝見してお慶《よろこ》び申し上げます」

「左様なことを……」

温かい言葉をかけられ、於奈津は声を詰まらせた。

「婆殿の話を聞いていると落ち着きます」

もはや関ヶ原を知る者は、於奈津しかいないかもしれない。酒井忠勝は於奈津より六歳年下。関ヶ原合戦の時は秀忠に従って上田城を攻めていたので、本戦には間に合わなかった。

「なんと嬉《うれ》しいことを。この婆は恥ずかしくも家康様の御坐《ござ》の塵《ちり》を掃《は》らい、二条の都、伏見、大坂、駿府を経て廻り、およそ二十年お側にお仕えさせて戴き、下女の勤めを碌《ろく》に果たしておらぬのに、厚遇を受けました。ただただ感謝の極みにございます」

於奈津は家康を前にするかのように頭を下げた。

「家康様がお隠れあそばされたのち、我が身はさしたる能もなく、頼るべき一子もない、つまらぬ身の上にも拘《かか》わらず、秀忠様は家康様の御余情を敬《うやま》われ、この婆を江戸にお召し下され、お屋敷を賜わり、禄《ろく》を給せられ、毎年春秋には時服を拝領せしめられ、衣食住とも不足することはありませんでした。時々、登城して大奥でお目通り致しますと、恩言を蒙《こうむ》り、兼金、御衣、飲食を賜わり、その上、一族の者は旗本に取り立てて戴き、無上の仕合わせに存じます」

「みな婆殿の人徳にございましょう」

「いえいえ、家康様のお陰です」

首を横に振った於奈津は続けた。

「家光様にも手厚くもてなして戴き、あなた様にも政務多忙の最中、絶えず御来問下さいましたこと、御礼の申しようもありませぬ。四代の家綱様は、御若いので昔のことは御存じなさいませぬけれど、年初歳末に謁見《えっけん》させて戴ければ、有り難くも懇詞を蒙ることは御存じのとおり。まことに家康様の余恩にございます」

於奈津は天の家康に手を合わせた。

「わたしは齢《よわい》八十になりました。公儀にとっては無用の長物でありますが、尾張（義直）様、紀伊（頼宣）様、水戸（頼房）様、それに天樹院（千姫）様がたびたび御来訪下され、お土産を賜わり、お声がけ戴き、宴の席に招いて戴いております。これも皆様の御恩の余慶にございます。もはやいつ逝《い》っても恨みはございませぬが、かように生き長らえていることで、あなた様にもお立ち寄り戴けた。これほど嬉しいことはございませぬ」

「婆殿、またまいります。それまで健やかにあらせられますよう」

酒井忠勝は立ち上がり、側に仕える侍女たちに向かう。

「そなたらは、婆殿の昔の時分を知っておるまいが、ただのお方ではあらせられぬ。よくよく心をこめてお仕え致すように。ただ今、閑散の身だと気を許すではないぞ」

侍女に告げた酒井忠勝は於奈津の屋敷を後にした。

その後も来客に応対する於奈津であったが、半年近くが過ぎると、寝ている日が多くなった。とりわけて体のどこかが悪いわけではない。ただ、眠かった。

(そういえば、最近、みなと会《お》うておらぬな)

真際まで天下取りに望みを持っていた伊達政宗、伊勢の津を領有した藤堂高虎のみならず、阿茶局、於勝、於梅、於六、天秀尼、春日局(於福)、さらに、兄たちや於末も既に鬼籍に入っている。

昔馴染《なじ》みは千姫と、酒井忠勝ぐらいであった。

（そうか、もはや、わたしだけか）

ふと寂しさがつのった時、懐かしい姿が現れた。まんまるの目。良く聞こえそうな福耳。日焼けした肌、少し冴《さ》えない小太りの体軀《たいく》。家康である。

（そうですか、お迎えですか。随分と待たせてしまいましたな。されど、先に於勝殿らが逝っていたので寂しくはなかったでしょう。秀吉様は言いくるめましたか。言葉が足りなければ、わたしが助言してさしあげましょう。その代わり来世では、お子を授からせてください。あなた様が逝ったあと、独り身の夜は寂しいものです。もう、その必要はないのですね）

九月二十日、於奈津は家康から賜わった護身刀を抱いたまま静かに息を引き取った。享年《きょうねん》八十。戒名は清雲院心譽光質大禅定尼《しんよこうしつだいぜんじょうに》と贈られた。

関ヶ原、大坂冬、夏の戦いに家康と参じた希有《けう》な側室であった。

於奈津は側室のうちで唯《ただ》一人、小石川伝通院の徳川家墓所に葬《ほうむ》られた。

家康が鷹狩に出て仮泊する時、於奈津が家康の側に在るのを望見する者は、

「天女が上帝の側にあるがごとし」

と言ったと酒井忠勝は追懐している。

参考文献　＊出版社名省略

【史料】

『大日本史料』『浅野家文書』『毛利家文書』『吉川家文書』『小早川家文書』『細川家史料』『豊太閤真蹟集』以上、東京大学史料編纂所編『岩淵夜話』大道寺友山著『朝野旧聞裒藁』史籍研究会編『黒田家文書』福岡市博物館編『豊公遺文』日下寛編『豊臣秀吉文書集』名古屋市博物館編『豊臣秀吉の古文書』山本博文・堀新・曽根勇二編『徳川家康文書の研究』中村孝也著『新修　徳川家康文書の研究』徳川義宣著『徳川實紀』黒板勝美編『武徳編年集成』木村高敦編『群書類従』塙保己一編『續群書類従』塙保己一編・太田藤四郎補『續々群書類従』『史籍雑纂』以上、国書刊行会編『當代記　駿府記』続群書類従完成会『新訂　寛政重修諸家譜』高柳光寿・岡山泰四ほか編『徳川諸家系譜』斎木一馬・岩沢愿彦・戸原純一校訂『改定　史籍集覧』近藤瓶城編『黒田家譜』貝原益軒編著『國史叢書』『毛利秀元記』以上、黒川眞道編『萩藩閥閲録』山口県文書館編『武家事紀』山鹿素行著『太閤史料集』桑田忠親校注『家康史料集』小野信二校注『島津史料集』北川鐵三校注『毛利史料集』三坂圭治校注『新編藩翰譜』新井白石著『関ヶ原合戦史料集』藤井治左衛門編著『太閤記』小瀬甫庵著・桑田忠親校訂『武功夜話』吉田蒼生雄訳注『信長公記』奥野高広・岩沢愿彦校注『綿考輯録』細川護貞監修『通俗日本全史』早稲田大学編輯部『松平記』坪井九馬三・日下寛校訂『眞書太閤記』栗原柳庵著『武辺咄聞書』『常山紀談』以上、菊池真一編『定本常山紀談』湯浅常山著・鈴木棠三校注『定本　名将言行録』『名将之戦略』以上、岡谷繁実著『改正三河後風土記』桑田忠親監修・宇田川武久校注『岡崎市史別巻　徳川家康と其周圍』柴田顕正著『増上寺史料集』増上寺史料編纂所編『舜旧記』鎌田純一・藤本元啓校訂『三藐院記』近衛通隆・名和修・橋本政宣校訂『義演准后日記』弥永貞三・鈴木茂男・酒井信彦ほか校訂『慶長日件録』山本武夫校訂『多聞院日記』辻善之助編『晴右記・晴豊記』『家忠日記』以上、竹内理三編『系図纂要』岩澤愿彦監修『諸家伝』正宗敦夫編纂『地下家傳』正宗敦夫編『史料徳川夫人伝』高柳金芳校注『三国地誌』蘆田伊人編『伊勢國司記略』齋藤徳

蔵著『勢州軍記』神戸良政著・三ツ村健吉註訳

【研究書・概説書】

『清雲院於奈津ノ方』七里亀之助著『将軍の女』『徳川家康と戦国武将の女たち』以上、真野恵澂著『地域と女性の社会史』小和田美智子著『江戸城大奥の生活』高柳金芳著『伊勢国司とその時代』北畠顕能公六百年祭奉賛会編『「神戸録」とその周辺』衣斐賢譲著『三重・国盗り物語』服部哲雄・芝田憲一著『江戸氏の研究』萩原龍夫編『太田氏の研究』前島康彦著『結城一族の興亡』府馬清著『日本戦史』参謀本部編『井伊直政・直孝』中村不能斎編・中村元麻呂校訂『井伊軍志』中村達夫著『赤備え』井伊達夫著『戦国期静岡の研究』静岡県地域史研究会編『真説関ヶ原合戦』桐野作人著『関ヶ原の戦い』『徳川家康』『徳川四天王』『石田三成』『戦国合戦大全』『驀進豊臣秀吉』『決戦関ヶ原』『裂帛島津戦記』『大坂の陣』『激闘　大坂の陣』以上、学習研究社編『大名列伝』児玉幸多・木村礎編『上杉景勝のすべて』『直江兼続のすべて』『島左近のすべて』『大谷刑部のすべて』以上、花ヶ前盛明編『豊臣秀吉のすべて』桑田忠親編『関ヶ原合戦のすべて』小和田哲男編『徳川家康のすべて』北島正元編『島津義弘のすべて』三木靖編『新編物語藩史』児玉幸多・北島正元監修『日本城郭大系』児玉幸多ほか監修・平井聖ほか編『戦国大名家臣団事典』山本大・小和田哲男編『地方別日本の名族』オメガ社編『図説　戦国合戦総覧』新人物往来社編『織田信長事典』岡本良一・奥野高廣・松田毅一・小和田哲男編『織田信長総合事典』岡田正人編著『織田信長家臣人名辞典』高木昭作監修・谷口克広著『信長の親衛隊』『信長軍の司令官』『信長と消えた家臣たち』『信長と家康』以上、谷口克広著『戦国時代の大誤解』『天下人の条件』『「戦闘報告書」が語る日本中世の戦場』『戦国軍事史への挑戦』『〈負け組〉の戦国史』『戦国史の怪しい人たち』『戦国15大合戦の真相』『戦国合戦のリアル』以上、鈴木眞哉著『戦国大名と外様国衆』『「豊臣大名」真田一族』以上、黒田基樹著『フロイスの日本覚書』松田毅一・E・ヨリッセン著『豊臣秀吉研究』『太閤家臣団』『新編日本武将列伝』以上、桑田忠親著『豊臣秀吉事典』杉山博・渡辺武・二木謙一・小和田哲男編『豊臣政権の権力構造』堀

越祐一著『消された秀吉の真実』『偽りの秀吉像を打ち壊す』『豊臣政権の正体』以上、山本博文・堀新・曽根勇二編『福島正則』福尾猛市郎・藤本篤著『加藤嘉明と松山城』日下部正盛著『毛利輝元卿伝』三卿伝編纂所編『安国寺恵瓊』河合正治著『石田三成』今井林太郎著『石田三成とその子孫』白川亨著『近世武家社会の政治構造』『関ヶ原合戦と近世の国制』『関ヶ原合戦』『関ヶ原合戦四百年の謎』『戦争の日本史・関ヶ原合戦と大坂の陣』『徳川家康』以上、笠谷和比古著『フィールドワーク関ヶ原合戦』藤井尚夫著『秀吉死後の権力闘争と関ヶ原前夜』水野伍貴著『関ヶ原前夜』光成準治著『新「関ヶ原合戦」論』『新解釈関ヶ原合戦の真実』以上、白峰旬著『関ヶ原合戦の深層』谷口央編『小山評定　武将列伝』小山市編『小山評定の群像』産経新聞社宇都宮支局編『真説　大坂の陣』吉本健二著『決定版大坂の陣』北川央監修『真田信繁』『真田幸村と大坂の陣』以上、三池純正著『家康傳』『徳川家康公傳』『東照公傳』『家康の臣僚』以上、中村孝也著『徳川家康事典』藤野保・村上直・所理喜夫・新行紀一・小和田哲男編『定本徳川家康』本多隆成著『幕藩体制成立史の研究』『戦国時代の徳川氏』『徳川三代と幕府成立』『徳川家康家臣団の事典』以上、煎本増夫著『江戸幕府の権力構造』北島正元著『近世武家社会の形成と構造』根岸茂夫著『江戸幕府直轄軍団の形成』小池進著『戦国・織豊期大名徳川氏の領国支配』柴裕之著『徳川将軍権力の構造』所理喜夫著『徳川家臣團の研究』中嶋次太郎著『徳川家臣団』綱淵謙錠著『徳川家臣団の謎』菊地浩之著『三河　松平一族』平野明夫著『徳川秀忠』『江の生涯』以上、福田千鶴著『藩史大事典』木村礎・藤野保・村上直編『六韜』林富士馬訳『孫子』村山孚著『県史24　三重県の歴史』西垣晴次・松島博編『県史24　三重県の歴史』稲本紀昭・駒田利治ほか編『県史42　長崎県の歴史』瀬野精一郎編『長崎奉行』外山幹夫著『長崎奉行の研究』鈴木康子著『東慶寺と駆込女』井上禅定著『松平信綱』大野瑞男著『検証島原天草一揆』大橋幸泰著『続加藤清正「妻子」の研究』水野勝之・福田正秀著

【地方史】

『静岡県史』『愛知県史』『岐阜県史』『滋賀県

史』『三重県史』『京都府史』『大阪府史』『静岡市史』『浜松市史』『新編岡崎市史』『新修名古屋市史』『関ヶ原町史』『彦根市史』『津市史』『京都市史』『大阪市史』各府県市町村史編纂委員会・刊行会・教育会・役所・役場など編集・発行

【雑誌・新聞・論文等】

『戦況図録　関ヶ原大決戦』別冊歴史読本52『戦況図録　大坂の陣』別冊歴史読本56『豊臣秀吉合戦総覧』別冊歴史読本21巻35号『歴史読本』637「関ヶ原合戦の謎」720「豊臣五大老と関ヶ原合戦」759「関ヶ原合戦の謎と新事実」780「関ヶ原合戦全史」『埼玉新聞』平成二十四年八月二十八日刊

解説

末國善己

江戸時代の武家社会は、当主が政務を行う「表」とプライベート空間の「奥」が明確に区別され、当主の正室を含む女性が「表」(政治)にかかわることはなかったとされてきた。だが近年の研究で、「奥」が担当していた贈答、婚姻、祈禱《きとう》、葬儀といった儀礼には、主従関係や身分秩序を維持する政治的な役割があったことが分かってきた。相続権があり、女城主、女当主もいた戦国時代は、女性が果たした政治的な役割も大きく、外交や合戦に関与する大名家の女性は珍しくなかった。そのことは、今川氏親《うじちか》の正室で義元の母・寿桂尼《じゅけいに》が分国法『今川仮名目録』の作成にかかわったとされたり、戸次鑑連《べっきあきつら》(立花道雪)の娘・誾千代《ぎんちよ》が、七歳の時に城、領地、諸道具を譲られて家督を相続して、高橋紹運《じょううん》の長男・宗茂《むねしげ》を婿《むこ》に迎えたり、大坂冬の陣の和平交渉を、徳川方が本多正純《まさずみ》と家康の側室・阿茶局《あちゃのつぼね》、豊臣方が大蔵卿局《おおくらきょうのつぼね》(大野治長《はるなが》の母)と常高院(浅井三姉妹の二女で、姉は淀殿《よどの》、妹は徳川秀忠の継室・江《ごう》)が行ったりしたことからも分かるだろう。

晩年の家康に寵愛《ちょうあい》された側室で合戦にも供奉《ぐぶ》した於奈津《おなつ》（清雲院）が、家康の影武者にして軍師だったとする本書『家康の女軍師』（『将軍家康の女影武者』を改題）は、女性が外交と合戦で活躍したとする研究を踏まえ、戦国史を読み替えている。

三代将軍・徳川家光の治政下。肥前、肥後で島原・天草の乱が勃発《ぼっぱつ》し、その鎮圧に老中の松平伊豆守信綱《いずのかみのぶつな》が派遣されることになった。四十二歳での初陣となった信綱は、家康と戦陣に立った経験がある於奈津の屋敷を訪問し、いかなる態度で家康が合戦に臨んだかを尋ねる。物語は、信綱の問いに応《こた》える於奈津の回想となっている。

伊勢神宮へ向かう参拝客、運ばれる物資の通り道として賑《にぎ》わう津の湊《みなと》（安濃津《あのつ》）の駅路問屋（運送業者）の乳切屋《ちきりや》で働く十六歳の卯乃《うの》は、商才が認められて女番頭となり、店主の新四郎の嫡子《ちゃくし》・新五郎の許嫁《いいなずけ》にもなっていた。東国からの物資を運ぶ玄関口である安濃津は、平安時代から重要な貿易拠点だった。明代の茅元儀《ぼうげんぎ》がまとめた『武備志』には、薩摩《さつま》坊津《ぼうのつ》、筑前《ちくぜん》の花旭塔《はかた》（博多）津と共に安濃津が日本三津《さんしん》の一つと記され、その繁栄が中国にも伝わっていた。一四九八年に発生した大地震による津波で安濃津は壊滅したが、十六世紀半ばに伊勢の国人・長野家の一族が安濃津城（後の津城）を構え、織田信長の伊勢攻略後には信長の弟の信包《のぶかね》が安濃津城を拡張しており、その頃には（元の場所ではないとされているが）安濃津は復活したと考えられている。

卯乃の父は、伊勢の国司・北畠具教《きたばたけとものり》に仕えたが、具教が信長に粛清された後は信包に恭順するも折り合いが悪く禄《ろく》を返上した進藤藤直《ふじなお》とされているので、乳切屋があるのは再建後の安濃津と思われる。

新四郎は卯乃の叔父で、乳切屋を駅路問屋の大店《おおだな》に押し上げた後も、武家としてお家を再興するのが一族の悲願となっていた。ある日、京の豪商で徳川家の御用を引き受けている茶屋四郎次郎が、突然、新四郎を訪ねてくる。急な来客を見事な料理でもてなした卯乃の機転に驚いた茶屋四郎次郎は、侍女を探している家康に紹介したいという。実は卯乃の母は、本能寺の変後に家康が伊賀を越え三河を目指すも多くの家臣を失った「神君伊賀越え」の際、疲れ果てた家康に食事を振る舞った過去があり、それも家康に仕える好条件になっていた。これをお家再興の好機と見た卯乃は、許嫁の新五郎への想《おも》いを断ち切り、武家奉公に出る。この卯乃の境遇は、結婚か仕事か、現在の仕事か転職かを突き付けられているようなものなので、現代的といえるだろう。

政治の中心が伏見に移り寂れた二条の徳川屋敷に入った卯乃が、厳しい侍女頭の登《と》美《み》、年下だが職場では先輩なので卯乃に仕事を押し付ける湯富《ゆふ》らとのユーモラスなやり取りを通して、武家奉公に馴染《なじ》んでいくところは、日本の職場ならどこでも起こり得るエピソードであり、読者も共感できるお仕事小説となっている。だが卯乃の平穏な生活は、二条の屋敷に刺客が潜入したことで一変する。急を知らせる護衛の声を聞いた卯乃は、小袖《こそで》を着せた家康を小姓に託すと風呂《ふろ》に入り、家康の声真似《こえまね》で刺客をおびき寄せた。この後も卯乃は何度も声真似で家康の危機を救うが、これは『史記』の「孟嘗君《もうしょうくん》伝」を参考にしたものだろう。すなわち、数千人の食客を抱えていた孟嘗君が秦《しん》の昭王に捕えられた時、盗みが巧い食客が昭王の蔵から盗み出した皮衣を、昭王が寵愛する女性に贈って釈放の口添えを頼み、逃げ出して関所までたどり着くと、鶏《とり》の鳴き真似が巧《うま》い食客が技を披露し、関所の番人に朝が来たと勘違いさせたという有名な話だ。

ちなみに江戸時代に武内確斎《たけうちかくさい》が書いた『絵本太閤記』には、木下藤吉郎を名乗っていた若き日の秀吉が、天才軍師・竹中半兵衛を招くため山深い半兵衛の閑居を七度訪ねる「栗原山中《くりはらさんちゅう》七度通い」が出てくるが、これは劉備《りゅうび》が諸葛孔明《しょかつこうめい》を三度訪ねて軍師にした『三国志演義』の「三顧の礼」を換骨奪胎したものである。日本の歴史物語は中国の古典の影響を受けており、本書に「鶏鳴狗盗《けいめいくとう》」を思わせるエピソードがあっても不思議ではないのだ。

秀吉に次ぐ実力を持った家康は、太閤の後継者である秀頼がまだ幼い豊臣政権にとっては脅威で、二条の屋敷に刺客を送り込んだのも豊臣方らしい。家康に高い危機管理能力を認められた卯乃は影武者兼相談役を期待され側室になり、家康の母・傳通院《でんづういん》から息子の命を救ったお礼に贈られた名「奈津」を名乗るようになる。

ここから物語は、豊臣家存続のため家康の追い落としを狙《ねら》う石田三成ら奉行衆と、天下人になるため多数派工作を進める家康が繰り広げる凄《すさ》まじい謀略戦を軸に進んでいく。ただ、それだけでなく、新参の側室の於奈津が、家康の寵愛を受けているが故《ゆえ》に泰然としている阿茶局、類《たぐ》い稀《まれ》な美貌《びぼう》で家康を魅了しているが、家康が戦場にまで同道する於奈津に嫉妬《しっと》する於勝《おかち》らが織り成す（まだ大奥は出来ていないが）大奥ものや、父が使っていた伊賀者の娘・末《すえ》が集めてきた情報を基に於奈津が敵の動きを予想するミステリー、さらには於奈津が第一次上田合戦で家康の大軍を寡兵《かへい》で撃退した真田昌《まさ》幸《ゆき》の息子・信繁《のぶしげ》（幸村の通称で有名）に好意を抱くなど恋愛小説的なエッセンスもあるので、どのジャンルが好きでも楽しめるようになっている。

豊臣恩顧の大名でありながら、文禄・慶長の役における三成の態度に不満を持つ加藤清正、福島正則らが家康に接近するなど、敵味方が入り乱れる複雑な政治状況が続くと、家康が商人的な合理性と人の裏側を見抜く鋭い洞察力を持つ於奈津に相談する機会が増える。家康の質問に対する於奈津の回答は、ほとんどが家康の考えと同じなのだが、家康は満足している。誰かにアドバイスを求める人は、まったく手掛かりがないので一から助言が欲しい場合もあれば、ある程度考えがまとまっているので、それが正しいか間違っているか判断する根拠が欲しい場合もある。また対案を出してもらって自分の案とぶつけ、よりよい形にまとめたいと考えている場合もあるだろう。家康は、於奈津の意見を聞いて自分の方針が間違っていないか確認しているので、於奈津の答えが自分と同じでも問題ないし、家康の性格を知っている於奈津は同じ答えだといわれても納得している。何かを相談されると相手が望んでいる以上の助言をして迷惑がられるケースもあるが、家康のニーズを的確に摑《つか》んで最適な解を導き出す於奈津のスキルは、相談がからむあらゆる人間関係を円滑にするヒントに満ちているのである。

於奈津の働きもあり暗殺の危機を乗り越えた家康は、ついに関ヶ原の合戦、大坂冬の陣、大坂夏の陣へと駒を進め、天下統一と徳川家の統治を盤石なものにしていく。関ヶ原の合戦も、大坂の陣も、これまで多くの歴史小説で取り上げられており、結果が分かっているので、あえて合戦の詳細を描かない作品も出てきている。それだけに本書も、よく知られている合戦になっていると考える読者がいるかもしれないが、そのような判断は早急に過ぎる。関ヶ原の先陣には福島正則が選ばれたが、家康の息子で娘婿にあたる忠吉《ただよし》を連れた井伊直政が抜け駆けしたため、争いになっている。これには功名のため直政が確信犯的に命令に背いた、あるいは偵察に出た直政が偶発的に戦端を開いたなど諸説あるが、この謎《なぞ》に著者は斬新《ざんしん》な解釈を与えている。また家康は、内通を約束しながら動かない小早川秀秋に苛立《いらだ》ち、催促の鉄砲を撃ったとされる。だが家康の本陣と小早川の陣は遠く、実際に射撃が行われたとしても弾丸どころか銃声も聞こえなかったともいわれる。この「問い鉄砲」の疑問についても、著者はロジカルな説明を加えており、今までにない関ヶ原の合戦を目撃することになるはずだ。

こうした斬新な合戦は、大坂の陣でも健在。寡兵で徳川の大軍を翻弄《ほんろう》した真田家は家康の天敵で、夏の陣では、父・昌幸の知謀を受け継いだ信繁が家康をあと一歩のところまで追い詰めている。この時、信繁が用いた恐るべき戦術、そして密《ひそ》かに想いを寄せていた於奈津が最前線で信繁と敵味方として邂逅《かいこう》する場面は、圧倒的なスペクタクルとリリシズムが鮮やかに融合しており、その迫力は圧倒的である。

於奈津は、家康の私生活を支え子供を産むことを優先させるべき側室だが、政務と軍事の相談役も務めることになった。キャリアアップに喜びを感じながら、妊娠して幸せそうな同僚にはコンプレックスを感じる於奈津には、共感する女性読者も多いのではないか。
そして家康の尽力で成立した太平の世を生きる於奈津を描く終章になると、政争と戦争の最前線に立った於奈津が、勝っても負けても遺恨を残す戦争の愚かさと、勝者だけが我が世の春を謳歌《おうか》する社会の問題点を暴《あば》く役割を担《にな》っていたことに気付く。家康の側室としては最も長く生き、家康と共に行動した経験と「人徳」で、男たちが再び世を乱さないよう陰ながら動いた於奈津は、今も昔も変わらず男性に都合よく作られた日本社会が生み出す矛盾に立ち向かった女性ともいえるのである。

（令和三年十一月、文芸評論家）

この作品は令和元年六月、『将軍家康の女影武者』として新潮社より刊行された。文庫化にあたり改題した。

近衛龍春著
九十三歳の関ヶ原
―弓大将大島光義―

かくも天晴れな老将が実在した！　信長、秀吉、家康に弓の腕を認められ、九十七歳で没するまで生涯現役を貫いた男を描く歴史小説。

近衛龍春著
忍びたちの本能寺

本能寺の変の真相を探れ。特命をおびた甲賀忍者たちが探索を開始した。浮上する驚愕の密約とは。歴史の闇を照らしだす書き下ろし。

司馬遼太郎著
梟の城
直木賞受賞

信長、秀吉……権力者たちの陰で、凄絶な死闘を展開する二人の忍者の生きざまを通して、かげろうの如き彼らの実像を活写した長編。

司馬遼太郎著
人斬り以蔵

幕末の混乱の中で、劣等感から命ぜられるままに人を斬る男の激情と苦悩を描く表題作ほか変革期に生きた人間像に焦点をあてた7編。

司馬遼太郎著
国盗り物語
（一～四）

貧しい油売りから美濃国主になった斎藤道三、天才的な知略で天下統一を計った織田信長。新時代を拓く先鋒となった英雄たちの生涯。

司馬遼太郎著
燃えよ剣
（上・下）

組織作りの異才によって、新選組を最強の集団へ作りあげてゆく〝バラガキのトシ〟――剣に生き剣に死んだ新選組副長土方歳三の生涯。

司馬遼太郎著

新史 太閤記（上・下）

日本史上、最もたくみに人の心を捉えた〝人蕩し〟の天才、豊臣秀吉の生涯を、冷徹な史眼と新鮮な感覚で描く最も現代的な太閤記。

司馬遼太郎著

関ヶ原（上・中・下）

古今最大の戦闘となった天下分け目の決戦の過程を描いて、家康・三成の権謀の渦中で命運を賭した戦国諸雄の人間像を浮彫りにする。

司馬遼太郎著

花神（上・中・下）

周防の村医から一転して官軍総司令官となり、維新の渦中で非業の死をとげた、日本近代兵制の創始者大村益次郎の波瀾の生涯を描く。

司馬遼太郎著

城塞（上・中・下）

秀頼、淀殿を挑発して開戦を迫る家康。大坂冬ノ陣、夏ノ陣を最後に陥落してゆく巨城の運命に託して豊臣家滅亡の人間悲劇を描く。

司馬遼太郎著

果心居士の幻術

戦国時代の武将たちに利用され、やがて殺されていった忍者たちを描く表題作など、歴史に埋もれた興味深い人物や事件を発掘する。

司馬遼太郎著

馬上少年過ぐ

戦国の争乱期に遅れた伊達政宗の生涯を描く表題作。坂本竜馬ひきいる海援隊員の、英国水兵殺害に材をとる「慶応長崎事件」など7編。

項羽と劉邦（上・中・下）
司馬遼太郎著

秦の始皇帝没後の動乱中国で覇を争う項羽と劉邦。天下を制する〝人望〟とは何かを、史上最高の典型によってきわめつくした歴史大作。

風神の門（上・下）
司馬遼太郎著

猿飛佐助の影となって徳川に立向った忍者霧隠才蔵と真田十勇士たち。屈曲した情熱を秘めた忍者たちの人間味あふれる波瀾の生涯。

峠（上・中・下）
司馬遼太郎著

幕末の激動期に、封建制の崩壊を見通しながら、武士道に生きるため、越後長岡藩をひきいて官軍と戦った河井継之助の壮烈な生涯。

血の日本史
安部龍太郎著

時代の頂点で敗れ去った悲劇のヒーローたちを描く46編。千三百年にわたるわが国の歴史を俯瞰する新しい《日本通史》の試み！

信長燃ゆ（上・下）
安部龍太郎著

朝廷の禁忌に触れた信長に、前関白・近衛前久の陰謀が襲いかかる。本能寺の変に至る一年半を大胆な筆致に凝縮させた長編歴史小説。

下天を謀る（上・下）
安部龍太郎著

「その日を死に番と心得るべし」との覚悟で合戦を生き抜いた藤堂高虎。「戦国最強」の誉れ高い武将の人生を描いた本格歴史小説。

和田竜著　忍びの国

時は戦国。伊賀攻略を狙う織田信雄軍。迎え撃つ伊賀忍び団。知略と武力の激突。圧倒的スリルと迫力の歴史エンターテインメント。

和田竜著　村上海賊の娘（一〜四）
本屋大賞・親鸞賞・吉川英治文学新人賞受賞

信長vs.本願寺、睨み合いが続く難波海に敢然と向かう娘がいた。壮絶な陸海の戦いが幕を開ける。木津川合戦の史実に基づく歴史巨編。

白洲正子著　西行

ねがはくは花の下にて春死なん……平安末期の動乱の世を生きた歌聖・西行。ゆかりの地を訪ねつつ、その謎に満ちた生涯の真実に迫る。

有吉佐和子著　華岡青洲の妻
女流文学賞受賞

世界最初の麻酔による外科手術——人体実験に進んで身を捧げる嫁姑のすさまじい愛の葛藤……江戸時代の世界的外科医の生涯を描く。

城山三郎著　冬の派閥

幕末尾張藩の勤王・佐幕の対立が生み出した血の粛清劇〈青松葉事件〉をとおし、転換期における指導者のありかたを問う歴史長編。

城山三郎著　雄気堂々（上・下）

一農夫の出身でありながら、近代日本最大の経済人となった渋沢栄一のダイナミックな人間形成のドラマを、維新の激動の中に描く。

梯久美子著

狂うひと
—「死の棘」の妻・島尾ミホ—

読売文学賞・芸術選奨文部科学大臣賞ほか受賞

本当に狂っていたのは、妻か夫か。夫の作家的野心が仕掛けた企みとは。秘密に満ちた夫妻の深淵に事実の積み重ねで迫る傑作。

梯久美子著

散るぞ悲しき
—硫黄島総指揮官・栗林忠道—

大宅壮一ノンフィクション賞受賞

地獄の硫黄島で、玉砕を禁じ、生きて一人でも多くの敵を倒せと命じた指揮官の姿を、妻子に宛てた手紙41通を通して描く感涙の記録。

関裕二著

藤原氏の正体

藤原氏とは一体何者なのか。学会にタブー視され、正史の闇に隠され続けた古代史最大の謎に気鋭の歴史作家が迫る。

関裕二著

蘇我氏の正体

悪の一族、蘇我氏。歴史の表舞台から葬り去られた彼らは何者なのか？　大胆な解釈で明らかになる衝撃の出自。渾身の本格論考。

関裕二著

物部氏の正体

大豪族はなぜ抹殺されたのか。ヤマト、出雲、そして吉備へ。意外な日本の正体が解き明かされる。正史を揺さぶる三部作完結篇。

関裕二著

古事記の禁忌《タブー》　天皇の正体

古事記の謎を解き明かす旅は、秦氏の存在、播磨の地へと連なり、やがて最大のタブー「天皇の正体」へたどり着く。渾身の書下ろし。

梓澤要著　捨てこそ　空也

財も欲も、己さえ捨てて生きる。天皇の血筋を捨て、市井の人々のために祈った空也。波乱の生涯に仏教の核心が熱く息づく歴史小説。

梓澤要著　荒仏師運慶
中山義秀文学賞受賞

ひたすら彫り、彫るために生きた運慶。鎌倉武士の逞しい身体から、まったく新しい時代の美を創造した天才彫刻家を描く歴史小説。

青山文平著　伊賀の残光

旧友が殺された。伊賀衆の老武士は友の死を探る内、裏の隠密、伊賀衆再興、大火の気配を知る。老いて怯まず、江戸に澱む闇を斬る。

青山文平著　春山入り

山本周五郎、藤沢周平を継ぐ正統派にして、全く新しい直木賞作家が、おのれの人生を摑もうともがき続ける侍を描く本格時代小説。

青山文平著　半席

熟年の侍たちが起こした奇妙な事件。その裏にひそむ「真の動機」とは。もがきながら生きる男たちを描き、高く評価された武家小説。

須賀しのぶ著　紺碧の果てを見よ

海空のかなたで、ただ想った。大切な人を。戦争の正義を信じきれぬまま、自分らしく生きたいと願った若者たちの青春を描く傑作。

吉村 昭著

長英逃亡（上・下）

幕府の鎖国政策を批判して終身禁固となった当代一の蘭学者・高野長英は獄舎に放火させて脱獄。六年半にわたって全国を逃げのびる。

吉村 昭著

桜田門外ノ変（上・下）

幕政改革から倒幕へ——。尊王攘夷運動の一大転機となった井伊大老暗殺事件を、水戸薩摩両藩十八人の襲撃者の側から描く歴史大作。

吉村 昭著

生麦事件（上・下）

薩摩の大名行列に乱入した英国人が斬殺された——攘夷の潮流を変えた生麦事件を軸に激動の五年を圧倒的なダイナミズムで活写する。

山本周五郎著

樅ノ木は残った
毎日出版文化賞受賞（上・中・下）

仙台藩主・伊達綱宗の逼塞。藩士四名の暗殺と幕府の罠——。伊達騒動で暗躍した原田甲斐の人間味溢れる肖像を描き出した歴史長編。

山本周五郎著

正雪記（上・下）

染屋職人の伜から、〝侍になる〟野望を抱いて出奔した正雪の胸に去来する権力への怒り。超大な江戸幕府に挑戦した巨人の壮絶な生涯。

山本周五郎著

ながい坂（上・下）

人生は、長い坂。重い荷を背負い、一歩一歩、確かめながら上るのみ——。一人の男の孤独で厳しい半生を描く、周五郎文学の到達点。

山本周五郎著

日本婦道記

厳しい武家の定めの中で、愛する人のために生き抜いた女性たちの清々しいまでの強靭さと、凜然たる美しさや哀しさが溢れる31編。

山本周五郎著

おさん

純真な心を持ちながら男から男へわたらずにはいられないおさん——可愛いおんなであるがゆえの宿命の哀しさを描く表題作など10編。

山本周五郎著

松風の門

幼い頃、剣術の仕合で誤って幼君の右眼を失明させてしまった家臣の峻烈な生きざまを描いた「松風の門」。ほかに「釣忍」など12編。

山本周五郎著

深川安楽亭

抜け荷の拠点、深川安楽亭に屯する無頼者たちが、恋人の身請金を盗み出した奉公人に示す命がけの善意——表題作など12編を収録。

山本周五郎著

ちいさこべ

江戸の大火ですべてを失いながら、みなしご達の面倒まで引き受けて再建に奮闘する大工の若棟梁の心意気を描いた表題作など4編。

山本周五郎著

町奉行日記

一度も奉行所に出仕せずに、奇抜な方法で難事件を解決してゆく町奉行の活躍を描く表題作ほか、「寒橋」など傑作短編10編を収録する。

隆慶一郎著

吉原御免状

裏柳生の忍者群が狙う「神君御免状」の謎とは。色里に跳梁する闇の軍団に、青年剣士松永誠一郎の剣が舞う、大型剣豪作家初の長編。

隆慶一郎著

鬼麿斬人剣

名刀工だった亡き師が心ならずも世に遺した数打ちの駄刀を捜し出し、折り捨てる旅に出た巨軀の野人・鬼麿の必殺の斬人剣八番勝負。

隆慶一郎著

一夢庵《いちむあん》風流記

戦国末期、天下の傾奇者《かぶきもの》として知られる男がいた！　自由を愛する男の奔放苛烈な生き様を、合戦・決闘・色恋交えて描く時代長編。

隆慶一郎著

影武者徳川家康（上・中・下）

家康は関ヶ原で暗殺された！　余儀なく家康として生きた男と権力に憑かれた秀忠の、風魔衆、裏柳生を交えた凄絶な暗闘が始まった。

隆慶一郎著

死ぬことと見つけたり（上・下）

武士道とは死ぬことと見つけたり——常住坐臥、死と隣合せに生きる葉隠武士たち。鍋島藩の威信をかけ、老中松平信綱の策謀に挑む！

隆慶一郎著

かくれさと苦界行《くがいこう》

徳川家康から与えられた「神君御免状」をめぐる争いに勝った松永誠一郎に、一度は敗れた裏柳生の総帥・柳生義仙の邪剣が再び迫る。

新潮文庫最新刊

末盛千枝子著
根っこと翼
―美智子さまという存在の輝き―

悲しみに寄り添う「根っこ」と希望へと飛翔する「翼」を世界中に届けた美智子さま。二十年来の親友が綴るその素顔と珠玉の思い出。

國分功一郎著
暇と退屈の倫理学
紀伊國屋じんぶん大賞受賞

暇とは何か。人間はなぜ退屈するのか。スピノザ、ハイデッガー、ニーチェら先人たちの教えを読み解きどう生きるべきかを思索する。

藤原正彦著
管見妄語 失われた美風

小学校英語は愚の骨頂。今必要なのは、読書によって培われる、惻隠の情、卑怯を憎む心、正義感、勇気、つまり日本人の美徳である。

新潮文庫編
文豪ナビ 藤沢周平

『橋ものがたり』『たそがれ清兵衛』『用心棒日月抄』『蟬しぐれ』――人情の機微を深く優しく包み込んだ藤沢作品の魅力を完全ガイド！

J・グリシャム
白石朗訳
冤罪法廷（上・下）

無実の死刑囚に残された時間はあとわずか――。実在する冤罪死刑囚救済専門の法律事務所を題材に巨匠が新境地に挑む法廷ドラマ。

横山秀夫著
ノースライト

誰にも住まれることなく放棄されたY邸。設計を担った青瀬は憑かれたようにその謎を追う。横山作品史上、最も美しいミステリ。

家《いえ》康《やす》の女《おんな》軍《ぐん》師《し》

新潮文庫　こ－66－3

令和四年一月一日発行

著者　近《この》衛《え》龍《たつ》春《はる》

発行者　佐藤隆信

発行所　株式会社　新潮社

郵便番号　一六二—八七一一
東京都新宿区矢来町七一
電話　編集部(〇三)三二六六—五四四〇
　　　読者係(〇三)三二六六—五一一一
https://www.shinchosha.co.jp

価格はカバーに表示してあります。

乱丁・落丁本は、ご面倒ですが小社読者係宛ご送付ください。送料小社負担にてお取替えいたします。

印刷・株式会社三秀舎　製本・株式会社植木製本所

ISBN978-4-10-100453-2 C0193